西藏岁月 系列丛书

墨竹河

熊忠彦 著

大连出版社
DALIAN PUBLISHING HOUSE

图书在版编目（CIP）数据

墨竹河／熊忠彦著. —大连:大连出版社，2014.1
(西藏岁月系列丛书)
ISBN 978-7-5505-0519-3

Ⅰ. ①墨…　Ⅱ. ①熊…　Ⅲ. ①纪实文学－中国－当代
Ⅳ. ①I25

中国版本图书馆CIP数据核字(2013)第171666号

丛书题字:策墨林·单增赤列（藏文）
汪象华（汉文）
总 策 划:德吉措姆　张彦丽
出 版 人:刘明辉
策划编辑:张　波
特约编辑:李　敏
责任编辑:张　波　杨　钟
封面设计:樊志国　吴尚夫
版式设计:张　波
责任校对:尚　杰
责任印制:徐丽红

出版发行者:大连出版社
地址:大连市西岗区长白街10号
邮编:116011
电话:(0411)83620442/83621075
传真:(0411)83610391
网址:http://www.dlmpm.com
E-mail:dlszhangbo@163.com
印　刷　者:山东鸿杰印务集团有限公司
经　销　者:各地新华书店

幅面尺寸:170 mm×230 mm
印　　张:15.75
字　　数:253千字
出版时间:2014年1月第1版
印刷时间:2014年1月第1次印刷
书　　号:ISBN 978-7-5505-0519-3
定　　价:30.00元

《西藏岁月系列丛书》编委会

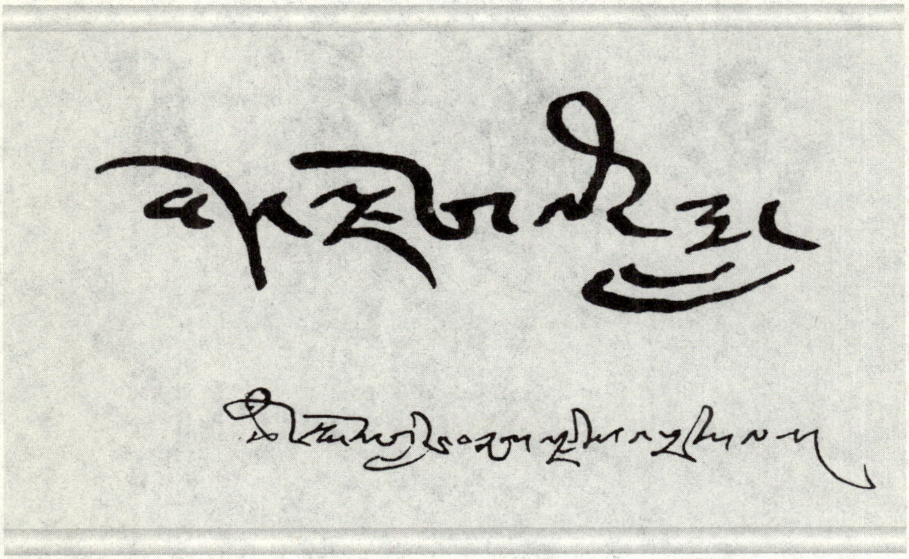

西藏岁月——策墨林·单增赤列题字

策墨林·单增赤列，男，藏族，1950年9月生，西藏拉萨人，无党派人士，1956年10月参加工作。现任政协第十届西藏自治区委员会副主席，第七届、八届、九届、十届全国政协委员。

汪象华题字

汪象华，少将，博士，1959年5月生于湖北黄冈，中国书法家协会会员，中国书法家协会维权鉴定委员会副主任，武警部队首任书画研究院院长，西藏书法家协会名誉主席。曾任武警广东省总队政治部副主任，武警宁夏总队政治部主任，武装警察部队政治部宣传部部长，现任武警部队西藏自治区总队政委。

《人民日报》、《解放军报》、《光明日报》、《中国文化报》、《中国书画报》、《解放军生活》等数十家报纸杂志曾多次刊登汪象华将军的书法作品。2011年10月，荣宝斋出版社出版发行了《汪象华书法作品集》。汪象华将军的作品曾获全国第十四届群星奖书法金奖，并多次获全国、全军书法作品展大奖，被多家机构和个人收藏，还被作为国礼送往日本、美国等国家和地区。

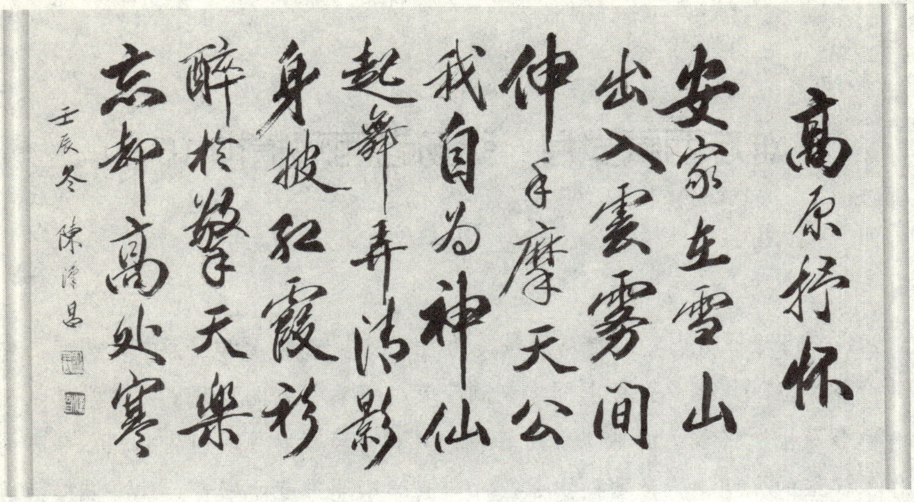

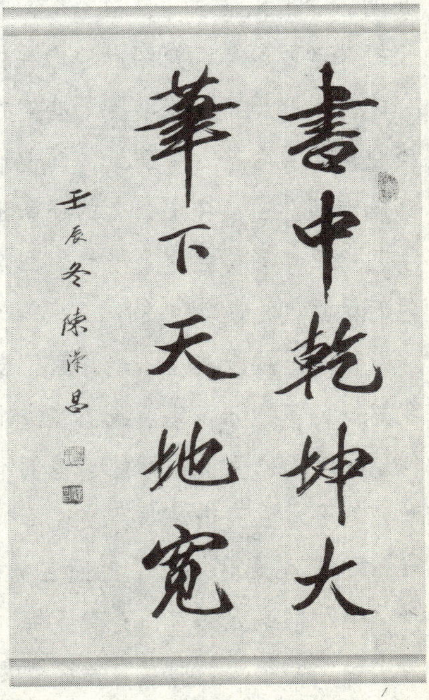

陈汉昌，1939年10月生，重庆市荣昌县人。政协第七届西藏自治区委员会副主席。西藏党校、西藏大学名誉教授。1994年受聘任全国思想政治工作科学专业委员会特邀研究员、常务理事。所写文章先后入编《中国社会科学文库》、《邓小平理论研究文库》等丛书，《谈谈我区精神文明建设的若干问题》获自治区优秀论文奖。主持编辑的《汉藏小伙伴手拉手，相约在二十一世纪》获得全国“五个一工程”奖。现为中国书法家协会理事，西藏书法家协会名誉主席。作品曾入选“中国名家书法作品邀请展”、“第二届国际书画家艺术交流大展”，先后入编《中国书法选集》、《世界书画家名录》，并先后荣获金奖艺术家、世界书画艺术名人、当代百名优秀文艺家等称号。出版有《中国当代著名书画家系列丛书·陈汉昌书法作品集》。

难忘西藏岁月　弘扬老西藏精神（序一）

阴法唐

2010年金秋九月，雪域高原最美的时节，为纪念西藏和平解放60周年、中国共产党成立90周年，张彦丽同志来到我家，将筹备成立西藏岁月文学艺术工作者协会及出版《雪山的眷恋系列丛书》（即《西藏岁月系列丛书》）等事向我作了详细的介绍。张彦丽同志是1976年大学毕业进藏的知青，这个满族的后代和那些热血青年一样，在祖国挑选他们的时候，胸怀壮志，自愿报名去西藏当农民，后来又当教师、当干部，在西藏一干就是37年，是在西藏工作时间比较长的“老西藏”。介绍起他们在拉萨、成都召开《雪山的眷恋系列丛书》座谈会的情形，她特别激动。那些健在的十八军老同志，怀着极大的热情参加了座谈会，甚至有些人带病到会。他们谈到当年进藏时的情景，好多人热泪盈眶，感慨难抑。座谈会上，有的还拿出自己多年积累的文稿，希望通过西藏岁月文学艺术工作者协会这个平台，回忆建设西藏历史，弘扬“老西藏精神”，抒发他们对西藏的眷恋和关怀。

谈起一些老战士、老作家、老记者的现状，听到那些耳熟能详的名字时，我感慨良多。60多年前我们在进军西藏和雪山筑路时，战士们都是20来岁的小伙子，十七八岁的小姑娘。他们不但要完成长途跋涉、开山修路那些超强度劳动，还要承受高山缺氧、交通不畅、供给不足等原因造成的常人无法想象的困难，不少人提前结束了他们宝贵的年轻生命，有幸活下来的人也大多疾病缠身，但他们毫无怨言，青春无悔。作为进军西藏主力部队的一位领导成员，作为上世纪80年代的西藏自治区党委第一书记，我为这些老战士骄傲。他们当年听从党的指挥，进军祖国大陆最后一块未解放、条件艰苦的领土，为把西藏改造为人民民主的西藏，为西藏人民流血流汗，一不怕苦、二不怕死，与西藏人民一起长期建藏，努力奋斗，无私奉献。今天看到这些充满革命激情的战友们还像当年一样，心里始终想着西藏，爱着西藏，并为宣传西藏、为弘扬“老西藏精神”笔耕不辍，仍然在继续努力奋斗，我从心里往外高兴。张彦丽同志向我介绍完情况后，我建议她在协会成立后，要尽量多抽出时间去各地走访一下当年的老十八军战士，尽早地将老同志们的文集与采访记录搜集上来，她答应了。我也表示，为了这些老战士，为了蓬勃发展的西藏事业，我愿意为西藏岁月文学艺术工作者协会做顾问，我老伴、首批进藏女兵李国柱同志也愿意多参与协会的一些工作，共同组织回到内地的“老西藏”们继续为建设西藏、为西藏人民贡献余热。

2010年9月20日，我和夫人李国柱应邀参加了在北京召开的丛书座谈会。会上，在京30位老同志为丛书编撰提出了很好的建议和意见。时隔三年之后的2013年5月，张彦丽同志带着样书设计稿再一次来到我家，兴致勃勃地告诉我，西藏岁月文学艺术工作者协会正式成立了，并特别提到在原自治区党委常委、自治区政协副主席德吉措姆同志大力支持和积极协调下，得到了北京市政府的援助，期待已久的系列丛书可以面世了。虽然我已91岁高龄，但听到这个消息仍精神振奋，心里如同炎热的酷暑，热情洋溢、豪气顿增。协会尽管在经费困难、人手有限的情况下做了大量工作，可还是有许多同志没采访到，他们深表遗憾。但我相信，有这么多热心同志的支持与关注，尤其是藏族同胞的高度重视，西藏岁月文学艺术工作者协会这个平台，一定会为弘扬“老西藏精神”，为热爱西藏、宣传西藏、服务西藏做出更多、更有意义的事情。

一想到西藏的岁月，我的心里热乎乎的，这个序我不能不作，战友们的心愿我应该满足。

回忆起1950年进军西藏时，我是十八军五十二师副政委。在解放西藏昌都的战斗中，我们十八军五十二师分左中右三路进攻、迂回、包围昌都，我和师参谋长带着五十二师一个步兵团（一五四团）、两个直属连及青海一军骑兵支队，横跨四川、青海、西藏三个省区，15天在海拔四五千米的风雪高原上急行军1500华里。那个艰苦想起来就心颤。毛主席说“进军西藏不吃地方”，为此，我们进攻、迂回、包围昌都的各路战士，除了背上武器，还要背上春夏秋冬的衣服、半个月的食品、帐篷及些许烧火的燃料或代用品，每人负重70斤，高原反应，几步一喘。部队断粮后几天吃不上东西，战士们被迫吃累死饿死的牛马，喝牛马血，吃生肉，最后吃兽皮，甚至连骨头和角都烧成灰烬填进肚里。因冻、累、病、饿等多种原因，许多战士痛苦之状难以描述，不少同志遗尸高原，活下来的也是九死一生。差不多有一半战士患上雪盲，短时间失明，无法看路，他们便把绑腿连起来互相牵着走；过河时，冰块在湍急的水流中划破皮肉，血流不断；有的战士腿伤化脓坏死，被迫锯断腿肢。一五四团和青海骑兵支队有不少是非战斗减员，骑兵支队的马死了一半多，骑兵变步兵。那真是冰山雪峰掩忠骨，马革未能裹尸还。但全师将士心里都明白：只要堵住敌军后撤拉萨的路口就是胜利。10月18日，我们100余名骑兵和100余名步兵比敌人早4个多小时抢先到达昌都以西的恩达，切断了敌军的西退之路，奠定了和平解放西藏的基础。我们终于取得了解放祖国大陆最后一片领土的全面胜利。

翻书阅卷，历史风云一幕幕闪过。60年一甲子，岁月洗去了多少人世铅华，但"老西藏"们忠于祖国，热爱共产党，热爱西藏人民，长期建藏、边疆为家，一不怕苦、二不怕死，自觉遵纪守法，自力更生、艰苦创业（简称"长期建藏，两不怕；艰苦创业，守法纪"），加上以后中央提出的"五个特别"的"老西藏精神"，却代代相传，生生不息。先烈回眸应笑慰，擎旗自有后来人。

理念和实践说明，"长期建藏"的"老西藏精神"，不仅适用于外地去西藏的同志，也适用于西藏本地区的同志。去西藏的同志，无论是解放西藏去的，或是调进西藏去的，还是支边去的，援藏去的，都统称是进藏干部吧。"长期建藏"除本地区多数同志外，不是一定要干一辈子，一定要死在西藏，是根据党和人民的需要，由组织决定的，时间有长有短。但无论在藏多久，都不要抱临时观点，应付差事，混日子，当一天和尚撞一天钟；都要从热爱祖国、热爱西藏出发，在思想上长期着眼、长期打算，行动上老老实实、兢兢业业，艰苦奋斗，无私奉献。

我第二次调离西藏后，虽然还在解放军第二炮兵、全国人大常委会工作和执行中央领导机关交办临时任务共一二十年，但仍和那些"老西藏"一样，念念不忘西藏。并想在有生之年，在可能的情况下，继续为西藏做点事，首先对几件遗留问题要设法解决。其中最重要的是要求和呼吁给西藏修一条铁路。这是从在西藏任自治区党委第一书记时起就呼吁的。没有铁路，西藏便没有发展，就"大富"不起来。在党中央的英明决策和筑路大军的努力下，在全国各地特别是西藏人民的支持下，这个愿望实现了，也圆了我几十年来想坐着火车回西藏，看望西藏父老乡亲的梦。二是从自己做起，调动各方力量不断支持西藏教育事业发展，目标是为追赶先进地区的教育事业尽微薄之力。文化教育是民族文明和民族素质的基本要素，西藏发展缺少的是本民族的科学文化人才。为此，我从自己家做起，多方筹措资金成立“阴法唐西藏教育基金会”，我们的家庭也继续在这方面再做贡献。

第三件事，就是我们这些进藏时间早，经历过进军西藏、解放西藏、建设西藏、巩固国防甚至以后阶段的实践者，很想把自身亲历、耳闻目睹及手中掌握的或能查到的资料，筛选、整理成文，作为出版物献给读者，使更多人了解那段真实的历史，并解疑释惑。2008年，在中央党史研究室和西藏自治区党委等领导机关、领导同志支持下，由中共党史出版社出版了《解放西藏史》一书。这部著作已先后三次获得中央和国家机关大奖。现在，我和其他同志，愿意继续为党和西藏人民做贡献，我在这里借用进藏先遣连党代表李狄三的话，以表达我的心声：“我们活下来的人，只有更好地活着，至少是要争取活得更久一些，才能完成他未竟的事业。活着，已不是为了别的，而是为了完成我们共同肩负的使命。”

祝愿《西藏岁月系列丛书》能够鼓舞更多的人，不忘革命前辈，弘扬“老西藏精神”，希望同志们继续组织编写出更多记录那些令人追忆、感人肺腑、具有震撼力的征程的优秀作品来。

2013年8月于北京

阴法唐，1922年7月生于山东省肥城市桃园镇张里庄，中共党员。1955年被授予上校军衔，并荣获二级独立自由勋章、二级解放勋章。1962年晋升大校军衔。1988年被中央军委授予中将军衔，并荣获独立功勋荣誉章。曾任中共西藏自治区党委第一书记，同时被军委任命为成都军区副政委兼西藏军区第一政委。在此期间被选为西藏军区党委第一书记、西藏第三届政协主席。中共第十二、十三届代表大会代表，第十二届中央委员，第五、第六、第七、第八届全国人大代表，第七、八届全国人大常委会委员。原中国人民解放军第二炮兵副政委。

带家人牵头，多方筹措资金成立“阴法唐西藏教育基金会”，为西藏教育事业再做贡献；2008年，在中共党史研究室和西藏自治区党委等领导机关、领导同志支持下，牵头组织编写的由中共党史出版社出版的《解放西藏史》，先后获得中央和国家机关三次大奖。

圆　梦（序二）

张跃平

2010年，阳光明媚的4月，我收到《雪山不会忘记系列丛书》编委会的丛书策划案送审文件。详细看过之后，心情非常激动，当时就签署了支持意见。后来，在书稿的编撰过程中，《雪山不会忘记系列丛书》改名为《西藏岁月系列丛书》更符合选题内容。

一晃就是三年。今年4月，《西藏岁月系列丛书》编辑委员会邀约我为丛书写序。欣喜是自然的，担心亦在情理之中。我深知这绝非一般意义上的工作，因为，不论是作者还是编辑委员会的工作者，大多已退休离开了工作岗位，此次又重新走到一起，在西藏自治区党委、人大、政府、政协领导的高度重视和相关部门的大力支持下，用他们的真诚和热情，用他们的智慧和能力，组建了西藏岁月文学艺术工作者协会，协会组建的同时，丛书编撰工作也正式启动。为倾诉一生都无法割舍的西藏情缘，为报答西藏高天厚土给予的养育之恩，为实现大家共同的夙愿和高原梦，他们依旧那么执着，那么敬业，那么坚定，就像高山上的雪莲花，默默地绽放着永恒的绚丽。

我知道，他们约我写序，并非因为我的职务，而是因为我与丛书作者们有着同样的西藏情结，有着同样的高原梦。这份情谊，这份默契，这份梦缘，没有西藏生活经历的人永远无法想象、无法理解。

但，我懂他们。

丛书中所记录的西藏岁月，是英雄们的战斗史，是前辈们的奋斗史，是西藏文明的发展史。作者们都是“老西藏”和“老西藏”的接班人，每一位我都似曾相识，每一段述说我都非常熟悉。因为，37年前，我和这些热血青年一样，身背行囊，怀揣理想，义无反顾地踏上了这片土地，成为继十八军之后支援西藏社会主义建设大军中的一员。那时，我们很年轻，就像籽粒饱满的青稞，耐受着高寒缺氧的环境，执着地生长；就像苍劲的雄鹰，迎着风霜雨雪，勇敢地飞翔；就像健壮的牦牛，承载着重负与寂寞，倔强地前行。在我三十余载的西藏岁月中，半生青春一生爱，半生血汗一生情，我已无法分清藏族与汉族的界限，无法分清藏地与故乡的区别，如同无法分割的血脉一样。在《西藏岁月系列丛书》中，我看到了自己，又回到了那个年代。

工作之余，我酷爱摄影，特别享受按动快门的瞬间带给精神上那种欣慰的满足，特别渴望所有的经历都能成为永恒。我希望以这样一种方式，纪念我的西藏岁月，纪念我人生旅程中最有意义的时刻，纪念西藏翻天覆地的变化，纪念西藏各族人民团结奋斗、建设美丽家乡的辉煌成就。

心有多大，梦就有多大，照片和文字是一样的，不论是现在还是将来，都在向人们讲述着一个永恒的主题——圆梦。

与“老西藏”们相比，我们是幸运的，因为，我们是沿着他们以“老西藏精神”开创的那条“天路”走进高原的，我们是“特别能吃苦，特别能战斗，特别能忍耐，特别能团结，特别能奉献”的“老西藏精神”的传承者，所以，我们自豪，我们自信，我们自强。

光阴荏苒，一代又一代西藏人，览尽风雨苦亦甜；岁月如梭，一代又一代西藏人，于岁月的车轮里一刻也没有停歇；青稞酒的甘甜，酥油茶的醇香，锅庄舞的厚重，把我们的西藏岁月，永远镌刻在人生的长河里。今天，《西藏岁月系列丛书》为我们再现了这一切。其中记录的，不仅仅是作者自己的生活和经历，更宝贵的是记录了西藏和平解放中勇敢而无畏的人们，西藏建设中坚强而无私的人们，西藏发展中勤劳而智慧的人们。不论是谁读懂了其中的情感，感受了其中的真诚，领略了其中的风采，都会被感染，被触动，被洗礼，被震撼，而后，也会有一种冲动，那种背起行囊上路的冲动。

这就是《西藏岁月系列丛书》给予我们的启迪，这就是“老西藏精神”给予我们的力量。

忍不住，抬头仰望《喜马拉雅丰碑》上镌刻的《高原的记忆》，深切感受着不朽的《高原魂》；以真诚和执着《守望》着《我们的西藏岁月》、《源》，领略《墨竹河》及《雪绒藏布》的斑斓与阳光相聚，汇成《彩霞东来》的绮丽风光，用我们的青春，骄傲地展示着《雪域风华》，用我们的双手，创造着高原奇迹，在鲜花、掌声和《金质的哈达》涌向我们的时候，我们没有停下，坚强与自信深深地刻在前行的脚印上。因为，我们是“老西藏”们的接班人！

人生如船，梦想是帆，每个人都有一个只属于自己的梦，因为我们同属一个国家，所以我们的梦与国家民族的兴衰荣辱紧密相连。我们只有继续保持激情、坚持科学发展，中国梦才够美丽；我们只有不断完善和谐稳定、民生改善、民族团结的新局面，中国梦才够坚实。

我们的梦在西藏。

西藏的梦是繁荣昌盛，在西藏的奋斗圆了我们的梦，党的领导和各民族大团结圆了西藏梦。如今，中华民族正在用自己的勤劳与智慧圆一个梦，那就是坚定共产主义远大理想的信仰，忠实于有中国特色的社会主义共同理想的实践，实现国家富强、民族复兴、人民幸福的“中国梦”。

《西藏岁月系列丛书》正是从梦开始的地方讲起，还将继续沿着梦的思绪，在雪域高原，圆一个团结、民主、富裕、文明、和谐的社会主义新西藏梦。

2013年4月30日

张跃平，1950年5月生，辽宁北票人，中共党员。历任西藏军区生产建设师彭波农科所技术员，西藏自治区农垦厅生产技术处副处长，西藏自治区政府办公厅秘书一处处长，西藏自治区“一江两河”开发建委办综合处处长，西藏自治区拉萨市委常委、组织部部长，西藏自治区纪委副书记（正厅级），西藏自治区监察厅厅长，西藏自治区人大常委会党组副书记、常委会副主任。

序 三

德吉措姆

正当全国各族人民托起中国梦，为实现中华民族伟大复兴而奋力拼搏之际，《西藏岁月系列丛书》应运而生了。这不仅是系列丛书的作者们渴望已久的大事喜事，也是为丛书出版工作而奔波不停的工作人员十分高兴的事情，对于广大读者来说，无疑也是一次共享“老西藏精神”的丰硕成果，进一步了解真实西藏的难得机会。

为《西藏岁月系列丛书》写序，我一方面感到很荣幸，另一方面心理压力比较大，担心写不好。因为丛书的作者中有我十分熟悉的、十分敬重的“老西藏”、老领导，加上作者们每个人的作品分量很重，不仅承载着凝重的历史轨迹和社会责任，而且真实反映了那个年代广大指战员保卫祖国边疆、维护祖国统一的坚定信念，真实反映了新西藏的发展变化，处处闪耀着“老西藏精神”的光辉。

我想从以下三个方面，简单谈谈对系列丛书（11本）的初步认识，与读者共勉。一是系列丛书体现的五个基本特点；二是作者当年进军西藏时的历史概述；三是“老西藏精神”是我党我军光荣传统和优良作风的继承与发展。

一、系列丛书体现的五个基本特点

一是作者们晚年笔耕不辍，给后代留下了宝贵的精神财富。整整11本书，洋洋300多万字，字字都是作者们用心血和汗水写成的。其间所遇到的困难和问题，他们从不叫苦，从不给组织和领导找麻烦，处处以“老西藏精神”严格要求自己。他们的作品，无论是报告文学、纪实文学、诗词集或文集，还是长篇小说，都凝聚了对党对祖国的无限热爱，凝聚了对西藏人民的深情厚谊，凝聚了对生活、对西藏这片高天厚土、美丽风光的无限眷恋，骨子里透着浓浓的“西藏情结”。这是“老西藏”晚年献给党、献给西藏人民、献给新一代的又一份厚礼！

二是丛书的作者们，是一生奉献边疆的“老西藏”。

摆在读者面前的11本书的作者，大多数已是年过七旬的老革命、老前辈、老领导、老作家，还有当年参军时年龄不满15岁的女战士。虽然他们现在已退休多年，却坚持做到了老有所乐、老有所养、老有所学、老有所为，退休不褪色。他们不仅把自己一生最美好的青春时光献给了西藏，献给了西藏人民，而且到了晚年仍然在默默无闻地奉献着。西藏人民永远不会忘记“老西藏”为捍卫祖国边疆，为西藏人民的翻身解放和幸福生活而做出的牺牲和奉献。

三是作品内涵深刻，意义深远。

作者们从不同角度，用不同形式，深刻描绘了西藏和平解放、进军西藏、解放西藏、建设西藏的重大历史变革，以及改革开放、现代化建设时期，中央如何继续关心西藏、全国无私支援西藏，使西藏飞速发展变化的可喜局面。其强烈的时代感和社会责任感，必将使广大读者深入了解那个年代的沧桑巨变和那个年代造就的英雄人物，了解今天的幸福生活是无数英雄用生命和鲜血换来的，从而更加激发爱国热情，更加珍惜今天的幸福生活，更加发奋图强，努力建设家乡，自觉维护祖国统一。

四是作者深入调研、充实内容，保证作品质量。

多年来，丛书的作者们有的不顾年老体弱、疾病缠身，有的不顾家庭生活条件不够宽裕，年复一年、日复一日坚持创作，有的不顾路途遥远，交通不便，坚持走出家门访亲问友，有的结伴到离家很远的地方和城市，采访健在的英雄，寻找英雄的足迹，采集英雄的事迹。他们这种对作品负责、精益求精的态度，这种对党负责、对社会负责、对英雄负责，也对读者负责的精神，不仅让我们敬佩，更值得我们学习和发扬。

五是作品客观翔实，文风朴实无华。

丛书的作者们，无论作品反映的是哪个历史阶段，哪个具体事件，都认真坚持文化传承和文化信仰的深刻内涵，每一本书字里行间折射出的崇高境界、理想信念，让正能量传达得更鲜明、更可信、更有效。书中虽然没有更多华丽的辞藻，但娓娓道来的每一个故事、每一个人物、每一个事件，都弘扬了时代主旋律，都是为子孙后代留下的宝贵的精神财富和力量源泉。一本本耐人寻味的厚书，一段段真实可靠的经历陈述，对当代西藏进一步筑牢反对分裂、维护稳定的思想，巩固和发展民族团结，繁荣边疆地区文化建设都将产生积极而深远的影响。

二、作者当年进军西藏时的历史概述

1959年之前，也就是民主改革前的旧西藏，是一个又落后又黑暗的封建农奴制社会。在那时的社会里，广大农奴没有自己的土地和牲畜，没有人身自由，却要遭受残酷的压迫和剥削，终年挣扎在贫困、饥饿的死亡线上。党中央毛主席对西藏情况早已明察秋毫，在1949年10月1日中华人民共和国成立前后，针对国外敌对势力与西藏地方政府中的分裂主义分子加紧勾结从事分裂活动的严峻形势，做出了进军西藏的英明决定。同时，把进军西藏、经营西藏的任务具体落实给了以十八军为主力的进藏部队。另一方面，党中央毛主席从西藏特殊情况出发，制定了争取和平解放西藏的方针，说服西藏地方政府派代表赴京，促使地方政府坐下来谈判。1951年5月23日，中央人民政府和西藏地方政府在北京签订了具有历史意义的《中央人民政府与西藏地方政府关于和平解放西藏办法的协议》，简称“十七条协议”。从此，西藏人民摆脱了帝国主义的侵略和压迫，西藏和平解放，西藏历史翻开了新的篇章。1951年5月25日，毛主席发布了人民解放军进军西藏的命令。十八军等各路进藏部队，分别从西康、云南、新疆、青海向西藏进发，经过一年多的千辛万苦、英勇奋斗，终于完成了党中央毛主席交给的光荣的历史任务。西藏人民也从此开始认识了解放军，认识了共产党。

1959年3月，西藏上层反动集团悍然撕毁“十七条协议”，发动了全面的武装叛乱。人民解放军坚决平息了叛乱，西藏实行了民主改革，彻底废除了封建农奴制度，百万农奴翻身得解放，当家做了主人。1965年9月西藏自治区正式成立，宪法赋予的民族区域自治权利得到了实现，有力推动了西藏的社会进步和经济发展。改革开放和现代化建设时期，党中央又制定了新时期西藏工作的一系列方针政策和发展措施，安排部署了全国支援西藏的重大决策，使西藏很快实现了经济发展、社会稳定、民族团结、边防巩固、向全面建设小康社会目标前进的美好前景。60多年的实践证明：只有在党的领导下，只有在祖国的怀抱中，只有走中国特色西藏特点的社会主义道路，西藏才会有光明的前途和幸福的未来。

三、“老西藏精神”是我党我军光荣传统和优良作风的继承与发展

“老西藏精神”是上世纪50年代进军西藏的广大指战员和领导干部、工作人员及后来的驻藏解放军和地方各族干部在极其艰苦、极其特殊的环境下，以大无畏的英雄气概共同创造的高原之魂。也就是当年江泽民总书记在中央召开

的第四次西藏工作座谈会上提出的“特别能吃苦，特别能战斗，特别能忍耐，特别能团结，特别能奉献”的精神，就是长期建藏、一不怕苦二不怕死、艰苦创业、认真执行政策、守纪律的高尚品格。“老西藏精神”是我党我军光荣革命传统的重要组成部分，有力地继承和丰富了中华民族传统美德和精神财富。

回顾当年进藏部队广大指战员和工作人员所遇到的艰难险阻和特殊复杂的困难局面，想到他们最终如何把五星红旗插上喜马拉雅山时，人们不得不相信“老西藏”们就是一群特殊材料制成的人！“老西藏精神”就是他们用鲜血和生命铸就的不朽丰碑！

他们热爱党，忠于祖国，一切听从党安排。这是战胜一切困难，最终夺取胜利的根本保证。例如，中华人民共和国刚成立不久，十八军在成都的战役也结束了，上级已任命张国华军长、谭冠三政委等领导到地方工作，官兵们好不容易从长期的战争环境中走出来，准备接受相对稳定的地方工作时，突然接到上级命令，进军西藏，并明确以第十八军为进藏主力。当时部队内部的思想波动可想而知，但是，经过战争锻炼的英雄部队经受住了严峻的考验，在张国华军长和谭冠三政委“舍小家顾大家，要把忠骨埋西藏”精神鼓舞下，部队统一思想，提高认识，增强信心，决心坚决完成党中央交给的任务。只要党需要，一声令下，打起背包就出发。“到边疆去！”“到祖国最需要的地方去！”这就是进藏部队勇往直前的英雄本色，充分体现了大局意识、服务意识和高度的政策纪律观念，充分体现了革命军人崇高的理想信念。

他们进军西藏遇到的艰难险阻，是今天的人们无法想象的。无论是十八军各部队，还是新疆骑兵独立师先遣连等进藏部队，都经历了同样的高寒缺氧、风雪交加、忍饥挨饿、缺医少药、物资供应缺乏等困难考验。但他们靠双脚走出了雪山、草地，战胜了自然环境的无情磨难和反动势力的阻挠破坏。如果没有“让高山低头，让河水让路”的英雄气概，没有“以苦为荣，以苦为乐”的艰苦奋斗、无私奉献精神，没有“长期建藏，边疆为家”的长远计划，就不会有“老西藏精神”独特的优良品质和高尚情操。

他们严格执行党的民族政策和宗教政策，赢得了广大僧俗群众的衷心拥护。“十七条协议”签订后，毛主席对张国华军长特别叮嘱：“你们在西藏考虑任何问题，首先要想到民族和宗教这两件大事，一切工作必须慎重稳进。”毛主席一针见血地指出了民族、宗教、统战工作在西藏整个工作中的重要性，给部队各项工作指明了方向。在当时那种条件艰苦、情况十分复杂的形势下，张经武、张国华、谭冠三等领导模范地贯彻执行了毛主席关于民族、宗教等一系列方针政策，并且制定了许多切实可行的具体措施。如把关于尊重宗教信仰、尊重藏族风俗习惯也作为一项重要准则写进了守则等。总之，上世纪五六十年代，西藏民族团结、军民团结、军政团结，出现了前所未有的可喜局面。

经过60多年的沧桑巨变，“老西藏精神”已成为高原各族儿女团结友爱、拼搏进取、全心全意为人民服务、加快西藏发展的力量源泉。新时期新阶段，在“老西藏精神”激励下，一茬茬高原官兵、一茬茬进藏干部和一批批援藏干部中，涌现出了许许多多优秀代表。如张经武、张国华、谭冠三、天宝、幕生忠、李狄三、布德、蒋英、仁增旺杰、孔繁森、陈金水、轮祖、洛松朗加、祁爱群、李素芝等英雄模范人物。继续理解并弘扬“老西藏精神”，对高举中国特色社会主义伟大旗帜，维护祖国统一，维护民族团结，反对分裂，确保西藏经济跨越式发展和社会长治久安，全面建设小康社会，具有重大的现实意义和深远的历史意义。

《西藏岁月系列丛书》经过三年的努力终于和广大读者见面了。借此机会，我以西藏岁月文学艺术工作者协会主席、《西藏岁月系列丛书》编辑委员会主任的身份，首先向北京市政协党组书记、主席，市政法委书记吉林同志表示衷心感谢！向北京市表示衷心感谢！如果没有吉林同志的热情支持，没有北京市的慷慨解囊，没有北京市援藏拉萨指挥中心的具体协助，此次丛书的出版工作不可能顺利完成。同时，也要感谢为丛书出版辛勤工作的封面设计、责任编辑等工作人员！还要感谢大连市委组织部、宣传部及大连市援藏干部的大力支持！

2013年6月1日

德吉措姆，藏族，1947年11月生，西藏拉萨人，中共党员。中央党校研究生学历。历任西藏农牧学院附中副校长、学院教务处副处长，西藏自治区党委宣传部教育处处长，西藏自治区山南地委宣传部部长，西藏自治区党委副秘书长，西藏自治区文化厅党组书记、厅长，西藏自治区党委常委，西藏自治区政协党组副书记、政协副主席。是西藏第一位藏族女作家。1977年发表处女作《骏马飞奔》。1980年发表代表作《漫漫转经路》，获西藏自治区优秀作品创作奖。1986年发表《采蘑菇的少女》等等，是军民鱼水情深之歌，一时传为美谈。

在麻城市电影《孔繁森》首映式上的发言(代序)

熊忠彦

我是1976年暑期大学毕业，响应党和政府的号召，自愿报名，经中共湖北省委批准，由交通部武汉第二航务工程局到西藏支边工作的。孔繁森是1979年由山东省聊城地区选派援藏的。他进藏后担任中共岗巴县委副书记。当时，岗巴县委书记是我们麻城张家畈镇的何志善同志，我在拉萨与他们见过面。1988年年初，他第二次进藏，任拉萨市副市长，首次到墨竹工卡县调查和检查文教等工作，我俩在直孔区又见过面。那时，他戴一顶灰色毡帽，我戴的是一顶白色宽檐安全帽，有人还为此开过我俩的玩笑。过一会儿，大家将会在影片中看到墨竹工卡县的一些镜头，那就是我和我的爱人李敏曾经工作过十几年的地方。尤其是孔繁森同志从地震灾区抱养3个小孩的直孔区羊日岗乡，更是我常去的地方。我在那里搞过扩建灌溉水渠，调查牧场，解决驻军与当地的用水矛盾，还曾带工作组主持公社改乡工作，进行过残疾人抽样调查。一次下乡，马惊车，我差点在那儿殉职。群众告诉我，解放初期，墨竹工卡县有一位汉族县委书记，就是因惊马摔死在当地学绒河里。我有两次获得县人代会代表资格，就是从这个乡选举出来的。

孔繁森同志长我5岁，两次援藏共10年。他的事迹极其感人，以至于在内地，很多人感到惊奇，也有些人感到很玄乎，甚至有些人对此不相信、不理解。但是，我们在西藏工作过的人都知道，他的那些事迹是百分之百真实的。在西藏，援藏干部职工绝大多数都是好样的，像孔繁森那样的干部很多。西藏的工作条件和环境比较特殊，在那种传统的政治大气候下，你在那里也会被感染和陶冶，照样会全心全意地为藏胞服务。西藏有以下三个特殊：

一是，西藏政策好，执行政策严格认真。干部的援藏宗旨和责任明确，组织上对每个同志从政治上、生活上关心爱护。单位经常召开支部生活会和单位民主生活会，有意见都在会上当面指出。该你得的工资、津贴、差旅费、各种补助费，个人不用过问，一分不少，没有后顾之忧。

二是，自然环境、工作条件特殊。高寒缺氧，气候多变，昼夜温差大，冬长于夏，有半年多吃不上新鲜蔬菜。由于海拔高，空气稀薄，大气压低，没有高压锅煮不熟饭。我们刚去时，供应给我们的是三分细粮、七分粗粮，下乡工作时则与藏胞一样手抓糌粑，吃生牛羊肉。生活的艰苦程度可想而知。我工作的墨竹工卡县平均海拔4000多米，开水只能烧到76度左右。乡下海拔大都在4500～5000米，开水的温度更低。地广人稀，地理条件复杂，交通不便（现在有所改善），常发生雪崩、山洪、泥石流、交通等事故。跟我一起进藏的湖北同学中，在不到两年的时间里，就有两位，因扑救山火和车祸，光荣牺牲了。我在那里工作，也经历过多次生命危险。

三是，人文环境特殊。从农奴制度下解放出来的藏胞们，朴实而又单纯，他们从心底感谢共产党，感谢毛主席，把从内地来的干部，都当作是党中央毛主席派来的亲人。干部的一言一行，代表着党、代表着毛主席。

我们在西藏工作的干部，特别是直接与老百姓打交道的基层干部，都自觉地把自己当成是党的代言人，往往以“党的代表”身份，严格要求自己，严格执行党的各项方针、政策和纪律，一心一意为西藏服务，为人民群众服务。无论到基层区乡村，还是在老百姓家里，我们吃饭、喝酥油茶，买肉、买蛋等都自觉给钱，有时还多给。记得在1988年夏末，我刚调回麻城任工业局副局长，第一次到化工厂检查工作，中午在厂食堂就餐。饭后问该付多少饭费，工业局陪同人员和厂长、书记都感到很奇怪，说从未听说过领导吃饭要给钱。

援藏干部职工对工作更是认真负责，都有吃苦和奉献精神。在这里，我仅举一个例子：有一次过节，墨竹工卡县医院吴允华院长请我们在县上工作的几个汉族干部到他家里聚餐。饭菜刚上桌，忽然有人进来说，医院来了重病人。吴院长和曾医生两位汉族医生二话不说，立即拿起碗来，把饭菜往嘴里倒，一口吞下半碗饭。我们还没来得及动筷子，他俩就甩下碗，嚼着饭，向我们几个人说声抱歉，一边往身上套白大褂一边向医院跑去。

我们每逢下乡，或在工地上，干部都同工人们打成一片，与他们同工作、同劳动、同生活、同饮食、同娱乐。

其实，在西藏，像孔繁森同志这样工作生活的同志很普遍。孔繁森的事迹是援藏干部们的真实写照。他是我们援藏干部的杰出代表。江泽民同志将西藏干部的这种精神加以总结，并高度提倡，这就是“特别能吃苦，特别能忍耐，特别能战斗，特别能团结，特别能奉献”的“老西藏精神”。

我还要向大家介绍的是，干部与人民群众的亲密关系。孔繁森与藏族人民心连心，不怕吃亏，真心实意地为藏族人民服务，把藏族老人当作自己的父母一样敬奉，把藏族孤儿当作自己的子女一样抚养。这些，一点儿也不奇怪。因为当地老阿爸和老阿妈们，也把我们当作自己的亲生儿女一样照顾；藏胞们同样把我们当成亲兄弟一样看待，亲密无间，对我们的工作和生活无微不至地关心和帮助。我常年在乡下工作，对这种情同手足的关系感触很深。尤其是几次在乡下生病，都是在藏族老乡精心照顾下治好的。接触老乡多了，交了很多好朋友，他们时不时地或自己、或托人捎带一些肉、蛋和青稞酒等，到县上送到我的家里，给钱不收，不要还不行，只好给他们一些乡下用得着的物品回赠。在西藏，人与人之间，真诚相待，言而有信，明借明要，从不勉强，夜不闭户，无偷无抢。在那个地方工作和生活，大家不分彼此，互相以朋友相待，互相帮助，似乎有一种共产主义的味道。我至今怀念那种既艰苦充实又心情舒畅的工作和生活。

我虽然在西藏工作过12年，也为西藏人民做过一些实事，但比起孔繁森同志还有差距，还要继续向老孔同志学习，继续发扬“老西藏精神”，力争为党、为国家和人民多做些实际工作。

1995年冬

目 录

一路风尘进高原

1976年的国庆节，一点节日气氛也没有。

虽然在9月18日就举行了毛泽东主席追悼大会，但全国人民仍然沉浸在悲痛之中，上上下下都打不起精神，私下里担忧国家的命运。

明天就要出发进西藏了，上午，我将整理好的行李箱拉到火车站托运，又到一位住在汉口的远房亲戚家道别。

10月2日下午1点，我们湖北省首批95名援藏大中专毕业生齐装满员，列队武昌火车南站。湖北省委领导、各大专院校师生、社会各界代表及援藏学生亲友，都来到站台上，为这一大帮意气风发的湖北儿女送行。

再见了，我们的大武汉！

登上武汉至西藏特快列车，我们就与母校、与省会武汉渐行渐远了。

富饶的江汉平原从眼前掠过，车厢里，各校同学高谈阔论，互诉理想。继承毛主席遗志，用自己的实际行动建设边疆，把青春献给新西藏，是我们的共同话题。

毕业前夕，我曾写下一首小诗，充满了豪言壮语，此时拿出来朗诵，获得一片掌声。现抄录原文如下：

手持金箍棒，一步踏珠峰，
指点西域山水，寒热应相同。
横扫妖魔鬼怪，搏击恶浪狂风，行者乐无穷。
若遂凌云志，旌旗遍地红。
毛主席，共产党，育英雄。
限制资产阶级法权①，填平三大鸿沟②，战士永冲锋。
全球花烂漫，她仅笑于丛。

①限制资产阶级法权：1958年11月，毛泽东与人谈话时说：在人与人之间的相互关系中存在着的资产阶级法权，必须破除。例如，等级森严，居高临下，脱离群众，不平等待人，不是靠工作能力吃饭而是靠资格、靠权力，干群之间、上下级之间的猫鼠关系和父子关系，这些东西都必须破除，彻底破除。

②三大鸿沟：即三大差别，是指工农差别、城乡差别和脑力劳动与体力劳动的差别。

23点后，车厢里渐渐沉寂。第三天到宝鸡。看着窗外寂静的黄土山川，越走越荒凉。5日早上，我们到达了进藏的第一个中转站——甘肃省柳园火车站。

下火车后，我们这一大帮疲惫的学生提包拎袋，住进柳园兵站，却被告知要节约用水，只能擦脸，不能洗澡。据说这里是沙漠边缘，水都是从外地拉来的。

我们在武汉时，一天洗几次澡，晚饭后还跳进长江去游泳。这次在火车上，已经四五天没洗过澡，身上都是一股酸臭味儿，全身痒得难受。这下可郁闷到家了。特别是女生们，酸鼻子皱脸噘起嘴巴。

进食堂吃饭，伙食也特简单，印象最最深刻的，就是有一种用大白菜叶包裹着腌制的豆腐乳，味道特别好，吃了还想吃。

我们住在兵站里，等待从西藏派来接学生的公交车。

柳园镇不大，还不如湖北的一个中等自然村，几分钟就可以转遍全镇。但从地图上看，这里可是河西走廊上火车到新疆的唯一通道。从西藏进出的客车货车，都得在这里停留。

在柳园兵站一等就是十来天，其间我们很少外出，基本上都是按照湖北省委组织部在武汉组织进藏学生集中学习时划定的大组小组，每天学习中央文件和有关政策，讨论西藏现状和政策内容，有时也集中收听中央广播电台的广播，关心国家大事。

熟悉西藏情况的长途车司机告诉我们，到拉萨还有2000多公里路程，沿途高寒缺氧，到处冰天雪地，路况十分复杂，要跑十几天才能到达。同学们听说我在工厂时就会修汽车，出发前都推举我坐到司机旁边，随时给司机提供帮助，处理一些意想不到的紧急状况。

16日早晨，我们一行 4 辆大客车从柳园站出发。在戈壁滩上颠簸，黄沙扑面，一片浑浊，前后车不得不拉开距离，否则因为视线不清，后车很容易撞到前车屁股上。

我坐在副驾驶位置上，经交谈知道司机师傅姓张，四川人。他个子较矮，胖胖的，脸上黑乎乎的，透着因紫外线强光长期照射形成的“高原红”。张师傅开车时全神贯注，很少讲话。他是我近距离接触的第一个“西藏人”。

终于看到有绿树了，一小块绿洲出现在视野里。张师傅说，敦煌到了。

这天行程128公里，早早安排住宿。

敦煌是一座很小的县城，昼夜温差很大。查了一下随身带着的地理知识简介，原来这里就是古代的“沙州”——古丝绸之路上的重镇，是一座拥有两千多年历史的文化名城。

当年如此繁华的地方，如今自然环境却这样差。当年的绿洲，已经被沙漠侵占了，给人的印象是，如果不抓紧治理，这块绿洲很快就会被沙海吞没。看到敦煌今天这个样子，我不由得感慨：沧海桑田，一点不假。

第二天，我们接到通知，乘车到敦煌以东25公里处的莫高窟参观。

当时，我们并不知道莫高窟有多么了不起。

坐在车上，只看到一片大沙丘。司机说那就是鸣沙山，千佛洞就凿在东麓的断崖上。下车走过去，看到山崖上布满了大大小小的门洞，特像我小时候喜欢用竹竿去捅的蜂子窝，往大里说，更像是鸽子笼，上下排列，看上去有四五层，高低错落，鳞次栉比，密密麻麻，横向伸展出三四里远。

壮观！

下车看洞里的壁画、佛像和雕塑，更加令人惊叹。最大的佛像，有十来丈高，讲解员说是34米。从一层看上去，只觉得奇高无比，大得惊人。待走到顶层，看下边的人，都像木偶戏里的小伶仃。据说这是我国第三大佛，也是世界上“室内第一大佛”。

再去数佛洞有多少个，数来数去把自己搞糊涂了；换个角度再数一遍，越发乱套。那个讲解员笑着说，佛洞现在清理出来的已经有480多个。

啊呀嘞，古代有多少工匠在这里敲凿雕画，才弄成这等奇观！千佛洞前临宕泉河，面向东。当地人说，这佛洞已经有1600多年历史，最早是前秦建元二年（即东晋太和元年，366年），有个叫乐僔的僧人路经此山，忽见金光闪耀，如现万佛，于是便在岩壁上开凿了第一个洞窟。此后法良禅师等又继续在此建洞修禅，称为“漠高窟”，意为“沙漠的高处”。后世因“漠”与“莫”通用，便改称为“莫高窟”。隋唐时期，随着丝绸之路的繁荣，莫高窟更是兴旺，在武则天时代有洞窟千余个。现在清理出的洞内壁画有45000多平方米，彩塑像2000尊。若把壁画全部展开，一方方连接起来排列，有60多里地长。乖乖！

我们入室环顾洞窟的四周和窟顶，到处都画着佛像、飞天、伎乐、仙女等。特别是那些叫做“飞天”的仙姬，不长翅膀，不生羽毛，借助云彩，凭借飘曳的衣裙，飞舞的彩带，凌空翱翔，千姿百态，千变万化。

接着我们走到叫做“三层楼”的洞窟前，讲解员说这是很少见的窟中窟，前窟建于唐朝大中五年至咸通八年（851年～867年）期间，而后窟却是清光绪三十二年（1906年）由王道士主持修建的。

就在这时，那讲解员突然说，最早发现藏经洞的道士王圆箓，是湖北省麻城县人。

啊？我老乡？这荒山秃岭里居然还曾经来过我的家乡人？！我一下子惊呆了。

讲解员介绍说，清朝时，大约是1900年，王道士想将已被遗弃许久的一些洞窟改建为道观，于是开始清除淤沙。那段时间，他天天坐睡在这个前窟北侧的甬道处。忽一日，偶然发现土墙上有一条小缝，他顺手捡起一根芨芨草从裂缝处往里面捅，草捅得全没了还没有到底。他感到很奇怪，想探个究竟，于是，顺着小缝挖墙，竟挖出了个千年前封闭的藏经洞。

走进藏经洞，是个约8尺见方的方形窟室，内壁绘有菩提树、比丘尼等图像，中有一座禅床式低坛，上塑一位高僧的坐像。讲解员说，洞里原有价值极高的古代（从4世纪到11世纪，即十六国到北宋）经卷、文书、画卷等文物5万多件。

藏经洞是王圆箓在无意中发现的，他首先想到的自然是报官。

他从藏经洞拣出两卷经文，徒步行走50里，赶往县城去找敦煌县令。不料那位姓严的知县爱理不理，把两卷经文当成了擦屁股都嫌不好用的废纸。过两年，敦煌又来了一个姓汪的新知县。汪知县是位进士，王道士又去报告藏经洞的发现。汪知县便亲自来莫高窟查看，并顺手捡得几卷经文带走，留下一句话，让王道士就地保存，好生看管藏经洞。王道士两次找县令，没人管这回事，他又从藏经洞中挑拣了两箱经卷，赶着毛驴奔肃州（酒泉）。这道士风餐露宿，行程800多里，找到了安肃兵备道的道台廷栋。廷栋大人认真浏览一番，得出结论：经卷上的字还不如本大人的书法好，就此了事。

直到1904年，省府才下令敦煌县检点经卷，就地保存。这话说了等于没说，总而言之谁都不管。王道士又斗胆给清宫的老佛爷慈禧太后写了密报信，仍然是泥牛入海，杳无音信。

中国的大官小官都不管事，外国人却闻风而至。

7年过去，1907年，王道士为了筹钱修复莫高窟里的佛像，开始向外国探险者斯坦因等人私卖藏经洞文物。英国的考古学家斯坦因仅用了200两银子，便换取了24箱写本和5箱其他艺术品。这些藏品大都捐赠给了大英博物馆和印度的一些博物馆。1908年，精通汉学的法国考古学家伯希和在得知莫高窟发现古代写本后，立即从迪化赶到敦煌。他在洞中拣选了三个星期，最终以600两银子为代价，获取了1万多件堪称精华的敦煌文书，后来大都入藏法国国立图书馆。1909年，伯希和在北京向一些学者出示了几本敦煌珍本，这立即引起了国内外学者的注意，中国的考古学家、画家、官员，与那些洋教授一样，开始了对敦煌莫高窟文物的破坏和掠夺。1900年发现的5万多件藏经洞文献，最终只剩下8757件入藏京师图书馆，现保存在中国国家图书馆。

讲解员接着告诉我们，除了藏经洞文物受到瓜分，敦煌壁画和塑像也蒙受了巨大的损失，目前所有唐宋时期的壁画均已不在敦煌。伯希和与1923年到来的哈佛大学的兰登·华尔纳先后利用胶布粘取了大批有价值壁画，有时甚至只揭取壁画中的一小块图像，严重损害了壁画的完整性。

1900年，道士王圆箓发现了藏经洞

1924年，美国人华尔纳用特制的化学胶液，粘揭盗走莫高窟壁画26块。

王圆箓在几十年间，不断地筹钱修复莫高窟里的佛像和壁画，有效地保护了莫高窟。此外，他为打通部分洞窟，也毁坏了部分壁画。

发现藏经洞，距今已有百余多年了，怎样评价王道士的功过是非？

讲解员说，僧人和他的弟子对他的评价很高，称他为仙长，逝世后为他立碑建塔。但当地年纪大的人中，有的说王道士是个无知的小人，一字不识，更不懂文物的价值，拿藏经洞里的经卷与洋人换酒喝。

挨近我的几个男同学哄笑起来，嚷嚷着说："与咱熊大哥一样，酒醉英雄汉，酒醉卖国贼。难怪熊大哥爱酒，看来你们麻城人自古就是爱喝酒。"有个女生故意调皮，用手点划着脸蛋说："王道士，大老熊，酒瓶子打狗，一丘之貉！"

我被刺激了，睁大眼睛瞪了他们一眼，转身走出藏经洞。

走到院子外，我面向王道士塔，深深地鞠上一躬：老乡、前辈，你安息吧。千秋功过，自有后人评说。

敦煌的夜，风吹动树叶簌簌作响，寒气逼人。

19日，汽车在戈壁滩上"跳舞"一整天，行车320公里，到达大柴旦。

大柴旦地处柴达木盆地北缘，这里已经进入青海省海西蒙古族藏族自治州的北部，是较为重要的工业基地。居民以汉族为主，还有蒙古、藏、回等民族。"伊克柴达木"是蒙古语，意为大盐湖。

过盐湖时，公路从达布逊湖上穿过，整条路都是用盐巴铺成的，路面平整光滑，坦荡笔直，将盐湖从中间劈成两半。汽车就在一望无际的盐海中穿行，湖光山色相映，连空气中都弥漫着一股淡淡的咸盐味。司机们路过这里时，随便在路旁挖两锹，就能装满一面袋盐巴，够家人吃上三五年。目力所及，到处是人们挖盐留下的一个个盐坑。我心里想着，将来要是在这盐湖上修筑青藏铁路，用什么材料才不会被腐蚀呢？不料顺嘴就把这想法说出了声。这下子可热闹了，车上一阵七嘴八舌。有人说，日本人曾想用修这段盐湖铁路来换取青海湖的开发使用权，周总理没有同意。不知此事确实否？

司机则说，这盐湖湖面上的公路长32公里，洋专家说盐含量超过40%的地方不能修公路，咱中国人还不是照样修。他们说盐路怕雨水，可老天爷偏向咱中国人，这盐湖里它就是常年不下雨。再说了，咱中国人啥子时候怕过难！娃子们放心，铁路会有的。

一席话，说得大家心里真熨帖。

这一天，我开始履行“副驾”职责，每到停车休息时，帮司机师傅加水，检查轮胎、底盘，爬到汽车底下，将被颠簸震松动的螺丝拧紧。

20日，又前行180余公里，中午到达柴达木盆地中南部的格尔木兵站。

格尔木是蒙古语音译，意为河流密集的地方，是“河流众多”的“荒漠明珠”。这里古为羌地，位处青藏高原腹地，海拔2800米。城市不大，人口也不多，据说上世纪50年代才开始兴建。虽然名为县城，但却是青海的第二大城市，中国西部的地理中心，是古代南丝绸之路的必经之地，更是青海西部的交通枢纽。公路南可通西藏，北可达甘肃河西走廊，西可去新疆，东可到省会西宁。看得出来，格尔木驻军很多，不但街道、商店、医院，甚至郊外，到处都是当兵的。兵站里的人说，咱家这地方是“兵城”、“盐城”、“汽车城”，车比人还多。咱汽车兵，是格尔木的“兵老大”，长年累月往西藏运送物资，往返于柳园和拉萨，有时也上川藏线跑上一遭，那真叫车轮滚滚。你们知道吗，每年90%以上的进出西藏物资，都要到这里打个转。

格尔木确实是个大兵营，出门转转，一路数过去，解放军四总部、兰州军区、武警、空军……在这里的团级以上单位就有三十来个，可见这是个中国西南边防的战略支点，战略地位非同寻常。

从格尔木向南望去，昆仑山脉连绵不绝，上面覆盖着皑皑白雪，的确非常壮观。我们的车还要再往南走，据说越走海拔越高，大气压会越来越低，空气也会越来越稀薄。根据原定计划，我们必须在格尔木休息几天（有的同学已经流鼻血），适应一下高原气候。

当天下午，大家休息，我和司机仔细检修汽车，并给车加油。来到加油站，加油员加完油，司机给了钱，就该将车开走了。不料，张师傅却走到加油泵前，抓起油管子，一手高一手低地托着，从加油机一头向汽车油箱这头控管子。长长的管子，连控两遍后，加油员说：“行了，别控了。”张师傅憨憨地笑着说：“里面还有油，我再控一次。”控了第三遍，还真的又控出了油。他上车后告诉我说：“格老子的，前面的车控空了管子，不要老子控，我们不控就要吃亏喽，我后面的司机就要格老子捡到个大便宜喽。西藏的汽油这么贵，一管子油要跑好几公里哟。我才不吃这个亏呢，个龟儿子的。”

21日下午，西藏自治区驻格尔木办事处召集开会，由办事处书记向我们全体共产党员传达中共中央向全党“打招呼”的会议精神。文件内容是：中央于10月6日决定对王洪文、张春桥、江青、姚文元“四人帮”隔离审查。

传达完后，大家议论纷纷，有的同学对此有想法，少数同学还提出了疑问。

在全民关心政治的这个年代，中央出了这样的大事，我心里也有些许不安，只是口中不说罢了。

晚饭后，我们各组展开讨论。

我们这个19人小组，由武汉水电学院、武汉水运工程学院、湖北建工学院18名大学生和1名知青组成，大家纷纷发言。

小组里虽然男生多、女生少，但似乎有点阴盛阳衰。

按一路上讨论发言的惯例，武汉水电学院的女同学冯广勇打头炮。她发言的最后一句话，还是一路上说过多次的那句誓言：“毛主席，您安息吧。您放心，您的革命事业后继有人。”

接着是我们水运学院的女同学李振芝发言，她说话较多，但往往抓不住要点。

最后，总是武汉水电学院的女生强新，作“总结性”讲话。

大多数同学支持党中央所采取的特别行动。

我谈了自己的看法。第一，按党章规定，我们共产党员要下级服从上级，全党服从中央，要相信党中央采取的措施是正确的。第二，王张江姚“四人帮”之不得人心，路人皆知。在“文革”中，他们咄咄逼人，打击面过大，积怨甚多，一直反对国务院“抓革命、促生产”。这次他们分裂党中央，搞修正主义，打倒他们，是罪有应得，也是党中央在不得已的情况下才这么做的。第三，我们这批工农兵学员，要继承毛主席的遗志，将革命进行到底，准备为共产主义事业奋斗终生。我们响应毛主席、党中央的号召，自愿选择到边疆去、到艰苦的地方去、到祖国最需要的地方去，这条路没有错。虽然中央有变故，但我们援藏的决心不能变，这条路我们要坚决走下去。

在贵州六盘水插队的杭州知青、冯广勇的丈夫发言说：“我在红军长征路上的六盘水插队落户，对毛主席有非常深厚的感情。我们一定要继承毛主席的遗志，将革命进行到底。”

晚上躺在床上，我怎么也睡不着。高层政局的变化，必然会影响到党和国家的前途。个人的前途、命运将会怎样？真是令人担忧。又一想，算了，身为一名普通党员，并不了解上面的真实情况，发愁国家大事，又能有什么作用？既然大学毕业时选择了进藏，就得面对现实，还是准备全心全意为西藏人民多做些力所能及的实事吧。

22日继续南行，我注意到，路边没有一棵树。没有绿色，没有生机，大片大片的赭黄色在周围散开，真正是天地玄黄。

走出一两个钟头，就逐渐驶离柴达木盆地，进入昆仑山脉。大戈壁视野开阔，透过车窗玻璃望去，只感到群山如苍黑的波涛，自天边奔涌而来，那气势壮阔无比。脑海里忽然涌出伟大领袖的诗句："横空出世，莽昆仑，阅尽人间春色。飞起玉龙三百万，搅得周天寒彻。夏日消融，江河横溢，人或为鱼鳖。千秋功罪，谁人曾与评说？而今我谓昆仑：不要这高，不要这多雪。安得倚天抽宝剑，把汝裁为三截。一截遗欧，一截赠美，一截还东国。太平世界，环球同此凉热。"

戈壁的庞大与壮阔，令人回肠荡气。举目遥望，高原在奇绝壮伟中，更透出一派苍凉。

青藏公路如一把尖刀，切开了眼前的山峦而直奔远方。大约走出200来公里，到达纳赤台。我注意看了一下路旁的路标，"2828公里"。

"纳赤台"，藏语意为"沼泽中的台地"，海拔3700米。冷风钻进脖领，我们把皮大衣都穿在身上。下车投宿，想不到的奇事出现了。

这里是昆仑河北岸，虽然到处是冰天雪地，但地下泉水却汩汩流出。我们被黄沙灌了大半天，早已口干舌燥，争着解下军用水壶灌水，喝一口，清凉甜润，爽到极点。一个喜欢搭话的汉族养路工告诉我们：这是"神仙水"。说是当年西王母在昆仑山中瑶池之畔宴请各路神仙，创造神也应邀赴会。席间，诸神争着替自己表功，创造神凡摩则表示要将昆仑山之北造成藏氇氇之地，让那里草肥水美牛羊壮，碧野千里飘奶香。西王母听得格外受用，喊仙姬捧出几樽瑶池琼浆，赠送凡摩。宴会结束后，凡摩返回途中越想越美气，把樽开怀畅饮，不料喝得大醉，顺手将金樽掷地，琼浆四溢开来，其乘坐的莲花神龛化为赤台群山，溢出的琼浆就成了昆仑泉。

这时，一位蒙古族战士却抢着说，纳赤台，蒙语的意思是梳妆台。相传文成公主进藏，在经过这里时，陪嫁的大队人马受不了干渴和高山反应，一个个晕倒在滩地上。情急之下，公主拔下金簪掘地，竟然掘出一眼甘泉。说明是咱大唐公主的诚心感动了上天。大家喝了甜甜的泉水，才翻过了五道梁。从此，那泉水长年奔涌，延泽后人。这就是天下闻名的“昆仑泉”。

他还补充说，纳赤台，传说是元朝守将阔端在与吐蕃乱军征战时建的。

传说终归是传说，而纳赤台的寒风，冻得我们都成了“团长”。赶紧进屋，帮助伙房师傅将“神仙水”倒进锅里，洗漱吃饭。张师傅最后进屋，走到我面前说：“这里夜间结冰，我把水箱里的水都放光了（水箱有存水容易冻裂）。明天你早点起床，帮我摇车把发动车。”

吃过晚饭，不少同学喊头痛，高山反应来了。

青藏昆仑之夜，是那样安静。风从兵站房顶吹过，发出呜呜声，四野沉静得像幽谷一般。许久许久，我迷迷糊糊睡去。

23日一大早，纳赤台兵站就热闹起来，发动汽车，加水。加油时，我跑上前说：“师傅，这回我帮你控油管子吧。”

黑脸的四川人连连摇手：“莫得用，莫得用。你个娃子，哪个晓得这个蹊跷，控不干净的。我自己来！”

我只好愣在原地呆看着，心想难怪人家都说，四川人精细得赛过猴子。

高原的清晨格外寒冷。阳光慢慢地爬上雪峰顶，将远山近岭装扮得光耀夺目，却没有一丝温暖的感觉。

一路都是上坡，海拔也越来越高，大客车缓慢地行驶在弯弯曲曲的山路上。从武汉“火炉”出来的我们，每个人都把身体缩紧在皮大衣里，穿着军用大头鞋的脚趾还冻得生疼。不知是谁上气不接下气地唱出“红军不怕远征难，万水千山只等闲……”立刻在车厢里引起共鸣，很快成为集体大合唱，歌声响彻冰川峡谷。

过了2997公里路标，就进入传说中的五道梁了。“五道梁”，被高原司机称之为“鬼门关”、“死神之山”。我们在柳园兵站等车时，就听汽车兵们念叨：“纳赤台得了病，五道梁准送命”，“到了五道梁，哭爹又叫娘，叫爹听不见，喊娘娘不应。”

走过来就明白，五道梁其实就是连续翻越五个横向的山丘。但这里海拔平均都在5000米以上，寒冷、缺氧、紫外线超强，并时常伴有暴雪，是个根本无法住人的生命禁区。

这天行车300余公里，到达托托河住宿。

啊，托托河，我们的母亲河！

我是航务工程局工人出身，早就对托托河情有独钟。出发前专门查过词典，知道托托河又称沱沱河、乌兰木伦河。到了这才知道，“沱沱河”这个名字，是解放军首长慕生忠将军给起的。它的蒙语意思是“平静的河”，藏语则称之为“红河”。

沱沱河是万里长江第一河，发源于唐古拉山脉主峰各拉丹冬（藏语称之为“高高尖尖的山峰”）西南侧的雪山冰川。当年青藏公路修到这条河边，解放军安营扎寨．取名沱沱河沿。我们住宿的兵站，位于沱沱河南岸。

咱们这些来自长江中游第一大城市——武汉的同学们，一路风尘，豪情万丈，好不容易到了这长江源头，本来该是见到娘亲般的欢悦，但是，且慢，还没来得及高兴，却一下车就躺倒一大片。不少人抱着脑袋撞墙，活像被唐僧师父默念紧箍咒加以惩罚的孙猴子，龇牙咧嘴，一副受苦受难的模样。

原来，这里的海拔已经是4533米，地道的生命禁区。据说青藏高原上早就流传着这样的民谚：“上了昆仑山，进了鬼门关；到了沱沱河，不知死和活。”

所幸我还没什么不良反应，这大概得归功于六七年前在云贵高原当铁道兵，经常背着25公斤电话线，翻山越岭爬杆子、整修电话线的伟大锻炼。于是，我仍然欢蹦乱跳着给大家打饭，送洗脚水，帮助随行的医护组发药片，给需要吸氧气的同学拿送氧气袋。不少同学冲我伸大拇指，我心里暗暗得意：老哥我才不愧为大师兄！

高原的黑夜来得晚，与武汉有两个多小时的时差。离天黑还早，我们几个身体好的男生走出兵站大门观景，只见荒野一片，没有人家。站在沱沱河南岸，举目望去，视野中是一片沼泽地，沟峪纵横，四通八达，犹如一条条闪光的蛟龙，一齐朝沱沱河飞来。河水不深，不超过1米。河水清澈见底，河里的鱼儿也不怕人，见我们过来，成群结队游向岸边，最大的有一斤左右。这里的鱼都是黑黄色，全身无鳞，看起来滑溜溜的。河的上空，飞翔着几只水鸟，远处是高高的各拉丹冬冰峰。各拉丹冬海拔高达6621米，据说，围绕着它而发育的冰川就有130多条。冰峰、冰川、雪山，或峭拔林立，或连成一线，滴滴成珠，银光闪闪。

沱沱河的夜晚冷得出奇，盖上厚被子，把皮大衣也展开在被子上，穿着棉衣钻进被窝，还是瑟瑟发抖，好半天暖不热。

24日，病恹恹的同学们拖着提包爬上客车（已变身为雪舟），向前望去，一路都是长长的大上坡。

汽车越往高处走，气候越冷。云彩在雪峰间飘移、转动，萦绕在座座冰峰的顶端。

唐古拉垭口，立着一块大大的石碑，上写：唐古拉山口——海拔5231米。

司机停下车，让我们下车欣赏雪山风光。正赶上这天是万里晴空的好天气，站在山口上，视野极其开阔，看天空深蓝深蓝，似乎深不可测，山顶白雪皑皑，云雾缭绕。山坡上、地上到处是洁白的积雪，晶莹碧透，在阳光下十分耀眼，显得既单纯又美丽。

“唐古拉山”，又叫当拉山和当控岭，藏语意为“高山上的山”，号称“风雪仓库”，是青藏公路的最高点。冰冷的微风时而带着碎雪花吹到脸上、手上，顿感一阵阵寒意。连高山反应严重的女同学，也忍不住扶着座位挪下车来，观赏雪景。我们都被这大自然的神奇所感染。机会难得，大家抓紧时间，纷纷照相留念。

后来我知道了，唐古拉大雪峰山顶最高处海拔6099米，高高矗立在群峰之顶，连同山北边沿的纳木错湖，不但被藏胞视为神山圣湖，而且在民间传说和民歌咏唱中，二者还是生死相依的情人和夫妇。唐古拉山因纳木错湖的衬托，而显得更加英俊挺拔；纳木错湖则因唐古拉山的倒映，愈加美丽动人。

天空开始飘起雪花，坐在慢慢爬行的大客车里，我们一个个都蜷缩在皮大衣里，连头都不想伸出去。

迈过唐古拉山口，就进入西藏地界。翻过垭口，一路下坡。缓缓的坡度，越往下走，空气越清新。山脚下，牛群、羊群越来越多。

这天行车300余公里，夜宿安多。

25日，汽车行驶在藏北羌塘草原。远处，是横亘千里的雪峰冰川，个个头戴冰冠，银装素裹。山脚下，大片大片的黄绿色草坡，白色的羊群，黑色的牛群散落其间。青藏公路如一条黑色的飘带，从山南坡脚下蜿蜒通过。行程200多公里，夜宿当雄。

当雄，藏语意为“挑选的草场”，位于藏南与藏北的交界地带，是草美羊肥的牧场，素有拉萨“北大门”之称。这里风和日丽，碧空万里，阳光无比灿烂。远处，层层叠叠的云絮云朵诡奇多变，群山在霞腾而起的浓雾烟霭中宛若海外仙石。近处，牦牛和羊群点点片片，安然地散布在深棕色和大红色的土坡上。

快到目的地了，同学们真想像藏胞那样拉成圆圈唱歌跳舞。到了目的地，不少人都打上一脸盆热水，擦洗身体，虽然洗不净一路征尘，却可以松缓一下紧绷绷的皮肉。

26日，车行一个多小时就到了羊八井，这里是当时国内最大的地热试验基地，沿途到处可见热水从地下汩汩流出。热气处处蒸腾，雾气弥漫，犹如仙境。

张师傅说，羊八井距拉萨还有90公里。

总算快完成任务了，我舒舒服服地张开双臂，伸了个大大的懒腰。10天了，自当上这“代理副驾”，我的心一直紧绷着，生怕出事。这一路，全是沙土路面，有些路面上还结着冰。公路两边全是冰天雪地，周围是终年积雪不化的大雪山，前后全是一眼望不到头的、长长的大上坡或是长长的大下坡。虽然常看见山下有很多汽车残骸，但我们勇敢年轻，充满激情，从没有想到过那会是自己的命运。在海拔5000米的山地上行车，白天与夜晚、车内与车外，温差很大，加上高山反应，头昏头痛，胸闷气短，人总感到昏昏欲睡。但我得使劲睁大眼睛，注意力一直集中在看前方的路面和司机师傅的神色动作上，及时提醒速度快慢、错车、绕行等事，不敢有丝毫马虎懈怠。到站检查汽车底盘、配件、轮胎，早起摇把、发动、加水，沿途跑前跑后，殷勤给师傅递烟、灌水壶。特别是临近拉萨的这段路，弯道太多，路面很窄，会车时得非常小心。几次连续在弯道处会车，吓得我直冒冷汗。中午时分，终于到达目的地拉萨，汽车直接开进自治区第三招待所。

这个招待所位于拉萨西郊一座大山南面，风景优美，从这里可以看到东南方向不远处闻名遐迩的布达拉宫。

晚上招待所放映电影《寄托》，欢迎我们来到日光城。

到岗下乡

1976年11月3日，我被西藏自治区组织部分到拉萨地区。6日，拉萨市委组织部将我分配到市属墨竹工卡县。一同分到墨竹工卡县的，还有湖北农学院来的李尚南和上海师范大学来的王大犇。他俩都戴着一副高度近视眼镜，像两个学究先生。

7日晚饭后，墨竹工卡县的马副书记（回族）乘奥斯汀吉普车来拉萨组织部接我们。我们顺着拉萨河南岸，在弯弯曲曲的沙土公路上行进。向上游行驶了一个多钟头，到达墨竹工卡县革委会驻地工卡区工卡乡（镇）时，天已黑透，县委办安排我们住进县委院内靠东边的招待所。

这里距离拉萨不到100公里，名为县城，还不如我们湖北老家的一个大湾子。县委大院里有十几排土木结构的平房，挂着小木牌的就是办公室，未挂牌的就是住家。据说这院落原来是当地一个贵族领主的庄园，靠东侧有一栋石块石片砌成的二层土木平顶小楼房，那是领主当年的“寝宫”，如今成了县委招待所。

在“寝宫”里住了刚好半个月，方知这领主的滋味并不太好受。臊气、膻气，弥漫整个空间，床上的被褥又黑又脏，而且还有虱子和臭虫。好在我们很快就分配了工作。同来的3个大学生中，我是学船舶机械制造的，李尚南是学农业的。10日定单位，我们两个湖北佬被分到农牧科。王大犇在上海师大是学地理的，被分到县城那所唯一的公办学校里，当教书先生去了。

到农牧科报到后，科里的同志们就向我们介绍农牧科和墨竹工卡县的基本情况。

我和李尚南来农牧科前，科里原有十八军老战士刘恩德科长、索朗旺堆副科长、阿旺美龙、强巴丹增、阿奈、和采（云南纳西族）、益西（女）、达娃（女）、采购员公觉等人。还有4位是短期援藏的，黑龙江来的两位兽医被分在兽医站，陕西来的两位水电技术员被分在水（利）电（力）队。农牧科下辖单位有苗圃、仓库、农试场（后称农科所）、兽医站、水电队、农（业）机（械）厂，代管单位有县水文站和县气象站。农牧科是全县管理农、牧、工、交、林、副、水利和电力的一个综合性大科。

墨竹工卡，一个诗意的名字。县委、县政府机关所在地工卡区（工卡乡），海拔在全县较低。墨竹工卡属典型的高原山地，气候干燥，山上的植物较少，加之雨水的冲刷，形成裸露的、易碎的岩石层遍布四处。

墨竹工卡藏语意为“墨竹色青龙王居住的中间白地”，“龙王住的吉祥地”，是走川藏线进出拉萨的必经之地。从地图上看，全县地形恰如一只摊开的右手掌，指缝是山谷，河流从山谷向上延伸，县城位置是在掌心偏下的拉萨河与墨竹河交汇处、河南侧的一个冲积滩上，北面是开阔的拉萨河滩，南面是一座大山，川藏公路自东而西沿南山脚下穿城而过。

全县地处西藏中南部、拉萨河中上游的南侧，米拉山西侧。人口3.3万，面积5512平方公里。耕地面积有8.63万亩，草场面积有490万亩，林地面积有42万亩，辖6个区35个公社。整个县区在藏南雅鲁藏布江中游河谷地带，属拉萨河谷平原的一部分。境内山川相间，河谷环绕，草原广布，分布有多处温泉，平均海拔4000～5000米。

墨竹工卡县是西藏人口比较多的一个大县。由于地理原因，境内气候多变，自然灾害多而频繁。春秋之季多旱、早晚霜害；夏季常遭雷雨和冰雹袭击，干旱与洪涝极易成灾；漫长的冬季，干燥与风沙相伴；冬春之交，常受雪灾威胁。

拉萨河从这里静静流过，经济结构为半农半牧，农牧结合。主要农作物有青稞、小麦、豌豆、油菜等；饲养牦牛、绵羊、山羊。

墨竹工卡县历史悠久，名胜古迹众多。境内有大小寺庙34座，以直贡寺最负盛名。墨竹河发源于米拉山西侧的思金拉措，从这里静静流过，汇入拉萨河。德仲温泉是藏族人心目中的神泉。县城西面的甲玛乡，既是藏王松赞干布的出生地，也是全国人大常委会副委员长阿沛·阿旺晋美的故乡。

14日下午，我们把托运来的行李从拉萨拉回到县招待所。20日，政府办就给我和李尚南两人安排了住房。

21日上午，刘科长安排藏族女科员益西给我当翻译，要我们先就近到工卡区老乡家里，去熟悉农村情况。

益西有40来岁，中等身材，前额上有条深横纹，皮肤较黑，稍胖。她把五颜六色的粗棉线与头发绕在一起，编成长辫子盘在头上，显得干净而漂亮。

这位阿佳（大姐）参加工作有20多年了，见多识广，说一口流利的汉话，是一个很合格的藏语“通司（翻译）”。

我俩出了县委大院，她带着我顺南山脚下的沙土公路往东边的塔巴公社走。我刚到西藏，第一次下乡，一切都很新鲜。益西走路不快不慢，说话声音不高不低。一路上，她不停地给我介绍当地藏族的风俗习惯，告诉我一些到老乡家里需要注意的事项。

她说：“你初来，一会儿到老乡家里去，要懂礼貌。进入老乡的屋里或帐房后，男的坐在左边，女的坐在右边，不得混杂而坐。”

“有的老乡家里卫生不好，卡垫或座位上有尘土。但来客不要用手去拍打，拍打就是对主人不尊重。”

“当主人向你敬物品时，切记不要用单手去接。主人来给你倒酥油茶时，客人不必自行端喝，要等主人捧到你面前时，才用双手把茶碗接过来，并向前倾出，然后再喝，以表敬意。”

“敬青稞酒时，有约定俗成的规矩，客人必须先喝三口，每喝一口，敬酒者便给满上，喝第三口后，再满上喝干，这叫三口一杯。实在不能喝时，你一口也不要喝；喝了一口，就得陪大家一起，一直喝下去。实在不喝时，主人来向你敬酒的时候，你双手接过酒碗后，左手端碗，用右手无名指头在碗中沾点酒水，屈起大拇指弹一下，沾三次弹三下，表示一敬天，二敬地，三敬主人，然后把酒还给主人。”

“在吃饭方面，有喝不作响、食不满口、咬不出声、捡菜不越盘、忌将骨头扔于火中的规矩。”

“不得随便动手摸弄藏族人的头发和帽子。还忌在拴牛、拴马处和有牛马圈的地方大小便。藏族人家里有病人或者是妇女生小孩时，门前都做了标记，有的在门外生上一堆火，有的在门口插上树枝或贴一块红布条。外人见到此标记，切勿进入。”

“藏族人反对吃骡、马、驴、狗肉，吃蛋不吃鸡，牧区和大部分农区人不吃鱼，以牛羊肉食为主。最大的禁忌是杀生，杀生专门有杀生的人。一般认为杀生的人是黑骨头，是下等人。如果你乱吃肉食或杀生，藏族人就会视你为异类，不会与你打交道。”

“骑马路遇寺院、玛尼堆、宝塔等，你必须下马，并牵着马从左往右绕行。”

益西很健谈，她也不嫌累，一直兴致勃勃地给我介绍着。看来西藏有很多与内地不同的风俗习惯，我要在这里长期工作，一定得高度注意尊重当地习俗，尽快掌握和熟悉，以免出错，影响不好。

一边听介绍一边走，倒一点也不觉得累。不知不觉，一会儿工夫就走出好几里地。靠右边上山坡不远，就到了川藏公路南边塔巴公社的一个小村子里。

刚才在路上，光集中精力注意听益西谈话去了，这时才发现，我俩往右转过了工卡山嘴，已经拐进了长长的墨竹河谷地带了。这里只能看到墨竹河谷，看不见县城驻地工卡村。东北面的墨竹河谷地带比拉萨河谷窄多了，河谷中有大片的沼泽草地，谷中还有一丛丛高低不等的沙棘树林。大概是冬天的原因，南北山上也是光秃秃的黄色荒坡，看不到有什么乔木、灌木和植被。

益西与这里的老乡们都很熟悉，在小院门口，她把我介绍给村里的人们。藏胞听了她的介绍，都很有礼貌地脱帽，把帽子压在胸前，对我弯腰鞠躬。也有人合掌与鞠躬并用，对我弯腰点头，边鞠躬点头边说：“小熊格啦，亚古都，恰呸啦，休登加！”

我不懂是什么意思，看看益西，然后也向他们点点头以示回应。

益西翻译说：“他们把你当成了贵宾，表示欢迎你，这都是当地的习俗。‘格啦’是‘老师’，‘亚古都’是‘好’，‘恰呸啦’是‘请进来’，‘休登加’是‘请坐’。这些都是藏话里的日常用语，你要尽快记住。”

我点了点头，说：“我记住了。”

进到屋里，好客的藏胞有人忙着烧砖茶，准备打酥油茶。有人来敬酒。我本来就爱喝酒，在进藏路上也多次听说过青稞酒。

这是我进藏后第一次见到青稞酒，很好奇，心想，品尝一下看看，青稞酒到底是什么味儿？于是就按三口一杯的规矩，喝上三口，干了一杯。敬酒者就站在我的旁边等着，殷勤地又给满上。

这酒度数不高，从缸里打出来不热就喝，有股凉水味儿。我们大别山老米酒都是烧热了再喝，我对大冬天喝冷酒不习惯。喝了两杯，就不想喝了。谁知道这时一位阿佳拿出一只镶银大木碗，碗边上还抹上了一块酥油，倒满酒，弯着腰，笑容满面地用双手向我敬了上来，还说："小熊格啦，恰西！"

我看看益西说："我不能再喝了。"

益西说："主人用银碗敬酒，是很敬重你，你必须得喝。'恰西'，是藏话中的敬语，就是'请你喝'。"

无奈，只好又三口一杯地连干了两大杯。实在喝不下去了。我说："土其其（谢谢）！我真的不能再喝了。"

益西对主人们说："行啦，小熊格啦刚来才几天，还不太适应高原气候，今天不要再喝了，下次再来喝吧。"

见益西这样说，主人们只好作罢。

我说："休息得差不多了，我们不如还是先到农户家去看看吧。"

益西说："这里有座历史很久的土窑，出产陶制产品，我们先去看看，然后再去走访农户好吧？"

我说："好的，先去看窑厂。"

土窑厂设备十分简陋，工人们用脚踩旋转模具，用手在模具上糊泥，半干后脱模，形状不规则，成品很粗糙。

益西问我怎么样，我说："设备太简陋，要改进才能出好产品，提高生产力。这事以后再说吧。"

出了土窑厂，我们又去走访了几家农户。

这里是农区，社员们给我们提的问题主要是种子、防霜和抗冰雹等问题。我注意到，虽然毛主席去世了，但农民们家家还都挂着毛主席的像，将毛主席当成神来供奉。藏胞翻身后的日子都过得很不错，农民劳力的人平均月收入有100多元，比我的工资还高得多。我们刚毕业的大学生，在西藏一个月工资才54元钱。

回到来时的屋里，喝了几杯酥油茶，我俩付了2元酥油茶钱，就告辞往回返。

在路上，益西问我："青稞酒好不好喝？"

我说："没有我家乡的老米酒好喝，喝凉的我也不习惯。"

她说："你们的米酒是用熟米做的，青稞酒不经蒸馏，是近似黄酒的水酒，一般只有15度~20度，很有营养。青稞酒也分头道、二道、三道，要数头道酒度数最高，好喝些。喝长了你就会习惯的。"又问我说，"酥油茶怎么样？好喝吗？"

我说："还行，就是有股膻气味，不好闻。"

她说："我们这里平时蔬菜少，砖茶中有丰富的营养，酥油是从牛羊奶中分离提炼出来的奶油，喝酥油茶等于是补充蔬菜和奶的成分，有益身体健康。在西藏工作，你要学会喝才行。"

我说："好的，我会慢慢适应的。"

她又向我介绍了对不同年龄、不同性别群众的不同称呼，我都一一记住了。

第一次下乡，学到和了解到的东西真不少。

没几天，重建农牧科计委党支部，这是我们科"文化大革命"后的第一次组织生活。到会的党员有：农牧科科长刘恩德、革委会副主任向英华、计委主任宫新玉，这三位都是十八军老战士；还有援藏兽医孙国祯，兽医站站长任珠（藏族），农机厂工人高金生、张辉福（这二人是退伍军人），以及我和李尚南。

在会上，我就被选为农牧科计委党支部组织委员和党代表，定为人大代表，准备参加12月22日召开的中共墨竹工卡县第二次党代会和翌年1月份要召开的人代会。

门巴牧区

11月22日早晨，刚上班，就接到县委办公室和科里的通知，要我和阿旺美龙，下午随县委马副书记一起到墨竹工卡县东北最远（距县城70公里）最高的门巴牧区等地下乡。翻译阿旺美龙马上热情地帮我做准备工作。他帮我挑选马嚼口、马背垫和马鞍，准备碎豌豆等马料，陪我到马棚牵出配给我的一匹白马，再到县公安局领来两支英式七九步枪，又帮我买块绿布缝制的马背套（马搭被），整整忙了一个上午。

午饭后，我们三个人在县委院内往马背上铺上马背垫，系紧马鞍，搭上装有行李的马背套，套上马嚼口，全副武装，一切停当后，准备出发。马书记和阿旺美龙知道我不会骑马，怕我在街上撞上汽车、马车或行人，说好在出城前，先牵着马在公路上走。

我们告别了县委办公室和科里的同志们，便牵上马，顺着县城中的沙土公路先向东，再向北走向河滩。

出城后，边走他俩边向我介绍骑马的要领。走了大约200米，沙土地形平坦开阔了，我们三人就上了马。

这是我平生第一次骑马，刚上马好像坐不稳，害怕掉下来，只得用脚尖点住马镫，在后面跟上他俩往前走。这是阿旺美龙特地为我选的，能自动脱扣的脚镫。

马副书记骑的是一匹高头大黑马，阿旺美龙骑的是一匹高头大棕马。他俩个子高块头大，对骑马很熟练，人与马相互间配合得十分默契，骑姿自然而又潇洒。

我骑的这匹白马个头中等，我的个子小，人与马倒还般配。只是这匹马比较嫩，经验还不丰富，我又是第一次骑它，双方都显得有些别别扭扭。

顺公路前行了300来米，到了墨竹河木桥头。这桥3米来宽，有100来米长。他俩骑着马就上了桥，可我这匹马无论怎么用鞭子抽打，就是不上桥。先是在原地转圈，转了几圈后，它就走到河边，想从水里过河。这一带的河水比较深，冬天水冷，根本过不去。

阿旺美龙骑马转回来，对我说："这马胆小，大概以前没走过这座桥，不敢过。它宁可走水里，也不愿意走桥上。现在水太深太凉，河里你过不去，你必须牵它过桥。过了第一次，下次它就敢过了。"无奈，我只好牵着马过桥。

过了桥，我们又上马转向东北方向前行。这里是拉萨河与墨竹河之间的大河谷地段，河谷十分广阔，视线很好，沙土马路也比较宽。马书记的高头大黑马在前面小跑起来，阿旺美龙的大棕马不甘落后，向前奋起直追。我的白马也不甘示弱，加速追上前想超越他们。这下苦了我这个新骑手，没学会骑着走，倒要学会骑着跑。太紧张了，我干脆立起身子，站在马镫上，双手带紧嚼口带。谁知这样一来，这马就跑得更快了。那两匹马见有马想超前，也互相赶超。三匹马在河谷路上飞驰起来，跑得后面扬起一溜的灰尘。大概跑了1公里多路，快到噶则山脚了，他俩控制住马速。我的马见没有竞跑对手了，也慢了下来。

马书记对我说："小熊，你虽然是个大学生，到底不愧是当过兵的，第一次骑马就能跟着跑，很勇敢。你看，这些马都跑得冒汗了。"

阿旺美龙说："小熊格啦，幸亏这几匹马刚才只是平跑，没有大跑。要是大跑，你就有可能被摔下来。刚骑还不熟悉马性就大跑，是很危险的！"

马书记接过话头说："马都有争强好胜、不甘落后的习性，一匹马跑起来，其他的马就都想超前，嚼口带拉得越紧，马跑得越快。你是个新手，还不会控制马速，你越怕，嚼口带拉得越紧，马就跑得越快，这样是很危险的。前面就要走拉萨河边了，我们在河边的南山脚下行走，路面窄，河岸高，山又陡，这段路况不好，千万不要跑，也不要和我们并排走，你就在我俩后面跟着就行了。如果马突然失惊了，失控狂奔起来，你就照它的耳根上抽上一鞭，把它抽醒，它就会慢下来。这一鞭要打准，千万不能打中马眼。如打中马眼，马一失明，就要出大事故了。"

我说："是，我记住了。"

我们走走跑跑，过了县农试场，又过了劳动公社，下午6点钟就到了直孔区。我们在区上喂马，晚上就在区上休息。这天，我第一次见到了两个多月前分配到直孔区里当文书的辽宁大学生王平。当时，不管是来自哪个省的学生，我们都互相称为同学，有一种天然的亲近感。这老弟比我年轻四五岁，大脸盘，鼓鼻子大眼睛，中等身材，肩膀很宽，粗粗壮壮，像个体育健将。一问，是鞍山钢铁学院学采矿专业的。

王平说话不多，干脆利落，是条典型的东北汉子。他住在藏式平房里，房子里除了一张木床、一张木桌子和一件包袱外，别无他物。提起竹笼热水瓶摇一摇，里面空空如也，他表示出一副无奈的样子，摇摇头说“没办法”，就领我到隔壁的央金家里喝茶。

央金阿佳连忙给我们打酥油茶。这央金年龄比我们大10来岁，中等身材，黑胖，汉话说得很好，一副笑眯眯的模样。从交谈中得知，她在区配种站里工作，丈夫是藏北某县革委会副主任。看得出来，她像爱护自己的孩子一样关心爱护着王平。

这个区机关里只有王平是汉族，生活比县上艰苦得多。干部大部分经常下乡，机关里很少开伙。藏族干部可以常年自炒糌粑面，打酥油茶，吃生牛肉干；而王老弟自己没炉子，吃饭只好到别人家打游击。他在这里是吃不好睡不好，体重已减轻20多斤，体育健将也快变成“瘦猫”了。

看来，在西藏工作，首先得过生活关。

23日，我们路过羊日岗公社，找当地驻军首长宋主任批条子——100发英式七九式步枪子弹，用于牧区除兽害；又进到山沟里的三分队，领到子弹。出山沟之后，中午在路边的仲达公社喂马和吃午饭。

午饭很简单，公社伙房给我们炒了个半生不熟的土豆片，我们用酥油茶调糌粑吃。糌粑是西藏的主食，用酥油茶调糌粑是其主要吃法。这里大气压低，水烧到70多度就开了，再烧也还是这个度数。温度太低东西煮不熟，只好把青稞麦炒熟后磨成粉，过筛后就成了糌粑粉，随时可食，很方便。我学着马书记和阿旺美龙的样子，用手在碗里把糌粑和酥油茶揉成半干的面团，就着酥油茶一口一口咬着吃。酥油茶里有盐，倒也不怎么难吃。

下午继续赶路。在路边，不时见到一个个孤立的小土丘，我问阿旺美龙说：“这些土丘是什么？”

阿旺美龙说："不知道，你问马书记吧。"

马书记说："这些都是尸骨塔，也叫马王堆，是进藏清军士兵战死或饿死、病死后的尸骨坟堆。以前从西康经工布江达到墨竹工卡再到拉萨，是走门巴过直孔这条官路，这是一条过去的交通要道。当年进藏清军赵尔丰的部队进出都是走这条官路。在历史上，这条路上曾多次发生过战斗，人死了就埋在路边，所以就有这些尸骨塔。现在都成了历史的遗迹。和平解放后修公路，改翻米拉山，从日多过巴洛到墨竹工卡，直孔这边就萧条了。"

我说："我从有关的历史书籍上了解到，赵尔丰、岳钟琪曾带兵到西藏平乱和抗英。岳钟琪当年和部属平乱，还是从墨竹工卡的一个山崖下拉萨河乘牛皮船顺流偷渡，才一举攻进拉萨的。到今天我才知道，那时大军在进出的路上还死了不少人。"

我由此联想到，小时候听大人们讲的故事里，常说"马革裹尸还"，事实上，历史上有多少将士成为异乡之客，异乡之鬼，永不回还。

悲壮呀！为了祖国的边疆安定，民族团结，各朝各代都有不少人付出了自己宝贵的生命。

说着走着，天就黑了下来。

马书记说："我们今天要摸黑走段路了，小熊走中间，阿旺美龙你在后面给照看着点。"

阿旺美龙说："马书记，你放心，我会照看好小熊格啦的。"

马书记又说："小熊格啦，如果马失前蹄，在马下跪前的瞬间，你赶快用力往上提嚼口带，马就会自己站起来，不会摔跤。"

我说："是。"

骑马走夜路我是第一次。有山上和地上的雪光映照，只能模糊地看清路面。晚上 8 点半才到门巴区机关。

到区里后，区伙房连忙给我们做了道炒牛肉和手抓羊肉，吃酥油茶调糌粑。晾干的牛肉可能不太新鲜，炒得很硬。手抓羊肉也半生不熟，倒不愧是西藏的一道名菜，还是很好吃。

饭后我问阿旺美龙："怎么结账？"

阿旺美龙说："这个你就不要管了，以后在区上吃饭，他们会用折子给你记账，到一定时候，他们会到县财政科和商粮科直接从你的工资和供应粮里扣除的。现金结账也可以，回去前再说吧。”

我觉得这个办法很好，个人倒少了很多麻烦。

门巴区海拔高，有4400多米，感觉有点缺氧，有点困。这一天骑马也走累了，洗完脚，我就打开自己的被子先睡下了。

24日，早上醒来，听到我的马在不停地叫唤。马书记和阿旺美龙已经起床出去了。我赶紧起床到马棚看马。马书记和阿旺美龙正在给各自的马喂豌豆，我的马没吃上豌豆，急得一边低着头叫，一边用右前脚不停地使劲刨地，地上都刨出了一道沟——它在提意见。见我来了，它抬起头看着我，叫得更急。我赶紧用半个篮球做的兜子给它喂食，它这才安静下来。

马书记说：“你昨天第一次骑马，就走这么远的路，肯定很累了。我们刚才见你睡得挺香，想让你多睡一会儿，就没有喊你。今天，我们到德仲五队去看看，下午在区里开会。”

我说：“休息一晚上没事了。一切听领导安排。”

其实这会儿我的咽喉在上火，一会儿就得去吃几片磺胺药。

在区上开会，只区上几个人和我们仨。大家都讲藏话，阿旺美龙在旁边给我小声翻译。马书记把我介绍给大家。

马书记说：“这是小熊格啦，是从内地新分来我县工作的大学毕业生，在农牧科工作，以后你们会经常和他打交道的。第一次出差就到了你们这里，大家欢迎！”

我站起来向大家鞠了一躬，说：“我刚来咱们县，什么情况都不熟悉，农牧业更不懂，要向你们学习，请多帮助！”大家热情地给我鼓掌，表示欢迎。

这次开会，主要是区上的负责人向马书记汇报工作，内容很多。反映的主要问题是：牧民定居游牧问题，小孩子上学问题，草场建设问题，除兽害问题等等。

这里的兽害很严重，今年牛羊已经被猞猁和雪豹吃掉了274只，被野狗吃掉了556只。区上要求批子弹除害。

这位马书记年龄不到40岁，阿旺美龙年龄35岁左右，他俩对牧区工作很熟悉。听完汇报后，对门巴区的工作提出了一些很好的意见。

下午开始，我的喉咙痛，嗓子火烧火燎的。赶紧找出几片磺胺，塞到嘴里。

开完会后，我和阿旺美龙出门散步。这门巴区公所坐落在门巴河的北面河滩上，地形十分开阔，地上荒草萋萋，周围山上白雪皑皑，北面的山坡上是一座宏伟而又已经残破的喇嘛庙，间或有几个穿土红衣服的喇嘛在那里走动。山顶的天空上，盘旋着巨大的秃鹫。

他向我介绍，门巴区北面这座山上，有49个泉眼，一年四季不干。半山腰上是对西藏有很大影响的喇嘛寺庙，规模较大；庙后边的西山上，有个天葬台。这次时间安排得太紧，没有机会带我上去看看。

25日，天还没亮，我和马书记、阿旺美龙就骑马从门巴区由东向西出发了。

今天我们要到德仲公社牧区附近，了解些牧区情况，并到德仲温泉洗个澡。

我们摸黑走在22日来区时的原路上，往回走了两三公里，才到了德仲公社所在地德仲沟口，这时天还未大亮。

德仲沟口不宽，100米左右，两边的山越往里走越高，半山腰以下和河谷里全是红柳为主的灌木林，山上间或有几株高大的柏树点缀其中。草绿色的柏树在冬天的红柳林山坡里格外显眼。

沟里有股不大的河水，在不规则的冰河中哗哗地向外流淌着。

我们过公路桥后下了马，牵着马向右拐进沟口。进了沟口，河谷稍宽。我们在沟底红柳林中的小路上慢慢往前走。

又走了一会儿，天渐渐亮了。

马书记小声对我说："小熊格啦，我们在路上尽量不要出声，你要注意两边的山脚。动物的习性是在早上天亮时或晚上天黑时找水喝，这是射猎的最佳时机。今天我们时间掌握得不错，这会儿来不早不晚，正是时候，说不定能发现什么动物。"

香　獐

我说："好的。"

又往前走过200来米。

马书记小声说："小熊，别走

动，前方右侧山脚下有只獐子，你先打吧。”

我小声说：“我还没发现，你打吧。”

马书记的枪很快就响了。

阿旺美龙说：“听枪声，中了！”

枪声一响，獐子向前跑动，我这时才看见它。身上的颜色和林子的颜色几乎一模一样，身子有点像羊。它跑出没几步就倒地了。

马书记让我过去把香獐提回来。我挽起裤脚，蹚着冰雪水走过去，看见香獐躺倒在地上。这只香獐个头比一只成年山羊稍小，腰围没有山羊粗，全身的毛很厚。提在手中，感到獐毛很柔软，毛的尖部呈棕麻色，根部却是白色。马书记的枪法真不错，这一枪正好打在它前胸的心脏部位，香獐已经断气了。

这小家伙嘴角两边各露出一根白色尖尖的弯牙。我大声说：“是只公的。”说完就提着回来，感觉有40来斤重。

我把獐子拴在我的马背上。搞停当后，我们上马继续往沟里走。

边走马书记边对我说：“你当过兵，枪法可能不会差，但还没有狩猎的经验，没有练出一双猎人的眼睛和耳朵，发现不了猎物，还得在实践中练习。”

我说：“是的，我要向你们学习。”

他又向我介绍说：“打猎要一枪打中要害，最好是打它前胸的心脏部位或头部。如果一枪没打中要害，受伤的凶猛动物会伤人的。打香獐也一样，没打中要害，它会一直跑出去很远，钻进丛林里就很难找到。有的香獐还会自己咬下麝香为自己治伤。”

“枪响后，要原地观察一会儿，看猎物往哪里走，等猎物不动时再过去。否则，它有一口气也要跑，你赶到后它转移了，再就很难找到了。”

“有的人打了香獐找不到麝香，错把睾丸当麝香。其实麝香是公香獐的肚脐，是生殖器的出口。外表上是看不出来，用手一扰就会发现，肚脐下有个比鸡蛋大的硬团团，那才是麝香。”

我问阿旺美龙：“刚才马书记枪一响，你怎么就知道打中了呢？”

他说：“这得听枪声，枪声闷就是打中了；枪声清脆，就是没打中。子弹打中了猎物，回声很沉闷。”

原来如此。今天又学到了一些打猎的知识。

不知不觉，我们走过了红柳林，上面再也没有灌木丛林了，放眼望去，到处是荒山，光秃秃的。再上个坡，就到了牧民的帐前。

牧民见到我们，马上热情地让我们进帐喝茶。主人走近我的马，把香獐从我的马背上解下来，挂在帐外的杆子上，再把我的马和那两匹马牵到一起，喂上草料。然后，那人走到杆子旁，一手捏着香獐的肚脐，一手用一根细绳在香獐的肚脐下一转一扎，然后抽出腰刀，熟练地把麝香切割下来。嘴里喊着“穷波，穷波（大的，大的）”，把麝香给马书记送过来。

我接过麝香来闻了闻，很香。

马书记说：“晾干以后更香。”

牧民回转身，又走到杆子旁边，熟练麻利地剥皮，掏出内脏，三下五除二地卸下四条腿，把四条腿和身子装进一只麻袋里，捆扎好，挂进帐篷里，然后把香獐头和内脏拿去喂他的藏獒。

我们在这里吃午饭。

他们几个吃半干的生牛肉和糌粑，用生牛肉蘸辣椒酱，吃得津津有味。我不敢吃生牛肉，感觉好像要犯痔疮，更不敢吃辣椒，只吃点加了糖的糌粑，喝加了糖的酸奶，又喝了几碗酥油茶。

马书记和阿旺美龙一边吃着饭，一边向牧民了解牧区最近的各种情况。

饭后，我们三人又骑马向东过河，又折向北上山。快到温泉的山坡很陡，我们只好牵马上山。翻过半山坡上的一道小山梁，就看到前面右下方十几米深的山窝里，有用石头垒的2米多高的圆围墙，直径4米左右，前后两个圆寨子，围墙内还冒着热气。

想必这就是著名的墨竹工卡县德仲温泉了。估计这里的海拔在4500米上下。再走过一点，就看到在圆围墙下方，泉水东边，靠我们路的下边，大约十几米的地方，有块绿草坪。一位皮肤稍黑，四肢看上去十分圆润结实，个子中等，身材匀称漂亮，曲线优美的少女，正轻松地躺在草坪中铺的地毯上，仰面朝天，一丝不挂，四肢自然伸张，旁若无人似的，悠闲地晒着太阳。

这天生的尤物，与这周围寂静的雪山，如此自然和谐。我不由脱口而出：“真美！”

在大自然中，这么近地看到裸女，我还是第一次。

阿旺美龙说："美吗？内地能有这样的风景吗？"

我说："美！有的，内地有的地方也有裸浴和日光浴的习俗，只是我没有看到过。"

我们三人从坡上下到沟底，泉池后面有一块不大的平地。拴好马，喂上自己带来的草料。这时我才发现，刚才翻过的南面这座石头小山梁，与对面的小山梁东西相连，高不到10米，山梁下面有个2米左右的大洞口，温泉水从洞中流出。这道小山梁成为温泉的天然屏蔽。我怀疑这道小山梁以前是没有洞的，现在温泉的位置，说不定以前是个不大的温水湖，年长日久，山梁被水洗通，成了今天的这个样子。

阿旺美龙对我说："相传以前这里是一个小湖，有一位得道高僧从此地路过，用一颗念珠打击石梁，石梁被打破了一个洞，湖水从洞中流出，成了现在的这个模样。念珠破成两半，变成这两个泉眼。"

我再看北面，山坡上面有孤立的一个个小石头平房，很矮小，不像是平常住家的房子。

我不解地问："那些房子是干什么用的？"

马书记说："那是喇嘛、尼姑的修行练功房。平时没有人住。这些俗家弟子在农忙时回家生产，生儿育女，只有到农闲时或宗教节日，才来到这里修炼和过节。到那时，每间房里都会有人。"

我说："这房子也太小了点呀！怎么能住人呢？"

马书记说："房子小有小的好处，保温，里面暖和。"

周围到处是冰天雪地，温泉这里却绿草如茵，简直是冰天雪地里的世外桃源。

我们进到上面温泉的围墙里。围墙不高，才2米多一点，全是用石头垒的，像个小小的游泳池。进围墙的两边，有宽约60厘米左右的石头平台，这是供男人们用的男澡池。头顶蓝天大明镜，我们在边上的石阶上脱光衣服，下到冒着气泡的池子里洗澡。

这个澡池与下面的女澡池相连，两个澡池都有泉眼。上边男澡池的泉水从墙下大洞里流向女池，中间的石墙上有大缝小缝。上下池里的人们可以互相说话。温泉四周山峰重叠，千壑纵横，泉水清澈见底，甚至看得见哪一个气泡是从哪一个泉眼里冒出来的。

我们这个男澡池的泉水是从好几个石缝里流出来的，时不时冒出一股股热气。水的温度大概有42摄氏度，不冷不热。池底是大小不等的鹅卵石，泉眼咕嘟咕嘟地冒着热泡泡，没有硫黄等杂味，水池里的水和边上的石头上，也看不到一点硫黄所特有的黄色痕迹。池水深70多厘米，水的流速不快，十分舒适，正适宜人们沐浴。

在海拔4000多米的地方，大冬天泡在这免费的温热泉水里，好舒服，真是一种难得的天赐享受。

我们边洗澡，马书记边讲这里的故事。

他说："这眼温泉具有许多特殊疗效。在这里洗澡，可以治疗关节炎、风湿、糖尿病等慢性病，还可以预防皮肤病。"

他又说："西藏被英国侵占期间，有几个英国科学家在这些山上找稀有矿床寻宝，找了几个当地的牧民当通司给他们带路。这几个藏族牧民不愿让蓝眼睛的英国人到处敲打自己的山神，便领着他们翻过几座大山，最后把那几个累得快趴下的英国人带到这温泉边，说这两眼泉水就是宝，弄得外国佬们啼笑皆非。那些英国人在这里洗澡后，非常高兴，回去一宣传，就有很多外国人来这里考察，带水回去化验。泉水经过化验后，被美、英、德、日等国家的专家称为'世界第一热泉'。"

阿旺美龙教我用水里的石头在身上按摩。洗着洗着，忽然，我看到在马书记背后的上方石头缝里有条蛇，正伸出头来。

我连忙喊："马书记，小心，你后面的堰里有蛇！"

马书记不慌不忙，回头看了一下那条蛇，对我说："这蛇是不敢轻易下水的，它也不会咬人，不要理会它。这里的海拔高，冬天到处是冰天雪地，有温泉的地方地温高，会有些蛇来这里过冬，不奇怪。"

洗过澡，我们又到牧民那里取东西，准备下山。

太阳快落山了，我们三人开始从来时的路下山。

下到德仲沟谷地，顺河走过一段柳林路后，马书记让我们俩下马步行。

又往前走过200来米，这时已近黄昏。马书记站在原地慢慢向两边的山根和坡上搜寻。忽然，只见他麻利地从肩膀上取下英式七九步枪，推弹上膛，向西面的半山坡上瞄准。我顺着他瞄的方向用目光搜索，这会儿是逆光，视线模糊，没有发现任何目标。

马书记开枪了。

枪声闷响，中了。这马书记的枪法真神，百发百中，逆光也能打中目标。我不得不由衷地佩服他是个神枪手。

只见一只香獐飞快地打横从半山坡上往我们刚拐过的一个山梁上没命地奔跑，我又怀疑没打中。

不一会儿，香獐从山梁顶上跑到了悬崖尽头，一头从十几丈高的悬崖尽头掉下河来。

我立即骑马奔过去。看这只香獐也是被打中前胸，可惜是一只母獐，也有40来斤重。

我把香獐提了回来，挂到我的马鞍上。

回到区上，马书记让把香獐交给伙房。

晚上，我们和区上的干部们吃上了炒香獐肉。香獐全身几乎没有什么脂肪，只有肌肉，肉是暗红色的，炒熟后也是黑红色，吃起来觉得肉丝较粗，没有什么特别的异味。

26日上午，门巴区公安特派员领我们三人一起从区上出发，到门巴公社五队去。

走出不远，我们骑着马蹚水过门巴河。河面不宽，大概只有20来米。水不深但很凉，河面上有些冰块顺水漂流。马书记和阿旺美龙骑着马先下了河，在前面探路。我紧跟在后，藏族特派员走在我的后面。我的马试探着走到河中心。这马的个头比较小，马肚子沾到了冰冷的河水，马本能地往上一蹿。不好，马鞍的肚带断了。这下可惨了，我随着悬空的马鞍及马背套一起掉进了冰河里。我的马很懂事，立刻站在我的下游原地不动。我赶紧爬起来。河水有齐腰深，全身湿透，冻得我全身冰凉，浑身发抖，背上的步枪也灌进了水。阿旺美龙赶紧回马到河中间接我，后面的特派员也骑马赶过来，帮我提着马鞍。我把马背套又搭上马背，牵着马，扶着马背套走上对面的河岸。

上岸后，他们纷纷从马背套里找出干衣服让我换上，又帮我接好马鞍肚带，我们又继续上路。

半下午，我们赶到了门巴公社五队。帐篷前拴着一只黑色大藏獒，老远就凶猛地向我们大声狂吠。

这里叫做五队，实际上只有两间小房，几顶牛毛编织的帐篷。我们下马后，牧民藏胞见我如此狼狈，马上找出藏袍让我换上。阿旺美龙帮我晾晒行李，然后也进帐篷烤火，喝酥油茶，暖暖身子。

阿旺美龙风趣地笑话我说：“小熊格啦，这回真的成了落水的黑狗熊了！”

我不好意思地苦笑。

过一会儿，他又说：“经过刚才过河，我看你骑的这匹马是匹好马，很聪明，有人性，知道怎样爱护主人。你骑着它我算是放心了。”

坐了一会儿，我好奇地出门，看阿佳挤牛奶，用大酥油桶提炼酥油。在这里，我第一次品尝到了新鲜奶茶，吃上了新鲜雪白的奶渣。

天快黑时，马书记说：“明天我们就在这一带帮他们除害，后半夜就上山，天亮前要到山顶目的地。主要任务是打野狗、豹子，或者猞猁。”

又对我说：“小熊，你带上枪，我要看看你的枪法怎么样。”

我蛮有把握地说：“好的，应该没有问题。”

我随马书记、阿旺美龙和特派员走到山口。山上全是雪，连灌木丛上也有积雪。

马书记指着前方200米外一块不大的石头说：“就打那块石头吧。”

我取枪、上膛，就地立姿端枪瞄准、射击，一枪命中目标，可惜高了一点。

马书记说：“看来你是很专业的，到底是当过兵的人，就是不一样。动作迅速标准，无依托打靶，枪法很不错。不过，在这儿射击和在内地不一样。这里大气压低，空气稀薄，阻力小，射程比内地远，着弹点容易偏高，所以要瞄低一点。你刚才这一枪，在内地一定是10环，在这里是 9 环。熟悉一下，你就会掌握的。”

晚饭喝酥油茶，吃糌粑。好客的牧民特地给我倒了一碗加白糖的酸奶，还往我的糌粑碗里加上一把半干的奶渣。这些奶制品都很有营养。

晚上住在帐篷里，特派员说：“队里的年轻人都外出放牧去了，这里只是他们队的定居点。游牧定居划定草场后，队里的老人、小孩和病人都好安置，也便于我们管理，再也没有为争草场发生械斗了。党的这项政策的确很好，我们党很英明啊。”

睡下不久，天上下起了小雨。帐篷上有很多小孔、小亮点，但雨水就是打湿不了帐篷。这牛毛编的帐篷使我感到很奇怪。

27日，天不亮，我们四人背着4支枪，开始上山。马书记把右手食指放在口里打湿后，再拿出右手指向上立着，伸出一尺来远，然后收回手说："我们上东北面那座山。"

我不解地问马书记："为什么上北山？"

马书记说："我刚才是在试风向。手指打湿后，伸出去，哪边凉，风就从哪边来。用胡子头发试也可以，把胡子头发放高一点，看往哪边飘就知道风向了。打猎只能走逆风，不能走顺风。走顺风，一场空。野生动物的嗅觉和听觉都很灵敏，一旦闻到人和枪里火药的气味，或听到人的脚步声，早就跑了。所以要走逆风。"

天快亮了，我们走过长满灌木林的山坡，已爬到半山腰灌木林的边缘，再往上走，山上光秃秃的全是积雪。这里海拔接近5000米高了。这时我内急，就轻轻地解下身上的枪支弹药、干粮水壶，在林子里大便。忽然从林缝里模糊地看见，上方50米左右出现了两只比水牛角还长还要粗的角，正向我这里移过来。近一点后才看出，两只大角下是麻灰色、像是鹿又像是羊的头。我不知道这是什么动物，便轻轻移动着身子准备拿枪。

不好，我这轻微的动作竟被它发现了，它转身就走。我急了，冲马书记他们的方向喊："我这里有马鹿，快打！"说着，就听到几声枪响。我快速提上裤子，拿上东西，抓起枪向这动物走的方向追过去。才追上几步，视野很好，只见这一群动物大约有50多只，上身麻灰色，肚皮白色，头上长的角比水牛角还大，正向前顺着山梁飞奔，速度快得惊人，估计已经跑出1000米开外了。

他们三人走过来，阿旺美龙说："你刚才在干什么？你喊叫什么呀？什么马鹿？这是盘羊，也叫岩羊。马书记早看见了，就等你先打头羊，没想到你没开枪，还惊了羊群。要是先放倒了头羊，羊群在原地乱跑，今天收获就大了，我们和区上就可以好好改善几天生活。"

特派员说："小熊格啦，打猎时，什么意外情况都有可能发生。这里有凶猛的猞猁，而且一来就是一群。以后上山一定要枪不离手，不然会有危险的。"

我说："是的，今天是我太大意了，以后一定注意。"

马书记说：“你们不要责怪小熊格啦，他没有打猎的经验，我们再翻几座山头看看。”

连续翻过几座大山，没有发现食肉动物，倒发现了大小好几群盘羊，可惜距离太远，盘羊跑得太快。走了一整天，累个臭死，什么也没有打着。我有些自责。

28日，我们四人到门巴四队，看用网围栏围的越冬储备草场。这是国家支援牧区新运到的网围栏，用网围栏圈地，主要是保护一块草场，急时再放牧。这块草场大，面积有好几十亩，选点很不错。

晚上，我们住在四队，半夜里下了一场雪。

29日下午，我们从门巴四队回区公所驻地。天下着毛毛雪，走在雪地上，周围到处是寸把厚的白雪，很刺眼。我由于疲惫，东张西望的，这时有点分神。没想到我的马踩了个雪窝，失了前蹄，它“忽”的一下跪倒了，把我从马头前面摔出去 1 米多远。马迅速站起来，走近我，用头把我往它的身上拱。我爬起来后，整理了一下马鞍，拍打掉身上的雪，拾起枪，又翻身上马，向前追赶他们。

我们到区上后，结完伙食账，在区上买些酥油等物品，做回县准备。

30日下午，从区上出发返程。傍晚，我们从门巴区到达直孔区。马书记带我们到宗雪大桥工地，了解大桥前期准备的情况。还顺河向上步行1公里多，看了采石场，听取工地负责人、农牧科干部强巴丹增的工作汇报。

12月 1 日上午，区公所文书王平带我们检查了解直孔区附近的冬季农田水利基本建设情况，水渠整修的情况。下午，和区干部一起学习上级文件。

2 日上午，我们回到县里。

在这 6 天中，我第一次直接下乡到门巴牧区，了解到不少农牧区的第一手资料，也增长了不少新知识，对农牧区有了个粗浅认识。

飞来凤

我和李敏能成为一家子，很有“戏剧性”。

到单位报到后不久，11月20日，我和李尚南各分到一间10平方米左右的土房。我住在县委大院第一排的中间，左边紧靠中间过道的第一间，中间的过道正对着大院的大门，大门外隔条水沟就是穿城而过的川藏公路。李尚南分在我后面的第三排中间。

在荒漠的高原上，这里的环境还真不错。县委大院南面的马路边，水沟两旁、西边和斜坡上全是高大的白杨树，大院后面的北边还有一片白杨树林，树林后边是一片沼泽地，再往后是墨竹河口，宽广的拉萨河滩。

我领来一张单人床，一张办公桌，自己借工具，动手乒乒乓乓做了3只小木凳，2个小书架，就算在这里有了一个属于自己的临时小“窝”。

嘿！真是做梦也想不到，一个多月后，我这破土窝居然招来了“金凤凰”。

我会永远记得那一天——1976年12月14日。上午，全县职工在礼堂开会，听县委书记王建中作报告。组织部藏族女部长维色突然走到我面前说：“小熊，黑龙江省慰问分团来慰问援藏兽医，你去接待一下吧。”

我连忙回到县委大院，只见一辆解放牌大卡车正停在院内我的门前，四五条东北大汉站在车旁，驾驶室里还坐着个脸色黄黄的年轻姑娘。

座谈，慰问，吃饭。“东北虎”们能吃能喝又能“侃”。唯有那姑娘一言不发。

“许是高原反应吧？”我想。初到西藏的人，因空气稀薄，骤然缺氧，都必然会有一些不适。许多人甚至会被高原反应折腾得三五天起不了床。

诸事完毕，慰问团的刘队长说：“小熊，这姑娘叫李敏，是我们哈尔滨师范学院的大学生，分到你们这疙瘩了。以后请你多照顾点儿。我们黑龙江的父老兄弟拜托你了。”

黑龙江省来我县援藏的兽医孙国祯和宋继田也说：“这是我们黑龙江来的老妹子。我们俩住得远，又经常下乡，一个女孩子刚来，人生地不熟的。你比她先到，请你多照顾点儿。”

得！谁叫我是同年先到的内地学生呢，没得说的。人接收下来了，东西没地方放，东北大汉们不管三七二十一，在我还未表态的情况下，不由分说，就七手八脚地把两只大箱子从车上搬下来，直接抬进我的破“窝”里。

送走了慰问团，我又把姑娘送进了那领主的“寝宫”。

晚饭后，这姑娘又找来了。

“老熊，请帮我找把刀子吧。”

我一愣，心想：“要刀子何用？”

“防坏人。”她可怜兮兮地说。也难怪，全招待所住的都是男人，只有她一个姑娘。

我连忙找了一把刀子给她。又考虑到县城里靠柴油机发电，每晚只照明2小时，我出去买了两包蜡烛，把她送回“寝宫”。

刚到拉萨的李敏

她住在四合院式两层小楼的西北角二楼的一个大房间里。走廊四面皆通，大房间里有20多张床，门上既没插销又没锁，窗子上也少了几块玻璃。

“帮个忙，把床推到门边来。”

姑娘指挥着，我莫名其妙。

“你走后，我用这两张床顶住门。”她解释说。

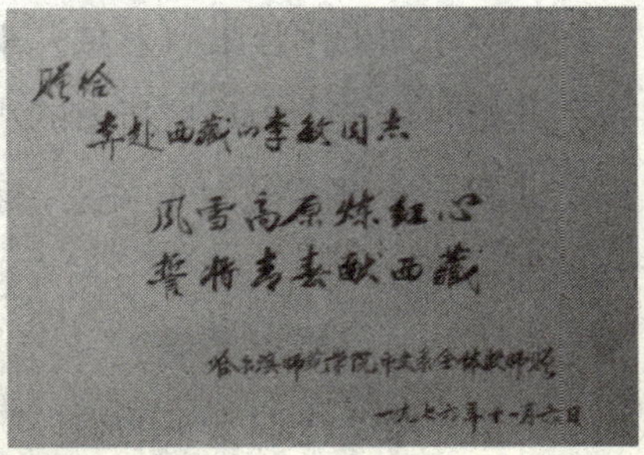

我的心被牵动了，既担心又无奈。我总不能守在她的门外当一夜义务“保镖”哇。

这一夜，我失眠了。万籁俱寂，我不时侧耳谛听，捕捉着窗外的任何声响，不知何时才进入梦乡。

“砰！砰！砰！”我翻身坐起，头发

根儿都竖了起来。

“出什么事了？”

“是我，来拿脸盆。”

一颗心总算归回到胸膛里。见天已大亮，我赶紧起床打开门。只见姑娘的脸色更黄了，寒冷的晨风吹得她微微发抖。她告诉我，一个人到晚上怪害怕的，昨晚握着刀柄就着烛光看了一夜书。那房间旁边是厕所，晚上不时有人踢踢踏踏从门前经过，一听见脚步声她就心发慌。看到她害怕成这个样子，我的心里很难受。可怜见的，真难为这个姑娘了。

接下来的两天，几次三番陪李姑娘找组织部，找办公室，要求早点给她分配工作，安排住处。县委办公室主任名叫张开文，是个四川人，但他的爱人小左是我们武汉人，心肠好、脑子灵、嘴巴快。听了李姑娘的难处，拍着巴掌说：“这还不简单，就让小李住小熊的屋。小熊是男子汉，让他去住招待所。”张主任一下茅塞顿开，马上表态说：“对呀！小熊你先住几天招待所，等你那个湖北佬同学（指李尚南）下乡回来后，我做工作，你们两个男的先暂住一屋。你小熊的这间屋就算临时分配给小李了。”

得！得！侠肝义胆帮李姑娘找屋住，反而把自己的“窝”给找没了。堂堂男子汉，不能在大姑娘面前掉价。我一口答应：“要得，就这么着。”

当时怎么也未料到，“湖北佬”小李下乡20多天迟迟不归。“东北妞”小李占了我的“窝”，久借荆州。我既不能未经屋主同意，砸门撬锁强行搬进“男小李”宿舍，又不能继续留恋旧“窝”与“女小李”朝夕相处。只落得自己成了走方道士落难游僧，东转西串有家难归。我这100多斤，整夜里被“寝宫”中的虱子臭虫蚕食，白天还要照顾那被高原反应折磨得卧床不起的李姑娘：落户口，办粮食，转关系，打水买饭全包。

这一来，很多人都以为是我的对象来了。藏族汉族三五成群来看，众口一词：“小熊的阿佳啦（对象）来了。”

开始时，被高山反应折磨的小李见人就上气不接下气地严正声明：

“我与小熊不是对象关系，我俩原来根本不认识。我是分到这里工作的大学生。”

“不要不好意思啦！”

“谈对象是光明大正的嘛！”

“大学生还这么封建呀！”

还有善意的玩笑。

七嘴八舌，怎么解释得清？

领导们、内地来的同志们也来了解情况，做工作：“你要想在这里扎根工作，就应该在这儿安家。”

“小熊，你都27岁了，该成家了。”

假话重复的次数多了，居然成了真理。小左看见我，扯着不放，非要我请客不可。

“好你个小熊，还不好好谢谢我。你上哪儿去找这样的美事儿？姑娘自带粮钱票，一个月挣50多块钱，哪像我们这些当家属的。快拿喜糖来，不是我帮忙，就凭你能抓个大学生来！”

“好老乡，你可别瞎说。被李姑娘知道了，好像我们在算计人家。”我赶紧告饶。

“哟——，媳妇还没娶，就怕成这个样子！”小左大笑着。

大家的议论，使我真的想开了心思。西藏山高风雪大，从内地来工作的人，和尚多尼姑少，有个把汉族姑娘真算得上是“珍稀动物”。在这里工作的汉族干部，或在当地找个藏族姑娘成家，或回老家带个农村姑娘来安家。据观察，全县有那么两三个汉族姑娘都十七八岁的样子，与我年龄上差一大截，更谈不上水平相当，志趣相投。下半年先后分来十几个大中专学生，一个张彦丽姑娘跟他们锦州农学院同来的四五个学生一道，下乡当农民去了。再就是这个李敏姑娘了。老天爷成全我，把她送到我身边，我可不能当大傻蛋，错过天赐好姻缘。再说，她身体不好，也需要有人照顾。

这天下班后，我端着饭来与李姑娘共进晚餐。她从学校给藏族学生讲汉文课刚回来，口口声声“王大犇”如何如何，我的心直“咯噔”。

吃完饭，我站起来正准备走，李姑娘说：“我要找几本书看，你帮我把箱子抬一下吧。”

打开她的箱子，嗬！满满两大箱书，古今中外名著，历史政治，应有尽有。我喜欢读书，是个书迷，一下子就被这些书迷住了。再说，我是理工科大学生，语文基础差，还应该补习写作知识。你想：这不要钱的书库、不要钱的老师上哪儿去找！

小李呀小李，就冲这两箱书，我也要非你不娶。

翻箱倒柜，小李累得出了汗，脸蛋通红，脱掉棉袄，露出里面的花衬衣。红色毛线背心，洁白能干的双手，在我眼前晃来晃去，晃得我眼花缭乱，心如兔蹦。这地方，除了白雪，就是黄沙。进藏快3个月了，我几乎成了“色盲”。天上掉下个李姑娘，我的世界变得色彩缤纷，充满阳光。

她的黑龙江老乡孙国祯和宋继田对这“老妹子”格外关心，经常请妹子吃饭，并邀请我作陪。兽医站离县城有近1公里，在县城的西南角。顺着南山山脚的川藏公路向西走，小李一步一喘的，本来不远，我们却走了半个多小时。来去路上，我经常借躲车为由，故意拉李姑娘的肩膀或推她的腰部，但这姑娘似乎麻木不仁，根本不懂我的暗示。

两个东北老乡弄的饭菜还真丰盛，炒鸽子肉，油炸麻雀，花生米炒鸡蛋，外加糖醋鱼，酒是用医用酒精兑水再加糖。这俩“东北虎”真能干，晚上经常到山上或墙头上堵鸽子窝，掏麻雀洞，抓鸟钓鱼，在山吃山，见水吃水。

这样微妙的日子又过了些天，在拉萨市体委工作的胡海淡同学来看我。这老弟是广东人，武汉体育学院毕业的，我们在进藏路上混熟了。中午在“土窝”里与李姑娘共进午餐后，小胡悄悄向我“窃取情报”。我如实讲了。他说：“老兄，你可要抓紧点，小心飞了。我在拉萨时就看过这姑娘的照片，是他们黑龙江进藏学生的集体合影。那给我看照片的‘东北虎’对她满怀情意，那小伙子可比你长得帅多了……”

几句话，说得我心凉。我再也稳不住了，决心找机会试探一下。

事有凑巧，墨竹工卡县第二次党代会开幕，晚上在我们院子里放电影，银幕就挂在我们门口西边的白杨树上。我与李姑娘并排而坐。黑

李敏与书柜

暗中，我故意碰了一下她的手，不想她一下子甩开了，闹得我好没意思。过了一会儿，她说，这电影我看过，搬起凳子就回了屋子。我也不想看，将凳子送回来。

我们坐在屋里，外面的电影声音听得清清楚楚。那晚放的是朝鲜片《卖花姑娘》。听到电影里在感慨地发议论："人说，心诚，铁树也能开花，难道花妮的心不诚吗？"

我赶紧借题发挥："难道老熊的心不诚吗？"

李姑娘默想了一会儿，说："我明白你的意思。这些天我也想通了，你人聪明，有事业心，能吃苦，肯动脑筋，生活能力比我强。既然大家都说我是你的对象，干脆我就正儿八经地给你当对象。不过，你得尊重我，我们是来西藏干工作的，一年之内不谈结婚的事。"

我连连答应，找出自己的几张照片，让她寄回家去征求父母的意见。

后来我才知道，她早几天看过我的日记，并把我在进藏路上写的几首诗寄给了在大学里当教师的姨父。她的姨父回信肯定了这几首诗的文采，说是具备了文科大学生的水平。

为了在婚前适当拉开距离，李姑娘坚决搬到学校去住了。我也回到了自己的"土窝"。但她的身体太不争气，我刚下乡几天，她就住进医院。一天24小时连续输液，王大犇同学和"小山东"楚绪山轮流照顾她。一个前半夜守护，一个后半夜守护，端屎倒尿，非常不便。

老师们一个萝卜一个坑，晚上照顾病人，白天要上课，时间长了可不行。学校决定派王大犇老师送这位李老师去拉萨看病。后来听说县上领导鉴于这位李姑娘高山反应持续的时间太长，也有将其退回黑龙江省重新分配工作的意思。我们农牧科的刘科长还真"护犊子"，生怕自己科里的"阿佳啦"飞走了，一道"命令"，将我从乡下调回，批准5天假，要我赶紧跟踪追击去拉萨，照顾那虚弱的李姑娘。

1977年1月17日一大早，我心急如焚赶赴拉萨。下了汽车，直奔市医院。到住院处查人名，不见有我那小李的大号。又到处找老乡询问，终于得知人在自治区教育局徐美华处。老乡将我送到教育局，一眼看到小李和王大犇，我的一颗心总算落到肚子里。

徐美华是与王大犇一起从上海来的女同学。说起来，在柳园兵站时，我们都打过照面，并且，他们上海同学与我们湖北佬是同时从柳园出发，总共4辆大客车同行，天天在一块儿食宿。只不过当时学生太多，彼此都未搭过话。

既然我赶来了，李姑娘自然就该办移交了。

王大犇看着徐美华，笑着说："老熊你这是着的什么急，活像谁跟你抢李老师似的。"说得我真不好意思。

后来才知道，原来徐美华就是王大犇的女朋友。

我陪小李到自治区人民医院看病，没有空病床。找到我的熟人张守菊医生。张医生说可以住在她们妇产科。小李坚决不干："我一个姑娘家，住妇产科算咋回事？"

打了针，拿上药，小李说只有到交通局去找同学。于是到了在那里工作的黄阿密家。这位女同学高高瘦瘦，秀秀气气，土家族，沈阳人，哈尔滨建筑工程学院毕业。她丈夫戴晓华，也是哈建工同学，膀大腰圆，又高又壮，标准的东北大汉，帅哥一个。小李介绍，说戴是蒙古族，我还真看不出来。吃过晚饭，我去住交通局招待所，小李就与他们夫妻一起挤在那间小屋里。

第二天早晨，先到医院输液，回到小黄家吃午饭，下午又是输液打针。

"东北虎"们消息很灵通，又有两条汉子冲进自治区医院看望小李，来者是市邮电局的刘新建（上海人）和自治区种子站的何清峰（丹东人）。这两位都戴着高度近视眼镜，骑自行车进医院大门时，没注意门口横着一条长铁索（限制车辆的）。刘新建是个瘦猴儿，见状不妙，赶紧低头哈腰，高喊"注意"的同时，从铁索下冲了过来。后面的何清峰可就惨了，他身高体胖，反应不灵，硬生生被铁索拉下车。

病人还没看到，自己先成了伤病员。何清峰手臂划出一道大口子，走路也一瘸一拐。刘新建扶他先去清洗上药，出来才找到小李打针的地方。弄得小李真不过意，连说同学们对我太好了。

晚饭是在张医生家吃的。她妹妹嫁给我老家湾子里一位老红军，这次我进藏，曾写信让我有困难就找张医生。

夜里，小李住在她同学赵勇戈宿舍，我就住进工业局招待所。这一来，就算在"东北虎"群落里公布了我俩的关系。

19日上午，小李有赵勇戈照顾，我就到戴晓华那里借自行车，想去部队的七一农场找老乡买苹果给小李吃。没想到，这位蒙古族小老弟板着脸，严肃地告诫我："我说老兄，咱东北人心眼儿实，丑话说在前面。李敏看上你，你可千万别拿豆包不当干粮。咱黑龙江学生进藏，这一路只有4个女生，男女比例四比一。小黄就不说了，还有个哈医大的，是一对夫妻。没谈对象的只有李敏和那个赵勇戈。李敏不爱多说话，几个男生追了一路都未追上，便宜了你老熊。她一路上高山反应特别大，本来是照顾她分到拉萨市，没想到还是给弄到下边去了。她身体那么差，咱东北虎都于心不忍。你要是对不住她，可别怪兄弟们对你不客气！"

我连忙说："我一定会对她好的，你们放心。"

打完针，傍晚转移到种子站何清峰处，赵勇戈也在，正在给我们包饺子。晚上就都住在何清峰那里。

20日晚上，我们又到了拉萨市委，在黑龙江大学学生宋永贵处食宿。

这四五天，把小李留在拉萨的同学家走个遍，足见这姑娘有个好人缘。我更加爱她了。

21日回到县里，在大家的劝说下，我俩很快就结婚了。

"土窝"做新房。我把单人床里边加钉一块木板，就成了婚床。小李买来两床新被面，缀在我俩原来的被子上，又买了一个炒菜锅，就算完成了小家庭建设。

"毛选"四卷、毛主席像、几个日记本、热水瓶、茶杯、茶碗，是双方单位和私人好友送给我们的贺礼；5斤酥油、2斤砖茶、10斤糖果，是我们酬谢来宾的心意；藏族同事们送来的家酿青稞酒，是他们表达的良好祝福；专场电影是县委给予的恩赐！

2月27日，农历正月初十，在我门前的广场上放着电影。婚礼在我宿舍后面第三排的县委办公室里举行。

没有红喜字，也没有标志新郎新娘身份的红胸花。我穿着一身得体的工作服。小李穿的是她母亲亲手缝制的深灰

作者的"阿佳啦"——妻子李敏

色的卡西装。

晚8点，各科室、各单位的代表欢聚一堂。风趣幽默的宣传科干部闫振中（河南回族人，诗人）当司仪。按照当地风俗，我们双手接过藏族同事献上的洁白哈达，接受藏胞们的良好祝愿。再向毛主席像三鞠躬，又向来宾鞠躬致谢，然后将哈达双双戴在颈上，这是吉祥如意的象征。县委王书记当主婚人，赵副书记致贺词，农牧科刘科长和公办学校校长阿旺代表家长讲话。王大犇同学指挥学校的学生们敲锣打鼓。大家闹着要我俩唱歌。

小李唱“长征组歌——过雪山草地”，“我的家在东北松花江上”。因她体弱气短，每唱上一句，都要停下来张大口喘上一阵，说：“我上不来气儿。”然后再接着唱，唱唱停停。结果每首歌都是只唱了几句就难以为继，只好请大家原谅，坐下来休息。

我的嗓子五音不全，歌声高高低低如狮吼虎啸。大家听得实在乏味，就转移矛头，要王老师唱歌。

王大犇唱得确实不错，标准的男中音。最后还用藏语唱了一首民歌，赢得一片掌声。

接着，藏族女教师、女同事们唱起了祝酒歌，参加婚礼的人们和着乐曲，跳起了欢快的“锅庄”和“踢踏舞”。唱着、跳着，跳着、唱着……

歌声笑语，直到深夜。

我这个新郎官喝得东倒西歪，心里只觉得自己是天底下最最幸福的人。

我迷迷糊糊睡着了，又晕晕乎乎笑醒了。

新婚别

在那个年代，西藏高原上没有蜜月之说，一切交给党安排。

我们结婚的第三天，1977年3月2日早晨一上班，赵文贵（满族）副书记就向我交代任务说，县委决定利用枯水季节，在距县城35公里处的直孔区修一座公路石拱桥，彻底解决通往扎雪区和林周县的交通难题。前期工作已经开始，明天正式开工，组织上决定派你去。他讲了一通意义和重要性后，强调："你是工科大学生，在技术上要负主要责任，多动脑筋，多和大家商量，只许成功，不许失败……"

天哪！我在学校里学的是船舶机械制造专业，没想到在这里却要我造桥。隔行如隔山，"造桥"与"造船"，根本就是两码事。这真叫硬赶着鸭子上架，不上也不行。

从马厩牵来我那匹心爱的白马，行李搭在马鞍上。我牵着马，小李恋恋不舍，一直把我送到离城约1公里处的墨竹河边。大有当年"送郎当红军"的味道。

那马似乎善解人意，一步一点头地缓缓而行。

"我走后，你一个人要照顾好自己，多向藏族老师请教。教藏族学生要有耐心，慢慢的你就习惯了。有什么事多请王大犇帮忙。"

"我没事。你要注意安全，听说山上有豹子和狼，经常发生雪崩，还有泥石流，好吓人呢！"

"放心，别忘了我是当兵的出身。豹子敢来亲近我，生擒活剥给你看。"

相互叮咛的话不知说了多少，同行的翻译、藏族土技术员早已在河对岸等着我。

"你回去吧。"我翻身上马，打马过河。回头看，在那空旷的沙滩上，她仍然独自孤零零地立在河边。寒风卷着黄沙，包围着她那柔弱瘦小的身影。

我忽然想起大海岸边的望夫石。

啊，我可怜可爱的新娘子，你就原谅我吧。建设一个美好的新西藏，是我们共同的夙愿。两情若是久长时，又岂在朝朝暮暮。

我和两个土技术员加上翻译，一行 4 人，骑 4 匹马，在沙土路上加鞭疾驰。30多公里路程，半下午就到了宗雪大桥工地。

这里海拔4000多米，周围山上长着青灰色茂密的灌木丛，间或有几棵青翠高大的柏树点缀其中，十分醒目。海拔4500米雪线以上全是终年积雪不化的高山，如娴静的处女，在强烈的阳光下炫耀着自己的清白。天高云淡，空气清新，视野开阔，河水清澈，在蓝天白云的映衬下，令人心旷神怡。

对这里的地貌，我并不陌生。学绒（门巴）河、麻拉河如两条碧绿的飘带合在一起，飘向拉萨河中段大转弯处，形成一个“工”字。我们的任务就是在这“工”字形河流的腰窝部，架一座石拱桥。

藏族民工、石匠齐集工地，河滩上帐篷一片。

一下马，大家就七手八脚地帮我支起了帆布帐篷，又不知从哪里找来了4个青稞草制成的方卡垫，两个打开一拼，成了我的行军床。两个叠在一起，成了办公桌。

这次县委派我到工地，是参加组建指挥部，直接指挥大桥建设，主要负责技术方面的工作。县委领导还说这是连接扎雪区和林周县的唯一的公路桥梁，十分重要，必须赶在9月底以前完工。只许成功，不许失败。

刚坐下，原领导小组的成员们就迫不及待地来与我研究工作。听强巴丹增介绍石工和石料准备的情况，达嘎拉来介绍各公社民工、石匠的情况。

我喝了两碗酥油茶，就急着要他们领我去看施工现场和采石场。

桥址选得很不错。此处河宽200余米，河床坐落在北边，北岸是巨大的岩崖，稍加修凿，就是理想的桥基座。南岸是冲积河滩，河道向南成缓坡逐渐抬高，河里面全是斑驳的沙卵石。看来，南面的桥基是建桥的关键。顺河往上走不远，只见一座铁索吊桥，成南北方向悬空伸向对岸。桥长约20米，距水面近10余米，4根铁索上铺着4尺来长的小木板，两边各用一根铁索做栏杆，走在上面晃晃悠悠，令人胆战心寒。向下看，湍急的河水冲击着石头，浪花四溅，轰鸣的声音震得人头晕目眩。翻译介绍说，这铁索桥是几百年前，当地领主出钱修建的。当年文成公主进拉萨，就是从这条河过去的。那时还没有这座桥。

真想象不出，1200多年前，那深宫弱质、金枝玉叶的公主，是怎样涉过这条激流的。

采石场在麻拉河边，距桥址约2公里。都是一色的花岗岩，块大，石质坚硬，是砌桥拱的理想材料。已打好的几块石材也符合尺寸要求。我说，好，你们干得好嘛。

当天晚上，就在我的帐篷里点上煤油马灯，大家坐在长方卡垫上面，我坐在那个有40多厘米的卡垫“办公桌”旁，一起研究制定详细的施工方案和施工步骤，进行了分工。

我说：“按县委的决定，我们大桥指挥部今天算是正式成立了。陈习元（扎雪区副书记，还未到岗）任指挥长，我协助他工作，强巴丹增、达嘎拉、拉萨市交通局技术员单增（还未到岗）为指挥部成员。陈习元书记负责全面工作及物资后勤保障；强巴丹增主要负责石工、石料运输、砌拱等工作；达嘎拉负责民工调度管理、筑拦河坝等项工作；我负责政治思想工作和规划、计算筹划、挖基坑、放线、机械设备使用等技术性工作；交通局技术员来后，请他负责技术测量、按图纸放样等工作。分工不分家，大家要通力合作，精诚团结，决不辜负县委和全县人民对我们的信任，坚决完成这一艰巨任务。”我说完后，大家都表示了信心和决心。

开完会后，早就等在外面的热情男女藏胞们纷纷端着青稞酒和酥油茶、奶茶走进我的帐篷，热情地敬茶敬酒，一口一个“格啦”地叫着，对我嘘寒问暖，关心备至。

这里海拔高，昼夜温差很大。在这个季节，海拔4200米以上的山上全是积雪，到夜里，山谷里股股寒风吹来，令人全身阵阵发冷，手脚冰凉。但看到诚心热情的一个个藏胞们真诚的笑脸，喝着他们双手递上的上等青稞酒和热气腾腾的酥油茶，心里觉得暖洋洋的。

为了让我早点休息，达嘎拉过来把他们都劝走了。我躺下不久，又有人给我送来垫絮和毛被，怕我深夜里冻着，这里的老百姓们真好。

躺在地铺上，我心里还在想着工作安排，想着县委赵副书记与我的谈话，想着藏胞们对大桥的企盼。我身上的这副担子不轻，久久不能入睡。

接下来这几天是紧张的工作。我们在冰冷刺骨的河水中探测河道，按河道地形因势利导，选择修筑拦河坝最佳坝址；开挖引水渠道，架设引水涵洞；赶上马车到附近公社去借柴油机和水泵；计算所需沙石、水泥、木材量；开挖桥墩基坑；比较各种可行的拱架方案，尽量减少土石方和工作量，节约开支；计算挖方、填方工程量；计算护坡用石量，各项工序用工量、工序工期量；还要计划钢钎、抓钉数量等等。

这一切工作，对于我一个学机械制造的大学毕业生来说，都十分生疏。工作量大，困难可真不小。县委把这么重的担子交给我，是对我的信任。有什么办法呢？只能在实践中抓紧时间边学边干，边干边学。白天经常在工地上考察、劳动，赤脚蹚过冰河；晚上在帐篷里点上马灯或是蜡烛，认真琢磨仔细计算，常常工作到深夜。外面河滩上民工们跳舞的欢快脚步声和歌声一阵阵传来，也打断不了我的思路。

这样的工作紧张而又充实，能为西藏人民做点实事，我感觉心情舒畅，很有意义。

好在陈习元副书记、强巴丹增、达嘎拉他们带民工很有经验，按计划各项工作热火朝天地开展起来。

这里的老乡们盼桥多年，很多人从大老远带着工具背筐赶来义务帮忙。尼木县的石匠也来参与协作。

热情的男女藏胞们不时端着青稞酒和酥油茶、奶茶走进我的帐篷，敬茶敬酒。一杯还未喝完，又被加满了。什么“三口一杯”，“再干一杯”，总之，变着花样要你喝。我说喝醉了，他们就提着壶站在我身边不走，嘴里唱着祝酒歌，摇头晃脑，踢腿蹬脚跳起舞来。你不喝，她就不停地在你面前唱跳。盛情难却，一杯又一杯，我常被他们灌得滚肚溜圆。

这里昼夜温差很大，晚上很冷，他们拉我去火堆旁跳锅庄舞解寒。有时男的一边，女的一边，有时男女相间，互相手牵手，围着火堆成一圈。火光照红了我们的脸，温暖着我们的前身。大家唱和着左转右转，有节奏地前进和后退。前进时，大家牵着手往回收，身体向前倾，齐步向前走，成一个小圆圈；再后退，到伸直手臂能牵着手为止，成一个大圆圈。这样，一会儿跳成个小圆圈，一会儿跳成个大圆圈。和着歌声，左转几步，便停下来，用右脚使劲地踢踏大地，脚步声有节奏地“嚓、嚓”，“嚓、嚓、嚓”，“嚓、嚓”，“嚓、嚓、嚓”；又右转几步，使劲地踢踏大地，“嚓、嚓”，“嚓、嚓、嚓”，“嚓、嚓”，“嚓、嚓、嚓”。歌声和嚓嚓嚓的脚步声山鸣谷应，声传数里。

我不会跳，常常是他们出右脚，我出左脚，他们前进我后退，逗得大家笑个不停。

跳一会儿后，全身冒汗。

解决砌拱的胎架胎板是一个大问题。如果全部用木料和木板，这么大的空间，用量多，投资过大。而且木料要到数百公里以外去运，运输也是一个大问题。有没有其他办法呢？我们听取群众的意见，反复研究，决定采用“土牛拱胎”的方法施工。在两桥基中间架起 3 个涵洞，这样，既能通水，还减少了土石方量，又便于拆胎，然后在涵洞上用石头、草皮沙包等堆成土牛拱，拱胎上按设计要求的悬链曲线铺木板，再在上面砌拱施工。这个办法虽然很笨，打人海战役，但是很管用，解决了又一个难题。

这里大气压低，开水只能烧到70多度。工地指挥部伙食很简单，做饭也只是大锅烧砖茶，用于打酥油茶，烙烙大饼，间或煮煮牛羊肉。条件有限，没有高压锅，米饭、牛羊肉都煮不熟，所以根本就不搞米饭吃。西藏春季没有蔬菜，藏胞同事们用刀割下条条带血的半熟不熟的牛羊肉，蘸着辣椒酱吃得津津有味。饿得没办法，我也只好学着吃。这样一来，消化不良，营养跟不上，加上高寒缺氧，我的肠胃越来越不适应，整日里屎少屁多，全身无力，解手先是整天拉稀，拉段时间后开始脱肛，后又由脱肛到患上痔疮。指挥部的同志们看我生活不习惯，主动去山上挖野菜，找刚冒尖的野草给我吃。这种草全身是细刺，只要皮肤碰上，就奇痒难忍。他们采来后用石头砸碎，煮成汁，让我蘸着糌粑吃。时间拖长了，我的肠胃病和痔疮更加严重，经常大便带鲜血，而且总是脱肛。几个同志分别介绍几种治疗脱肛、痔疮的办法，如到河里用清水洗，用土疙瘩擦，抹酥油等等。样样试过，也不见效。

工地上没有卫生员和医务室，我只好去找兽医。正好黑龙江援藏兽医孙国祯和宋继田也在这里下乡。我就近找到直孔区配种站，他俩和央金阿佳正在配种站给马配种。我只好站场外等他们。只见央金阿佳牵一匹大红棕色配种公马过来，与一匹母马交配。公马扬起前腿直立起来，央金吓得后退一步，带紧了缰绳，惊叫“啊呀”。公马被缰绳拉得受惊，生殖器慢慢收缩了，再连续几次也没有交配成功。老孙走过去，接过央金手里的缰绳，牵着马在场内遛大圈，边遛边说：“像这种情况，只要遛上几圈，再交配，公马就能勃硬起来。”遛了几大圈后，他把缰绳又交给央金。央金阿佳把马牵到母马后面，公马立即伸出生殖器，扬起两只前腿，搭在母马的身上。老孙见对不正位置，就走过去，用手扶住生殖器一推，终于配种成功了。

我站在场外，心里却想，这种活哪里是女人干的？央金阿佳干这个工作不太合适。

他们出圈后，我说了患上痔疮的事，问老孙有什么好办法治。他们也想不出啥子好办法。看来人与牲畜确实不一样，大概牲畜从来不患痔疮吧。

没医没药，只好硬挺着，不时将手伸到裤裆里，推动大肠头进肛门。

挺了好几天，科里刘科长、索朗旺堆副科长对我的身体十分关心，特地从县上下来看我。可是，工地上的工作一时半会儿走不开。而且，即使回到县上，肠胃病、痔疮病一天两天也治不好。我只好硬挺下来。

又挺了几天，看我实在难受，藏胞民工们关心我，有人给我送来奶渣，有人给我送来鸡蛋。一个宗雪藏胞送来了青油调的麝香，说是治疗痔疮、脱肛"亚古都"。

这青油调的麝香真的很有效，擦几次后，果然慢慢见好。

4月15日下午，会计次仁从县上办事返回，第一次给我捎来了妻子做的饺子和大饼，还给我捎来了雨衣和水鞋。

我可爱的妻子想得真周到。这些食品物品，都是我急需的东西。有了水鞋，我就可以不用光着脚蹚过那冰冷的河水了。我在心里念叨着：我的爱妻，真是难为你了。你身体那么弱，又要上课，又要连夜给我做熟食。

想到妻子在公路边的水渠洗衣服时那根根冻红的手指，我决定自制一个搓衣板送给她。我找到一块硬木板，用墨线打好横格，稍有闲暇，就躲在帐篷里刻搓衣板。一刀一刀，刻出棱子，经常搞到深夜，手掌磨得流血，也感觉不到疼痛。搓衣板就是我的心。

后来工地上的丹增回城办事，我把刻好的搓衣板让他带回去。第二天，他捎来了从我家里带来的一大包饺子和大饼。中午，藏族同事们都乐了，饺子被他们一抢而光，都是第一次吃稀罕，边吃边说好吃，还直表扬格啦的阿佳啦能干。我将大饼分给他们，谁也不吃，都留给了我。

又过了些时候，一天下午，深情的妻子又让从县城路过的麻城同公社老乡，在拉萨农垦厅农机厂开车的王如进师傅送她到工地上来看我。男女藏胞停下手里的活计，如到动物园看新奇动物一样，争看我的阿佳啦。

送走妻子和王师傅，工地上一片啧啧声，大家都夸我的阿佳啦贤惠懂事，一看就是有知识的人。

是的，我有一个多好的妻子啊！这是我的福分！

关心我的民工们还不时在拦河坝下，从抽干的石缝里抓鱼，给我改善生活。藏族同胞不吃鱼，我就拿到附近 1 公里远的直孔区上，到区委文书、辽宁大学生王平同学的小窝里煮着吃，共同改善一下生活。

民工们这样关心我、爱护我，我从心里非常感谢他们。

由于我们采用两部抽水机轮流抽水，分班轮流作业施工，挖桥墩基坑的进度很快，25天就达到了设计要求，开始浆砌基础块石。这时我们又及时研究安排架构土牛拱下的 3 个大涵洞，转移民工去填沙石、筑拱胎了。

西藏老百姓不习惯挑和抬，只习惯用背篓背。民工每天劳动强度极大，但工作效率却很低。我很是着急，与达嘎拉等人商量，在土拱两边用草袋或麻袋装沙石护边，减少沙石流失，再次减少工程量。又在民工间开展劳动竞赛，填方的进度快多了，二十几天就提前完成了土拱任务。

按设计图纸放样后，就可以提前铺板砌拱圈了。

铺砌主拱圈开始时，我们是用一班制，先从两头往中间砌。由于缺乏经验，600多斤重的石块，一块块地从马车上卸下来，抬到桥上，劳动强度大，效率极低，进度很慢，一天砌不了几块石头。

这样施工肯定不行，越砌到中间会越难搞。如此下去，不可能按计划完成任务。我都急得嗓子冒烟了。

急中生智。我立即组织指挥部成员广泛征求群众意见，集思广益，开诸葛亮会，终于讨论出一个用钢丝滑轮吊运石材上胎，直接送到砌位的好办法。同时，在用工安排上采取分班轮换作业，将石工分为两个大组，每组又分为两班作业，每班劳动3个小时就轮换，每班每天轮两次，每个石工1天实际工作6小时。这样一来，既减轻了工人们的劳动强度，又保住了石工们的体力。工程上也能保证每天有12个小时的时间有效施工，原估计每天只能砌2排石头，一下提高到每天砌8～9排，大大加快了工程施工的进度。

有了这些好办法，工地上一天一个样。看到工程进度上去了，我悬着的心终于可以放下了。

大桥工地的工作已经走上了正常的轨道。石拱圈快合拢了，估计在洪水到来之前，拆掉土牛胎没有什么问题。同志们都催我回家去治病，与阿佳啦亲热亲热。特别是藏胞达嘎拉，满心欢喜地提来一条半斤多重的西藏鲶鱼巴格鲤，说：“带给小李吃吧。这里的事情你放心，有我们呢。”

我在家门口下马，妻子都认不出我了。我人瘦了一圈，大胡子老长，脸黑得像木炭。我轻轻叫了声小李，她才注意到我，深情地注视着我良久，然后，眼含着泪水说："你吃苦了。"

这次回去后才知道，她有早期妊娠反应，还强忍着不让人告诉我，怕影响我的工作。

西藏那时的生活够艰苦的，连吃的粮食都按粗细比例搭配。各单位都到县委食堂打饭菜，上顿是发散着臭味的土豆牛肉片，下顿还是看到就想呕吐的牛肉土豆。供应指标是三分细粮配七分粗粮，买饭折子上印着上下两栏，布满阿拉伯数字。买米饭就在细粮上用圆珠笔划掉一个2两或3两的数字，买馒头就在粗粮上同样划道。馒头是用当地麦面做的，黏黏糊糊，很不好吃。尽管有藏族邻居和同事们的照顾，但她怕羊肉、酥油的膻气味，吃不进，喝不进。这里的新鲜蔬菜还没下种，听说要到 5 月中旬，才能去拉萨一些种植蔬菜的部门，通过私人关系买到一点鲜菜。李敏光靠吃咸菜和少量的牛肉下饭，很单调，人瘦多了。带来的鱼，正好给她改善了一次生活。

4月23日，我从工地调回，接受新的任务。晚上，"东北虎"兽医孙国祯和宋继田热情地请我们小两口吃饭，端到桌上的是一盘红烧肉、一盆酱卤肉，说是为我接风。

闻着肉味很香，我忙问："哪来的新鲜肉？"

老孙边笑边眨眼，小宋更是笑声朗朗："你没听说过，天上飞的龙肉，地上跑的驴肉，奇珍美味呀！这就是毛驴肉。"

老孙拿出用医用酒精自兑的"酒"，给每人倒上小半碗，得意地说："这里的毛驴很便宜，7元钱一头，光剥下的皮，就可以卖四五元钱。真是划算得很。哎呀，如果交通方便，拉一车到咱们那疙瘩，可发大财喽。"

我赶忙说："你们以后可别吃毛驴肉了，藏胞特反对吃驴马骡子肉。如果被他们知道了，就不愿意再与你们打交道，连口水都不愿意给你喝。再下乡时，连炊具都不借给你用。以后，你们的工作就难开展了。"

这次长达两个来月的工地生活，使我亲眼看到和了解了不少藏胞的生活习俗。黑龙江兽医们是短期援藏，过些天他们就要回去了，而我们却是永久牌，要在这里干一生的，所以必须时刻注意，尊重当地习俗，才能受到藏胞欢迎，才能顺利开展工作。

几天后，我又调到另一工地巴洛电站了。

巴洛电站

我早就听说过巴洛电站的事。

那是春节前，1977年1月25日上午，我代表农牧科党支部，参加水利电力队（以下简称水电队）的会议。会议事项是要评选出一位代表，参加全县“农业学大寨”会议。

这次水电队会议，全体水电队员参加。科里的阿奈给我当翻译。在评选前，先做水电队的工作小结，在小结的基础上进行评选。

当时水利电力队刚组建不久，临时负责人是陕西来援藏（3年期）的技术员老周。队员有同老周一起从陕西来援藏的技术员徐冰，其他都是些藏族新学员，记得有扎拉、洛桑尼玛、洛桑次旺、强巴迟来等人。

会上，主要对巴洛电站进行工作总结，大家提了很多意见。电站用50个劳力，花4个多月的时间建起来了，机房也算是建好了。可是发了几天电后，水渠到处漏水，不能继续发电，还要返工，进度和质量都有问题。但大家对老周的工作态度——他腰痛还带领民工在雪山水流下来的凉水中劳动——都作出了充分肯定。对老徐的工作态度和教藏族学员的耐心，也给予了高度评价。

听了大家的发言，我觉得巴洛电站没有建好，影响不好，老周和老徐是有责任的，评选他俩任何一个人当代表都不适宜。最后，根据老周的意见，同阿奈商量后，我在会上表态，评选藏族学员扎拉出席这次“农业学大寨”会议。

在这次水电队会议上，我才知道巴洛电站存在着技术问题，必须整改。

当时已到年关，冬季冰天雪地，也不适宜水电施工，只有在开春后再返工。

5月2日，县委把我从宗雪大桥工地调回来，派我到巴洛电站工作，下了死命令：没有建好，不准回来。

我是学机械制造专业的，不是学“万能”专业的，正在修桥，又要我去修电站，县委作决定，根本不征求我的个人意见，不服从更是不行。天啦，这些县委领导简直是在“瞎指挥”，又一次赶着鸭子上架了。没办法，我只得买些书，准备边干边学，边学边干了。恰在此时，我的母校武汉水运工程学院给我寄来了在西藏买不到的10本业务书，这真的是雪中送炭，久旱逢甘雨，天助我也。

3日上午，我就骑马到了巴洛区。这时，老周和老徐开年后，已经带着水电队学员和民工在工地上干了半个月。

我把马送到巴洛区马棚，安置好行李，就上了工地。

电站建在距巴洛区约1公里处，位于离川藏公路（318国道）100多米南面的河滩上。川藏公路的北面是墨竹河。电站东面是由南向北流淌的一条小河，西边是向南顺河岸进山里的简易公路。电站就是引用这条河水发电。这里河道较宽，呈缓坡，视野开阔。

老周和老徐见我来了，就站在机房外向我介绍情况。

“这条简易公路是到里面卡加村去的，电站对面的河东岸上是扎西岗村。”

“建巴洛电站是为了解决巴洛区委机关和附近巴洛公社居民的照明问题。用户不多，负荷不大，装机容量40千瓦。采用的是低水头大流量的混流式水轮机。”

我仔细看了一下，这种水轮机的效率不高，发电机也比较笨重。我心里在想：这种机组的发电系数一定不高，恐怕连5.6的系数都达不到。

我在他俩的陪同下，从外到内查看电站机房。这机房建的很不尽如人意，是按照建藏式房的办法搞起来的。四周用石块泥巴垒墙，上面铺圆木和枝条，再分层用粗石头、细石头、泥土压实封顶。他们没考虑到这河滩是沙石基础，发电时机房会受到机组振动影响。

我在心里打上了一个问号：这机房太危险了。

他俩又领我看压力前池、引水渠道和引水坝。压力前池体积不大，蓄水量少，根本起不到调节水流量的作用。压力前池和引水渠道都是就地取材，用河里的石头和草皮垒起来的，最高处高出地面1.3米左右，这次虽然经过加固修整，仍然是到处漏水。好在水源充足，即便是这样，渠道里的流量1.55立方米还是有保证的。我心里想，草皮里的泥沙被水流长期冲刷，时间久了，水一定会漏得更加厉害，这种渠道长远不了。

看得出来，工期拖的时间太长了，干部和民工都有些疲沓懒散，工作起来，一个个无精打采的。

全部看完后，我发现，我们这里地质特点是含沙量大，沙多于土，这对搞水利水电工程极为不利。老周、老徐原来工作所在地陕西是黄土高原，地质与这里完全是两码事。他们以前的经验，与这里有一些不对号。

电站建成这个样子，存在这么多问题，我的心沉甸甸的，很是有些着急。

下午，我又一个人重新再走一遍，看一遍，心里盘算着怎样解决存在的问题。

我想，老周和老徐是从内地来短期援藏的，他俩都是中专毕业生，年龄都近40岁，在陕西原籍有一定的水电经验，心里一定也想把工作干好些。工程搞成这个样子，大概是有些别的原因。

晚上，我和老周、老徐住在区招待所的一间房子里。

我问老周："民工情况怎么样？"

老周说："民工是很听话的，就是工作效率太低。"

我又问："你们原打算什么时候发电？"

老徐说："发什么电？渠道还在漏水，水轮机大梁两头加固后的水泥还没有干。等干了再发。"

我又问老周："电站投资预算还有多少钱？"

老周说："电站费用早用完了，现在只有民工，没有钱！"

我说："修电站没有钱，这可怎么办呢？"

老徐说："上级派你来了，你是科支部领导，怎么办？我们就看你的了。"

很明显，这两位同志有情绪，在将我的军，也可能是对我这个年轻外行来领导电站工作有想法。

我说："我才来不久，你们两位先来，都是水电行家，又是我的老大哥。而且，我是学机械制造的，对水电是外行，水利水电方面还是要向你们俩学习的。有事我们共同商量着办，以把这个电站建好为原则，不然，我们三个人都不好交差。你们两位老兄说是不？"

老周说："没得说的，商量着办就好办。你看了一天，有什么想法和安排，说出来我们听听。"

我说："我对情况还不熟，只能先谈点看法。"

"你们两位是老同志，在这里先后工作了好几个月。这里生活条件有限，电站也建起来了，吃了很多苦，我很理解也很佩服。"

“你们是老同志，我就直话直说。错了，你们就指出来。”

“机窝是建起来了，但存在着危险，现在又没有钱，时间也不允许我们重建。目前只能是想办法再加固，使用一段时间后再看看，有什么情况再说。”

“雨季快到了，机房顶上还得加层黏土。”

“我们不要怕麻烦，再派民工走远一点，多找些草皮来，最好是把压力前池和渠道的边坡底部先用泥土筑实，再完全用草皮铺上一层保护层。免得我们前脚走，后脚就出了问题，到处漏水，落下骂名。”

“电线要再检查一遍，不规范的地方要全部改正规范，要防止以后出事故。”

“原来你们的分工不变，我先协助你们加固机房。”

“我的看法就这些，你俩看行不？”

老徐抢着说：“想不到你这个九头鸟，年纪轻轻的，来了还不到一天时间，说出来的话都在点子上，倒像是个内行。我老徐从心里佩服你。”

老周说：“行，就按你说的办。”

按照我们新的工作安排，老周、老徐和水电队的学员们各自带着民工，开始了紧张而有秩序的工作。大家干得热火朝天。民工们有了信心，工地上有了新气象。

科里为了方便我的工作，派益西来给我当翻译，她也来到巴洛电站工地。

这天，加固机房这边的这个组，安排是到沟里去背阿噶（一种黏土名）土加封房顶。老周、老徐临时带着学员们干别的工作去了，今天只有我在这里带民工加固房顶。

上午，一帮女民工们用尖底方口的背篓从大老远背来黏土，站在机窝旁你推我、我推你，躲躲闪闪，就是不上梯。

我看她们每人背的土不太多，而且往返一次时间长，工作效率低，背土来了还在机房下光转悠不上房，很着急。

我对这些女民工严肃地说：“你们快上房呀！都背着篓站在这里，累不累呀！快，倒了再赶快去背。”

一个中年女民工说：“格啦，裤统门嘟。”说完，她自己和一帮女民工都哈哈地笑了起来。

我对她们说：“什么门嘟？赶快上去。”

女民工们一听，更是哄堂大笑，有的还捂着嘴笑弯了腰。我这下是丈二金刚，摸不着头脑了。

我生气地说："笑什么笑，有什么好笑的，不准笑。都快上房，注意安全。"

她们不管我那么多，还是不上房，站在原地，互相交头接耳地笑。有的人还笑红了脸。

我不知道到底是怎么回事，拿她们没有办法，站在那里生闷气。

这时，益西从区上过来。她把我叫到边上说："格啦，她们都没有穿内裤。"

益西说，"裤统"就是"裤子"或"短裤头"，"门嘟"就是"没有"。人家没穿内裤，你站在那里，她们害羞，怎么上梯呀？

我说："好吧，我回避一下，你去带她们吧。叫她们上梯一定注意安全。"

她说："放心吧，有我呢。"

过了一会儿，益西过来告诉我说，西藏的习俗，除拉萨城区以外，农牧民妇女一年四季是不穿内裤的。她们上身穿的藏氆氇，盖到了膝盖以下，脚上的藏靴高到膝盖，里面连短裤头都没穿。从外表上看，是看不出她们没穿裤子的。

啊，原来如此。

难怪有时候见到有的女人在偏僻的地方，站在原地一旋一摆，就蹲到地上，过一会儿又起来，原来是在小解。不穿裤子倒是很方便的。

今天可是出笑话了。人家没有穿裤子，我站在下面，却要人家上梯子。她们会怎么想？

回头她们一定会笑话我。

5月10日，发电前的一切准备工作就绪了。11日上午，我们就准备试发电。

放水，开闸，水轮机通过交叉90度的平皮带，带着发电机转了起来。随着流量的加大，不一会儿工夫，发电机就达到了额定转速。

奇怪，电灯不亮，发电机不发电。

也许是老周、老徐在故意考我。他俩问我是怎么回事。

这样的事可考不住我。他们不知道，我是老电工出身。

我说："这种现象一般是发电机存放时间长了，机子没有剩磁，也叫失磁现象。快去找两节电池来，接在极板螺丝电磁端上，勾一下电就行了。"

老徐说："原来你还是个内行，这个也懂。"

我冲他笑了笑，不搭话。

电池来了。我们连上电线一勾，电灯一下亮了起来。发电了。

大家都很高兴。

我可不敢高兴得太早。

我对老周说："我看，是不是先运行几小时后，再逐渐加大流量，然后满负荷运行。"

老周点点头，算是同意了。

我又说："下午分三个组详细检查。一个组在机房，这个组主要是观察机房和压力前池；一个组负责查看渠道情况；再派一个组巡查线路和用户。三个组都要认真负责，不要放过任何疑点。发现问题要及时汇报，我们好在现场研究，尽快解决。"

老周和老徐说："好，你想得很周到，就按这样办。"

半下午，几个组的人回来后，都集中到机房，全说没有发现什么问题。

我说："有问题。其他地方我明天再去看，这机房里的机组就有问题。你们看看，听听，有问题没有？"

老周、老徐和水电队的学员们又看又听，都摇头说，没有发现问题。

我说："你们再看电灯。"

这回他们看出来了，电灯有明暗的变化。

老徐说："怎么会电压不稳呢？"

我说："这是转速不稳造成的。昨晚我已经查过书了，这叫气蚀现象。西藏这里海拔高，大气压低，尾水淹没的高度不够，水轮机涡轮工作时就会在叶片上产生气泡，发生这种气蚀现象。"

老周说："怎么解决呢？"

我说："明天先试着抬高尾水高度，一直到发电机组运行比较平稳为止。尾水抬高了，就会减少有效落差，我们还得加高压力前池和引水渠的高度，保证有5米的落差，不要影响发电功力。"

老周说："工程量太大了。"

我说："工程量并不算大，而且就是工程量大也得干，不然会影响机组寿命。再说，我已经看过了，我们的引水渠比降大，只需加高这头的四分之一就够了。"

经过3天辛勤劳动和调整，终于正常发电了。

请县区领导验收后，我按实际情况汇报，并要求县上追加经费。领导们高兴地同意了。结完账后，我们收兵回营。

农 机 厂

从巴洛电站回来的第二天，1977年 5 月18日上午，接到上级通知，我这个元月初就已经被任命为县农机站副站长的新人，在农机站没待上几天，就又被改任为县农机厂副厂长，即日报到上班。

农机厂就在县中学斜对面，只有34个干部职工，可麻雀虽小，却肝胆俱全，车、钳、电、机、锻、焊、木工，样样不缺，工种齐全。厂长巩保东是河北人，50多岁，文化程度不高。他和我们刘恩德科长一样，娶了个藏族夫人。厂机关有会计、保管、出纳、炊事员2人，还有采购员和大卡车驾驶员，光机关就有8个人。在这34个人中，只有2名党员，4个汉族人。

厂里共设有4个车间，称其为4个班。机修车间叫机修班，修理发电车间叫机电修理班，锻工车间叫锻工班，木工车间叫木工班。设备方面，机修车间有4台车床、立式钻床、铣床、牛头刨床、电焊机、气氧焊设备；锻工车间有锻造设备、空气锤和木炭炉；修理发电车间有简易葫芦吊架、油泵试验台、喷油嘴校验器，还有一台50千瓦的柴油发电机组；木工车间有带锯、圆盘锯和砂轮机等简易设备。

厂区面积2263平方米，建筑面积1763平方米，厂房生产面积621平方米。

农机厂主要是制造和加工一些农机零配件，修理一些农机具，打造一些铁制生产生活用品，加工一些木器日常用具，活路很少，基本上是等活干。在水电站不能发电时，还为县机关和附近工卡区居民每天晚上提供2小时的有偿照明。

西藏的生活节奏慢，做事也是一天，休息也是一天。山高皇帝远，老牛拉慢车，懒散拖，是不少人的通病。农机厂工厂小，管理很混乱，基本上是放任自流。制度不健全，工人上自由班，每年亏损指标下拨 2 万元，基本上是靠吃政策性亏损饭。

除几个木工技术还算过关外，大多数工人没有经过培训，工人的业务技术水平、专业技能也不高。工人收入低，月人平均工资不到40元。

企业像这样拖下去可不行，必须加强企业管理，建章建制，提高工人素质，适时进行业务培训，使企业尽快扭亏为盈，提高工人收入。

我把加强企业管理的想法和巩厂长、会计拉巴顿珠等人商量后，向农牧科作了汇报。刘恩德和索朗旺堆两位正副科长表示大力支持。

刘科长说："巩厂长还不是党员，文化程度也不高，你是农牧科党支部负责人之一，又是大学毕业生，县委对你的期望很大，县委派你去任副厂长，你就大胆地管起来，使农机厂尽快有个大的改变。现在中央正强调搞农业机械化现代化，随着农业机械化的发展，县农机厂规模肯定要发展扩大，农机厂也应该在我县实现农业机械化中，发挥大作用了。你要抓紧时间。我们县机关里，在职学工科的大学生就你一个。农机厂走上轨道后，县上会派给你一些新的任务。"

索朗旺堆副科长说："小熊格啦，你是农牧科党支部负责人之一，我这个副科长都还不是党员，还得向你学习。你到我们科才半年时间，干了不少工作，做了很多有益的事情，知识面宽，有技术，很受大家的欢迎。正是由于农机厂的工作需要你，所以县委才先派你到那里去工作。希望你去后能从根本上改变农机厂的面貌。你要大胆工作，你放心，科里有我和刘科长，大家都会支持你的。"

有了农牧科领导和同志们的支持，我就更有加强企业管理的信心和决心了。

加强企业管理，我心里急，但步骤不能急，必须有序地按计划进行。

我想，首先，要把厂党小组建立起来，形成中坚力量。然后是统一领导班子的认识，再统一全体职工的认识，在统一认识的基础上再来加强企业管理。

厂子不大，我们先统一厂长、会计、各班班长和党员的认识。在扩大的班子会上，我着重讲了中央正强调实现农业机械化，给农机厂发展带来了难得的发展机遇，企业发展的前景广阔。鉴于目前农机厂的落后现状，必须加强企业管理，提高工人素质。工厂要为农村农业机械化服好务，完成上级下达的年度支农任务。同时，工人们要加强文化学习，要迅速提高业务技术水平。在适当的时候，我们要对职工进行培训，开展业务比赛。我们不能等、靠、要，得过且过，完全靠吃补贴饭过日子，要靠我们自己勤劳的双手，熟练的业务技术，为国家做贡献，提高职工的收入。要从加强企业管理、内部挖潜中要效益。我们还要放开思路，不断开拓进取，扩大农机厂的业务范围。

在全厂职工大会上，我除了讲中央政策，企业发展的难得机遇，企业发展的大好前景等大道理外，着重讲加强企业管理的重要性和必要性。加强企业管理要建立一套完整的企业管理规章制度，建立有效的奖励激励措施，用严格的规章制度和奖励激励措施来管理企业。发挥企业在社会主义建设中应有的作用，号召全体职工学文化、学业务、学技术，全面提高工人素质。发挥大家的主观能动性和各自特长，提高大家的经济收入。

我的这一番话，打动了大家的心，赢得了职工们长久的掌声。

会后，我们利用晚上和休息时间，在各岗位、各车间班组展开讨论，在讨论的基础上制定出岗位责任制草稿，送厂部审查修改后执行。

这一下热闹了，厂里所有的岗位、单位，人人都动了起来。前一个星期，先是展开热烈的讨论，后一个星期，开始制订岗位责任制等各种规章制度。在厂里，经常可以看到人们在互相讨论和研究。

在制定规章制度的同时，我还组织人进行清仓查库，建立账簿。

在各岗位各车间单位建立规章制度的基础上，制定全厂的规章制度，作息制度，请假制度，奖惩制度，财会制度，机关人员定位到车间劳动制度，定出“五定一奖制度”和惩罚制度。

五定一奖制度的大致内容是：

五定：1.定岗定位；2.定机、定工具；3.定作业任务；4.定成本；5.定消耗。

一奖是：贡献奖。除完成任务得基本工资外，辅以计件工资，多劳多得。

惩罚制度是按过错大小和损失程度进行惩罚。

我知道，再好的制度也要靠人来执行。如果不能认真执行，再好的规章制度也是空的，是没有意义的。要一直坚持下去，形成全体职工自觉执行的风气，这个规章制度才算是有效的规章制度。

规章制度对自觉的人来说，没有约束的意义，只对不自觉的人才有约束力。厂里的大多数人都是自觉和比较自觉的，只有少数几个人不太自觉。对这几个不自觉的人要做工作，不然，制定的规章制度就会流产。

要想规章制度不至于流于形式，我注意到了两个人。这两个人比较特殊例外，只要这两个人能自觉地执行遵守规章制度，其他人就都会自觉地执行遵守。我要先在他们两人的身上下功夫。

这两个人一个是仁增旺久，一个是高金生。

仁增旺久是拉萨人，年龄40来岁，中等个子，藏汉话都说得很流利，是机修车间负责人。他以前在市农机厂干过好几年，车、钳、铆、电、焊、农机修理都懂，是全厂唯一一个技能最全面的能人，也是农机厂的元老，工龄最长、资格最老。问题是他以有技术为骄傲的本钱，自由散漫成了习惯，经常迟到或早退，整天吊儿郎当的，总爱上个自由班。我调到厂里来，他看我是个大学生，以为我们工农兵学员与过去的大学生一样，也只是一个书呆子，啥都不会，似乎有些瞧不起我，不知道我们这些大学生既懂做工，也会务农，还能打仗。有一次要车一根螺栓，他自称手疼，让我来车，想出我的洋相，试试我的道行。这可难不倒我，我在工厂和大学里就干过车床活。我二话不说，马上夹住工件，上好车刀，调速挂挡，一手摇动车架，一手控制正反车，边车边用卡尺和外卡钳测量，一会儿就加工完毕，切断停机。仁增旺久拿着螺栓左看右看，点头说："想不到你一个大学生还会开车床。"我笑而不答。自此以后，他对我另眼相看。

高金生是山西人，党员，当过几年兵，年龄26岁，在厂里工作好几年了，现在修理车间从事农机修理和开发电机。有点儿技术，但不太精，毛病是有点儿骄傲和散漫，住在厂里的伙房边上，还爱懒床，上午上班总爱迟到。

我分别找他们谈话，晓之以理，动之以情，充分肯定他们的特长，指出他们存在的问题，要他们在企业管理中起模范带头作用，为企业的发展做出贡献。

在全厂大会上，我适时地让仁增旺久和高金生分别发言，表态从现在起，带头自觉地执行遵守厂里的各项规章制度，请同志们予以监督。

靠制度管人，胜过千言万语。他俩的转变，果然在厂里很有说服力和影响力，在全厂工人中起到了示范带头作用。人们都自觉地执行各项规章制度，加强企业管理总算是有了个良好的开头，企业的面貌焕然一新。

接下来，我要考虑的是，如何扩大企业生产能力和经营范围，使工人们每天有工可做，有事可干。增加收入，提高企业经济效益，改善职工们的生活。

我们县城到拉萨有90来公里，交通不便。据我调查和观察，农牧民要买农机配件和小零件，买些五金生活用品也很不方便。尽管县上有个百货公司，但规模较小，五金用品也不齐全。我想：我们有采购员，有汽车有司机，又有仓库和保管员，他们平时事情不多，为什么不发挥他们的作用，多做些事情呢？在县农机站还没有建起来以前，完全可以做些农机配件这方面的生意，既方便了群众，还可以创收，何乐而不为呢？

我们的汽车平时活也不多，驾驶员在家休闲等事做。我们应该发挥驾驶员的积极性，厂方和驾驶员都可以主动找些货运生意，有偿服务，方便客户，尽量不放空车，增加企业和个人收入。

我把这些想法与巩厂长、会计拉巴顿珠、出纳措姆、采购员公觉、驾驶员张辉福和保管员小穷达商量后，他们都认为，这的确是个创收的好办法，对各方面都有利。如是，雷厉风行地制定月度计划，马上实施起来。

我们还可以利用节假日，全厂职工一起上山砍柴；利用休息时间，抓住季节，集体到附近开荒种菜；广开生产门路，改善食堂伙食，让工人们吃饱吃好。这些想法，全厂职工一致赞成。

在不长的时间里，企业收入明显提高，有的职工还得到了奖金。食堂的生活也有所改善，职工们都皆大欢喜。工人们都有了积极性，工厂也有了凝聚力。

人们逐渐发现，只要肯动脑筋，拓宽思路，企业的门路是很广阔的，各个车间班组都可以找到事情做。

我和机修车间机修班的仁增旺久等工人们商量，除了厂方安排的正常工作以外，可以自己生产一些大小不同的长短螺丝，还可以干些白铁活，动手做些水桶、脚盆、水壶、汽油炉等日常生活用具，还可以用黑铁皮做烧水烤火两用炉。西藏高寒缺氧，气候干燥，铁制品不易生锈，使用年限长，肯定能受到欢迎。

我和修理发电车间机电修理班的拉古、高金生等工人们商量，不要只等病机械送上门才修理，我们要调查了解各公社的农机数量，使用情况，可以主动上门服务，找病机修理，既方便了基层，我们也能创收。

我又和锻工车间锻工班的普穷等工人们商量，可以利用我们的设备和技术，打造一些生产工具，如马掌、长短钢钎、抓钉等铁制品销售。

我再到木工车间木工班与公觉他们几个人商量，怎么样开拓生产门路。想不到公觉他们已经想到了我的前面。他们决定除完成下达的生产任务外，再做些常用家具推向市场，充分发挥带锯和圆盘锯的作用，对外锯木加工。他们的想法很好，我非常赞成。

经过两三个月的工作，工人的积极性都调动起来了，工人们得到了奖金，农机厂有了勃勃生机。

给工人发奖金，在当时的西藏算是超常规运作，有很大风险。但因为我本人不在厂里领工资，不经手钱财，倒是也没惹出麻烦。

农机厂的变化，得到领导和社会上的一致好评。

小炉匠

日子过得真快，不知不觉，到了1977年8月中旬，妻子已经显怀了。我们从2月底结婚以来，我一直忙于工作。一会儿要我筹建农机站，一会儿调我上直孔宗雪大桥工地，一会儿又被调到巴洛电站。整天东跑西赶的，很少有时间照顾她。她身体体质不好，心脏二尖瓣狭窄，时感缺氧，怀着身孕，既要上中学语文课，又要搞家务，还得招待客人，实在是难为她了。

我们同年来援藏的大学生，就数我俩结婚稍早一点，从年龄上也是他们的大哥大姐。刚开始时，我们住在县委院子里，县委院内有个机关食堂，吃饭很方便。饭菜虽然说不上好吃，也可以应付肚子，所以自己不怎么起伙，也很少有人到我家里来吃饭。自从搬到县中学教师宿舍，住进了一个套间平房以后，学校里还没有教工食堂，到县机关食堂打饭太远，吃饭就很不方便，我们只得自己做饭吃。

自从有了一个家，开了伙，一些在城里工作的，在乡下当农民当文书的大中专学生，还有一些从内地来的，在县里工作的年轻单身汉们，不时到我家来玩，顺便打打牙祭。也有吃饭不赶趟的，就来我家找饭吃。好客的她经常为这些朋友搞服务，我家里成了食堂。这时还没有自来水，用水都必须到河沟里去提。我经常在外，她的艰难程度可想而知。为此，我时常感到心里有愧。

刚开始，我们用的炊具是从内地带进来的。一只武汉水运工程学院赠送给我的煤油炉，在西藏高寒缺氧的环境里也得了高原病，根本就不好使。烧煤油火焰上不来，用煤油炉烧汽油又很危险。我们是用简易的铁皮柴火炉烧水做饭。这样做饭很不方便，有时弄得一屋子烟，呛得人直流泪。生活用具也是缺东少西，没有烧水壶，连个大、中、小脚盆都没有，洗脸洗脚用一个盆。要长期在这里工作和生活，这些炊具和生活用具必须尽快解决。

在农机厂忙了快3个月，这会儿管理上了路，扩大了生产门路，工人们都有事可做，大家收入也有所提高。这下，我总算可以利用休息时间，过问一下家务事和搞点家庭建设了。

住在县委院里时，我见到过宣传部的尚思玉（河北人，我妻子李敏的老乡）用白铁皮自己加工水桶、水壶和脚盆。他还告诉过我，买张白铁皮，自己做生活用具，很划算，还比塑料制品经久耐用。塑料制品在高寒地区容易老化，没有白铁皮制品好。

我准备自己做些生活用具。

一个星期六的下午，我到老尚那里借来钢皮尺、铁圆规、铁皮剪刀、小锤、火烙铁、强酸、松香和焊锡，还有半节钢管、一根钢钎头等白铁工应有的一般工具，到百货公司买来两张白铁皮，开始自制日常生活用具，准备当一次小炉匠。

第二天上午，开始动手。这个活虽然我以前从来没干过，但对于我这个当过工人的大学生来说，不是什么难事情。这活看一眼就知道怎么做，只要熟悉熟悉，练练敲击的手准头就行了。做个脚盆、水桶、水壶什么的，放样和计算更不是问题。

为了不浪费材料，在放样时尽量做到合理安排。

先做简单的脚盆和水桶。我先在铁皮上放样、剪裁，然后敲底边、用铁丝滚口、敲接口、铆耳，最后焊接。一天下来，就做成了两只水桶，还有一堆半成品。虽然有点累，但看到这些成品和半成品，第一天加工就有了这样的成果，心里很高兴。

后来，我就经常在中午或者是晚饭后的休息时间，继续当小炉匠，敲敲打打，打打敲敲，忙得不亦乐乎。

自己动手，丰衣足食。功夫不负有心人，经过辛勤劳动，很快就有了水壶，水桶，大、中、小脚盆等一些生活的必须用品，小日子过得比以前方便多了。

又过一段时间，我厂老职工仁增旺久来到我家串门，看到我家的煤油炉很不好用。他对我说："熊厂长格啦，内地煤油炉到这里不适用。烧煤油的煤油炉，用它烧汽油又容易着火，非常危险。你可以自己做汽油炉用，汽油炉在我们这里很好用。"

我说："烧汽油可是非常危险的，容易起火。"

他说："没事，我以前做过，现在，拉萨很多人在用。我可以教你。"

我说："好的，星期天再做吧。"

星期天，仁增旺久一早就来到我家。我将自家的煤油炉拿到门前的院子里，搬张凳子请他坐下。他把煤油炉全部拆开，摆了一地，热情地给我讲解。

他说："煤油炉是烧煤油的，我们西藏高原大气压低，煤油不易吸上来，高寒缺氧，燃烧也不完全。所以，点燃后是红火，冒黑烟，效果不好。"

他又说："如果用煤油炉烧汽油是不行的。你看，这煤油炉下面的油盆太薄，油盆到燃烧罩托盘距离太近，升降齿轮在中间，烧一会儿后会把下面盆里的汽油烤热，汽油蒸发上来就会着火。所以，不能用它烧汽油。"

他接着说："我们要想做汽油炉，就得按煤油炉的式样，把下面的油盆做大一点、深一点，油盆盖和燃烧罩托盘距离再做长一点，这样就不容易烤热汽油。风火内罩外罩和油炉外罩也做高一点，让火苗距离油盆更远一些，把升降改到两边控制。高原缺氧，汽油不热，不会着火。这样改进后就十分安全。"

他还说："我们自己用白铁皮来做油盆、油盆盖、燃烧罩托盘、灯捻托盘、油炉外罩，用罐头盒皮做托盘间的支架撑管、铆管、灯捻管，做风火内罩外罩。"

他继续说："我讲清楚了，你有文化和经验，自己就会算、会做。我那里有手摇钻，有8.5毫米和10.5毫米的钻头、直径 8 毫米和10毫米的钢筋头、小冲子，我一会儿就去给你拿来。没有铆钉就用钉子头代替。有功夫专门做的话，你两天就能做一个。"

我说："谢谢你。"

我看仁增旺久讲得很有道理，就按他说的意思设计出炉子尺寸大小来，一件件画线放样，敲成零件，再组合成部件，最后组装成炉子。用一天多的时间就做成了一个。

试烧的效果很好。

自己给自己做日常生活用具、做炉具，解决了生活中的一些实际问题。

可是，又给自己带来了新的麻烦。

一些藏汉族同事、朋友，看到我家的制成品，有人就找上门来，要求帮助，也给他们做生活用具什么的，也有人要我帮做汽油炉子。甚至有的人干脆买好铁皮，直接送到我家里来。这下可苦了我老熊。不答应抹不下面皮，答应了又没有工夫。无可奈何，只好一下班就挤时间给人们做义务工，整天忙得不亦乐乎，连看书学习的时间都被挤掉了。

就这样，每天的休息时间，就在自己家门前敲敲打打，叮叮当当。

时间长了，自觉得被手艺活缠住，很烦人。

过了一段时间，尚思玉和曹文联（银行职工）两口子特地到我家里来串门。他俩是河北人，是来问我妻子什么时候回河北娘家去休假。他看到我家到处堆放的是白铁皮和半成品，见我忙得不可开交，便吵吵嚷嚷地说：

“你这算是干啥的？我真不该借工具给你，是我害了你！你小熊这么年轻，又是大学生，刚参加工作还不到一年，大家对你评价很高，已经开了一个好头。要多想工作，来援藏是来做大事的，不是来当小炉匠的。像你这样做好事，就没有一个头儿。而且时间长了，还会做好不落好，不给谁做，谁就会有意见。再说在领导面前影响也不好，多事的人会说闲话，说你不务正业。听我的，赶快停下来。我这就把工具全拿回去，再要是有人找你加工，就说你没有工具了，叫他们来找我。”

我苦笑着说：“老大哥，你说得很对，真得谢谢你对我的关心。其实我早就不想再做了，只是熟人熟事的，不好意思拒绝。你把工具全拿走好了。这回我没有工具，别人再找我也白找。万岁！我可算是解放了。”

老尚说：“这就对了嘛！”

就此，我“改邪归正”了。

支农劳动

1977年，过了八一节，就是我们墨竹工卡这一带（藏历火蛇年）的望果节了。

我们欢快地热闹了好几天之后，县城附近的老百姓们就开始忙着秋收。

这天下午接到通知，要我明天和农牧科的干部们一起，参加几天县直机关组织的支农劳动。我与巩厂长碰头，把厂里的工作都安排好，就准备好好地劳动几天。

第二天早饭后，刘科长和副科长索朗旺堆带着我们农牧科一行20几个人，到工卡区工卡公社的江吉村附近，帮助工卡公社收割青稞麦。

江吉村在我们农牧科苗圃（科仓库）的旁边，距县驻地工卡镇的下游不远，紧靠川藏公路的北面。川藏公路南面是连绵的高山坡地，江吉的北面是宽广的拉萨河滩。这片农田和上下几个自然村的农田连在一起，金黄的麦穗一眼望不到头，显得种植面积很大。青稞麦长得很好，禾粗穗壮，一片丰收的景象。

对我们的到来，队里的干部社员们都非常高兴，马上就有人给我们送来了镰刀。我们和社员们一起，立即下地收割。

索朗旺堆副科长和我并排在一起割麦。

说起索朗旺堆，真很令我佩服。他出身贵族，身材细溜高挑，外貌英俊，长着一对黑黑的眼睛，忽闪忽闪的，一看就是精明人。他有文化，知识渊博，工作经验丰富，又平易近人，是我很敬重的一位藏族同志。

开始，他以为我不会使用镰刀。开镰后他即看出，我也是干过农活的行家里手，割起麦来手脚干净利索。

他说："小熊厂长，想不到你这个大学生还是个多面手，还会干农活。"

我说："我从小生长在湖北麻城县农村，在18岁当兵以前，没少干农活，到收割季节，经常下田劳动，会割麦。"

他问我说："你的家乡比我们这里怎么样？都有些什么样的区别？"

我手里忙着，边干边说："我老家那里海拔低，山上的植被以乔木松树为主，一年四季分明，冬冷夏热，日晒没有这里充足。人多田地少，人平均不到7分田，一年种两季粮食，冬种小麦夏种稻。要比这里忙得多，辛苦得多，人口也稠密。这里海拔高寒，山上植被少，冬比夏长，日晒充足，一年只种一季粮食，农活不忙，人口少而又分散。"

我俩边割边聊。索朗旺堆副科长很健谈，知识面广，对革命史也有些研究，连我的家乡是黄麻起义的革命老苏区，他也知道。

他问我说："你们家乡的将军多吧？林彪也是你们家乡的人吧？"

我老实回答说："是的。林彪是我们黄冈地区黄冈县人，紧靠我们麻城县。我们麻城在共产党这边有1个大将3个上将，有不少的中将和少将。最有名的是王树声大将和许世友上将，还有陈再道上将。因为我们那里的将军多，所以在解放后，不少人称我们大别山是将军的摇篮。"

他感叹说："是个对革命有贡献，出人才的好地方。以后有机会，你给我讲讲这些将军们的传奇故事吧。"

我说："好的，有机会时，我一定讲。"

我俩边劳动边说着话。一会儿有人送酥油茶和青稞酒来了。我们大家就到地头上休息。

借休息的机会，我要索朗副科长给我们讲讲西藏的历史。

他高兴地打开了话匣子，很有兴致地给我们讲起了藏汉情谊及其历史渊源。

他说："西藏有个古老的传说，说原来有五个兄弟生活在一起，都住在青藏高原雪山上的一个山洞里。后来，兄弟们长大了，大哥便带着老二、老三和老四几个兄弟下山到了外地，只剩下老五还留在高原上。大哥自己到内地安家，另外3个哥哥也分别找个地方安了家。这个传说说明，实际上藏汉族本是亲兄弟。"

"唐朝皇帝唐太宗为改善与各少数民族的关系，增进和发展兄弟情谊，答应咱吐蕃王朝赞普松赞干布的求婚，让文成公主远嫁到西藏。此后，吐蕃的历代赞普都与唐朝皇帝以甥舅相称。唐高宗即位后，封咱们松赞干布为西海郡王、驸马都尉。”

“唐中宗即位后，继续贯彻‘和亲’政策，把养女金城公主嫁给吐蕃赞普赤德祖赞。赤德祖赞为金城公主进藏，筑路架桥，在拉萨营建宫室。这些古老建筑，都是民族大团结的历史见证。”

“大家都知道文成公主的故事，实际上金城公主的贡献也很大。她热爱文学艺术，多才多艺，进藏时带来了很多乐工技艺人员，引进了各种工艺典籍，使中原文化和先进的生产技术在吐蕃得以传播，促进了咱西藏社会的全面发展和进步。”

“拉萨大昭寺门前的‘唐蕃会盟碑’，是在唐穆宗时期才刻字立碑的。”

“从唐太宗与松赞干布结亲开始，到吐蕃王朝崩溃，这200多年间，唐蕃之间关系十分亲密，汉藏两族人民亲如兄弟。”

这索朗旺堆对西藏历史文化真是了如指掌。

这会儿，我们也休息得差不多了，酥油茶和青稞酒都喝够了，大家又开始继续劳动。

在回来的路上，我凑到索朗旺堆副科长旁边，要他接着讲西藏八卦。

他说：“元朝统一中国，当时咱这一块儿各部落正在打乱仗。元朝皇帝派兵平息了西藏战乱，从此正式将西藏纳入元朝版图。到了明清两朝，咱西藏地方政府经常派人进京朝贡，正式接受明、清皇帝册封。特别是五世达赖，应清朝皇帝之召，千里迢迢进京受封。18世纪初，清政府开始派驻藏大臣，主持达赖和班禅等大活佛的转世、坐床等重大宗教活动仪式，并负责西藏地方官员的任免。鸦片战争后，驻藏清军和西藏人民一起，反对分裂，并肩战斗，共同抗击英军。”

“后来的事情，你们爱学习，可能都知道了，就不用我再说了。”

索朗旺堆副科长今天的讲述，使我对西藏的历史有了更深刻更全面的了解。西藏是祖国不可分割的一部分，藏汉关系源远流长，永远是一家人。

今天的支农义务劳动收获很大。

情思

到了8月底，妻子怀孕6个多月了。她的体质本来就差，心脏二尖瓣狭窄，时常供血不足，上气不接下气。怀孕后，更是供血不足，缺氧严重，经常有高山反应，整天一副病恹恹的样子。县医院妇产科的罗医生经常批评我，催促我快让她回内地去休息，加强营养，等待生产。并说在我们到县里之前，有某某汉族职工的老婆生孩子大出血，血都喷到医院病房墙面上，虽然紧急动员全县干部职工到县医院现场配型献血，但那产妇还是当场死亡。说得怪吓人的。

我俩都害怕了，赶紧张罗让李敏回内地。经文教科领导批准，给了6个月产假。

我一路护送她到拉萨。买好飞机票，才感到难舍难分。临行前那天夜里，住在自治区第二招待所，妻子趴在我怀里哭，我也掉了泪。

9月3日，我送她到贡嘎机场上飞机。

6日早上回到家，看不见亲爱的妻子熟悉的身影，感到家里和以前大不一样。过去温馨而甜蜜的小屋，如今是冷冷清清，空空荡荡的，心里既空虚又难受。下班后，匆匆忙忙吃口饭，便急不可待地给尚未到家的妻子写信。并附小诗二首：

笑收留

(9月6日)

一

贤德无才结千秋，首次分离蠢泪流。

不能同假因工作，并非无义铁心头。

二

借得三寸柔毫笔，传知边塞忆人愁。
草书拙作都真话，请君茶后笑收留。

祝平安

千里相逢万载缘，
转眼花红硕果鲜。
寄意九天寒星女，
保吾妻子两平安。

此后双方书信频繁，信后常附小诗，传递思念之情。择录部分如后：

多保重

（中秋夜）

秋风萧瑟圃物光，一轮明月照寒窗。
万户今宵含月饼，独我此时思故乡。
诸般衣物留惠记，忆君怎么不盈眶？
寄意贤妻多保重，生条虎子慰边疆。

效疆场

载前出塞意慨慷，誓将西域变画堂。
不到半年熏红烛，岂料明天有儿郎。
鹤立鸡群心犹壮，春风不到野仍荒。

忠心深信华主席，才人求请至身旁。

中秋节夜寄意贤妻

（1977年9月27日）

独坐空房月照窗，唯有今宵好时光。
吹灭孤灯思故里，遥闻鄂冀桂花香。
天高气爽多霜露，旅行妻子在何方？
但愿自己能保重，早生虎子慰边疆。

惦 念

（10月14日）

两眼望穿，
未见南归雁。
屈指近日应该生，
知否丈夫惦念。
惦念惦念惦念，
一日等于几十年。
饭菜三餐无味，
孤灯夜夜寒寒。

怀 念

无假无心无净衣，门庭冷落客也稀。
白日工作忘家事，黄昏劳累独自归。
翻开书本眼无力，生炉饭菜味偏违。
夜半缄札何由达，万里云天一雁飞。

希望

半世随波始定根，廿八得子喜泪盈。
从今以后花心血，一生希望寄后人。

收到妻子的回信，附有五言长诗一首，落款是10月17日。

夜深读诗笺，泪滴溅枕衾。
情真炙心痛，能不忆西南？
年前出边塞，志壮改河山。
墨竹遇知友，万里建奇缘。
一日三探病，何畏北风寒。
新春红烛喜，共话理想篇。
剔石锄新土，勤劳菜花鲜。
碧水映双影，鱼儿网中欢。
难忘枕边谏，伟大出平凡。
常温当年志，切莫乐安闲。
爱情结果实，离夫返家园。
虽得亲人聚，怎不望高原？
朝观日东升，夜仰北斗繁。
思君多牵恋，冷暖挂心间。
腹中儿蠕动，声声把父唤。
脚蹬手又舞，急于见世面。
高高山万重，思情隔不断。
鸿雁南归急，系信把音传。
寄意边塞夫，莫把妻儿念。
学习十八军，革命靠志坚。
跃进掀新浪，催我辈向前。
冬临春不远，春不绿高原？

深信华主席，攻读马列篇。
斗争洗灰尘，实践长才干。
遥望征程远，前进肩并肩。
笑洒青春血，染红五洲天。

秋末

（10月30日）

花明邻舍雾霏微，眼见冬临秋欲归。
逝水不留佳信渺，回房空想辨是非。
红木河枯飘残雪，叶雨千村映暮晖。
思亲难禁寒山望，阔野荒原大雁飞。

忆繁华

碧水青空雪山霞，河边坡下旧事佳。
寻伴不时留意察，暮归不见问邻家。
入室空空锅盘冷，饥肠如鼓忆繁华。
离愁牵恋知多少，醉后方清四处斜。

雁思归

（1978年10月30日）

几天风雪几天寒，独宿荒城蜡又残。
南归大雁鸣不住，清风月色不敢看。
窗前北斗思远地，门边沟壑旅行难。

假想明晨归故里，强依凉絮暂安眠。

唱门楣

（元旦）

举杯贺岁雪纷飞，心思喜鹊唱门楣。
小女眉开来拜父，贤妻含笑把儿推。

春节

冀中今日闹纷纷，笙歌炮竹遍地灯。
偌大校园我一个，空室执杯念亲卿。
去年今日甜言在，可是今宵两地分。
只要妻儿均无恙，独住何妨在远村。

黄金重

（3月1日）

听党召唤走在先，满腔热血闹支边。
年增岂敢消志气，月逝怎能背豪言。
碌碌无为生无益，儿女情长枉百年。
一分一秒黄金重，请妻及早把程还。

万重山

一

春闯玉门风过关，迎客苍松待门前。

科技生员秋复试，请君助我把书翻。

二

人尽其才政策好，按劳分配不空谈。

从今一意钻书本，决心跨过万重山。

自从爱妻休假后，我一个人在风雪高原上奔工作、忙生活，一下子感到困难多多。白天进家一把锁，夜晚进院暗无灯。几个月来，时常牵挂着她。得知她在分娩时患子痫难产，差点送了命，又续假两个月。不知道近来恢复得如何。

我急于回家探亲，获批准休假3个月，于1978年5月到华北大平原上的河北省束鹿县她家里团聚。下旬，又带着老婆孩子外加岳母，到大别山顶我的老家探望母亲弟妹。

我在家里是长子，父亲1969年就去世了。我老家有“长兄长嫂当爷娘”的说法，一到家，母亲就提出要给22岁的弟弟定亲，就等我回家掏钱张罗。

我和妻子都是长子长女，弟妹众多。两人工资加到一起110多元。平时每月发了工资，就拿出一半分别寄给两家老人补助家庭的困难。剩下的一半工资，又有大半用于买书。这次李敏休产假，提前就在西藏买了毛线，为我的家人每人编织了一件毛线衣。她生孩子难产，整整在辛集的县医院住了1个月，人瘦得皮包骨，都没舍得买营养品吃。本想到我家住个十天半月就回西藏，如今突然增加这个订婚项目，纯属计划外开支，我俩都发了愁。我家乡极度贫困，村里很多人家连两分钱的火柴都买不起，要想找人借钱，更是难上加难。

妻子和女儿在家门前(1980年)

李敏只好将自己尚未穿过的新衣服拿出两件，又挤出准备给孩子买奶粉的钱，为我弟弟办了订婚礼。回程时，我俩只剩下买火车票的钱。

奔腾的列车又行驶在黄河平原上，李敏抱着6个多月的女儿不肯松手。车到郑州，孩子吃饱奶睡着了。妻子抹着眼泪，将孩子交给岳母。我赶紧在女儿嫩嫩的脸蛋上亲了一下，扛上提包，硬把她扯下车，转乘去成都的火车。岳母一个人抱着我女儿转回河北。

到了成都，住在西藏招待所等飞机票。

李敏的乳房胀得像两个大铁球，吃不下，睡不着，说是闭上眼睛就看见女儿张着小手往她怀里扑。她整天把自己关在蚊帐里，眼泪像断线的珍珠，连串往下落。说也不听，劝也没用。很快，她的体重就下降到40多公斤。

我是一点办法也没有。

西藏气候环境差，汉族干部的小孩多数都是回内地生下来后，放在老家，请亲戚帮忙带大。听“老西藏”们说，小孩子从小不在身边，与父母没感情。有时他们回老家看孩子，孩子总是离得远远的，不肯认爸爸妈妈。好不容易用钱物哄着，喊几声爸妈，就又到了假期末尾，该返回高原了。所以，大家见了面，就经常自我解嘲，说是“西藏高原献青春，献了自己献子孙”。

唉！不当家不知柴米贵，不养儿不知父母恩。

难哪！我们这些抛家舍业的“西藏人”。

正巧，我老家的堂兄到成都来出差。连忙拉上李敏陪同，去看杜甫草堂武侯祠，总算稍微缓解一下她的心病。

不料，奶水回去后，李敏又说心脏不舒服。去医院检查，毛病有两处。一是，下壁心肌供血不足；二是，她又怀孕了。又是静脉注射。刚打了几天针，飞机票送来了。没说的，拿上医院开的一大包药品，回高原这个家吧。

上山砍柴

1977年，快到国庆节了，厂伙房的柴草所剩不多，必须尽快为伙房准备些柴草，不然，很快就要大雪封山。到那时，到处冰天雪地，天寒地冻的，要想上山砍柴就很难了。在漫长的冬季，完全靠买柴火起火做饭，成本就会很高。职工们的工资都偏低，伙食费一高，就难以承受。工人们吃不好，就会影响体力和正常工作。因此，要赶在大雪封山前，组织职工们上山砍些柴火回来，为食堂做好越冬前的准备。

9月23日，上午一上班，我就与巩厂长等人在办公室里商议，看这段时间，一直是无雨雪的晴天，决定利用24日、25日星期六星期天，或者再加上26日的时间，由我带队，组织全厂年轻点的男职工，上山砍两三天柴火，以备伙房越冬之需。老巩一听，非常赞成。他马上就让伙房准备干粮，烙些大饼，蒸些馒头，炒些咸菜、干肉，准备烧茶水的炊具，叫司机加上油，又让保管员找出砍柴工具和两顶帐篷来，做好在山上住两晚，多砍些柴火的一切准备工作。他想的比我想的要周到得多，安排得也很仔细。我就忙着去通知年轻职工们，做好上山砍柴的准备。

听说要上山砍柴火，厂里的职工们都很积极，所有的男女职工都不怕苦、不怕累，纷纷要求和我同去。我劝说几个年龄稍大一点的工人不要去，留下来和巩厂长一起，坚守工作岗位，并准备在家和女工们一起守家和随时卸车，但根本劝说不动他们。还是巩厂长有一套办法，硬是说服他们几个留了下来。

我们的目的地是向东走川藏公路（318国道），到日多公社与巴洛区仁青林公社交界的一个山沟里。根据我们的调查了解，那里有一大片茂密的、以红柳为主的灌木林，离川藏公路很近，砍柴和运柴都很方便。

第二天一大早，我们21个人在厂里集中，在伙房集体就餐后，就坐着厂里的解放牌敞篷大卡车，顺墨竹河南侧公路，向上游东方的仁青林进发。

40多公里的路程，尽管是沙土山路，我们一个小时左右就到了。

我让汽车掉头停在路南的边上，安排一部分人从汽车上搬下一应东西，就在路南距公路200米的沟口外，选一块较大一点的草地，在上面支起帐篷，垒石埋锅，安营扎寨。我自己带几个人从红柳林中的小道，进山沟察看山势与柴源，好做出这几天的工作安排。

这里的海拔少说也有4300米以上。从外面看，这个沟口并不宽，还不到20米，可进沟口80来米后，这条山沟就开阔多了，沟谷最窄处也有100多米宽。里面沟谷的中间，有一段更宽，山谷深有2公里以上。一条不深的小河弯弯曲曲地由南向北流出，清澈的河水哗哗地流淌。脚下的沟谷有一层厚厚的腐殖物，踩上去很松软，地面很潮湿。从谷底到东西两面半山坡上，全是以红柳为主的杂木林，林木有两米多深，长得很茂盛，这时的树叶全掉完了，看上去全是棕红色。从左右两边往上看，半山坡以上全是光秃秃的荒山，周围几个山顶的山头上都戴着白色的雪帽，说明那里的海拔已经超过了雪线——海拔4500米了。

我们简单商议了一下。我提出，为图搬运方便，节约时间，提高效率，我们先从沟口往里砍。只要外边砍开通道，明后天砍到里面就会方便通畅得多。大家同意。

我对大伙说："现在我们从沟口往里砍，上午沟上的西山坡有太阳，先砍西山坡，不冷。下午东山坡有太阳，我们再砍东山坡。大家砍柴时，要互相照顾，注意安全。"

大家迅速散开，到西山坡动手砍了起来。

我从小就学会了砍柴。这活尽管我十多年没有干过了，但拿起砍刀来，还是干得很顺手。工人们砍得都很卖力。到中午开饭时，我们已经放倒了好几大片。

午饭后，我们先装上满满一大车新柴，让驾驶员张辉福先开回去，嘱咐他明天早点赶过来，明天必须拉两趟。然后，大家继续进沟砍柴。

吃晚饭时，大伙看到才一天就砍了这么多的柴火，都很兴奋，大家高兴地在一起有说有笑，有的年轻人还在一起开心地打闹着玩。

年龄最大的木工公觉提醒大家说："听说这一带经常有棕熊和雪豹出没，白天人多它们不敢来，晚上还是小心一点好。大家都不要走远，以免发生危险。"

我说："是的，大家晚上就在帐篷这里，我们的煤油马灯晚上不熄。你们谁要是想撒尿，也要几个人一道出去，不要走太远了，不要太大意。我带着长短两支枪，晚上我就睡在帐篷门口，点上火。我很警觉，你们安心睡觉好了。晚上只要你们不出去，就不会有事的。"

公觉关心我说："格啦熊厂长，你在山上劳动了一天，这里缺氧，累了吧，你好好睡觉，我睡到门口，你就放心吧。"其他人也争着要替我值班，我都谢绝了。

海拔高，昼夜温差大，晚上在帐篷里很冷。大家有些累，早早地就睡着了。可我要为大家的安全负责，躺在被子里，一直提高着警惕，不敢熟睡。

第二天天刚亮，我背上枪，带着年轻的工人塔青进沟，乘早上，看能否打只兔子或是野鸡什么的，给大家改善一下生活。走进去不到500米，就非常清楚地看到一群大约有60多只大角岩羊，麻糊糊的一大片，正在前方不到100米处的沟边喝水。

塔青悄悄地指着那群岩羊说："厂长格啦，你看。"

我小声地说："我已经看到了。"

他问："打吗？"

我犹犹豫豫地摇了摇头，想打又不想打。

大角岩羊非常警觉，我这边稍一犹豫，已经迟了。我刚从肩膀上取下枪，它们就发现了我俩，都没命地从斜刺里往山上跑。这回从下往上看得更清楚，大角岩羊上身的毛是麻棕色，肚子上的毛是纯白色。岩羊前腿短后腿长，登山有力，蹿得好快，还不到一分钟就全部翻过了山梁，跑得无影无踪了。

它们这一跑，惊起一只香獐来。香獐从山坡上向里面跑了一段路，还停下来回头看看我。又往前跑一段路，再停下来看看我。这是开枪的绝好时机。可我还是没有开枪，放弃了这两次难得的开枪机会。十几秒钟后，这只香獐也飞快地跑得没影了。

这一早上没有什么收获，连一只兔子、野鸡也没有见着。可是，这一天砍柴的收获比头天还大得多。装走了两大卡车，山坡上还有很多没装的柴火。

晚上，我还是要为大家的安全负责，提高着警惕，一夜不敢熟睡。

有头天那么多的剩柴，第三天就不用砍多少柴火了。我们主要是把柴火从里往外运，等车来装柴火。张辉福也很能跑，装了两大卡车送回去后，又开车来接我们回去。

回到厂里一看，留在厂里的几个老职工和女职工们可没少干活儿。他们把堆在外面的干柴都搬进了伙房里，又卸下了那么一大堆新柴火。

看着伙房外这堆垛得像山一样高的柴火，我心里在想，今冬明春，再也不用为伙房没有柴火而发愁，这下我们可以安下心搞生产了。

过藏历年

1978年2月，农历年春节和藏历土牛年春节几乎赶在一起过。

我老婆休产假回娘家去几个月了，我一个人的日子过得很简单清静，一个人的年更好过。

藏历年初一那天的一大清早，一些藏族男干部职工同事们就来我家拜年了。我开门出来，只见门前院里的藏族职工们头上都戴着漂亮的“金花帽”，身上穿着新制的长袖大襟宽腰的藏袍，腰间系着好看的腰带，一手提着青稞酒，一手拿着一只碗依次站着。他们见我出来，都一个个一边毕恭毕敬地说着“扎西德勒”（吉祥如意）、“洛萨尔桑”（新年好），一边往碗里倒上青稞酒，递了过来。他们也不进屋，就在门口敬起酒来。

我连忙接过碗来，回说“扎西德勒”、“洛萨尔桑”，一边按照当地风俗按三口一杯的老规矩，将杯中的酒喝干。他们忙着还要到别家去拜年，喝干了谁的酒，谁就先走。喝干一个，走一个，又上来一个，又是说“扎西德勒”、“洛萨尔桑”， 又要按三口一杯的老规矩，将杯中的酒喝干。

不一会儿工夫，我就喝了好几大碗。在这大冷天，喝冰凉的水酒，还喝得身上、脸上直发烧，头都有点儿发晕了。还得应付下一批来拜年者。

拜年的高潮过后，我稍事休息，就半醉不醉地到左右邻居家去拜年。

我这排教工宿舍朝南，全是小套房，一共住着 5 家人。各家门前留有一块20平方米左右的小院，院前是各家的篱笆小菜园。东头第一家是洛珠坚增和次卓嘎老师家，再过来第二家是丹巴江参和青松英（中学职工）家，我家住在中间，我与丹巴江参家共用一条菜园间的出路。我的西边是德庆和次旦玉珍老师的家，再过去是公觉卓玛老师家，她们两家也是共用一条出路。我们这几家人相处得非常要好，一直亲密无间，不分民族，不分彼此，像一家人一样。

我先到住在东边的邻居，在文教科工作的洛珠坚增和次卓嘎老师家拜年，好客的两口子热情地把我迎进屋。洛珠坚增用双手从供桌上捧过“五谷斗”，弯着腰向我递了过来，嘴里念着“扎西德勒”、“洛萨尔桑”。

我以藏族的礼节回应他，一边嘴里说“扎西德勒”、“洛萨尔桑”，一边用右手在五谷斗中抓点糌粑等物，向天上撒三下，表示先祭神、敬天、敬地，然后抓一点放进自己的嘴里。这时，年轻漂亮的次卓嘎老师已经一手提着酒壶，一手拿着酒碗来到了我的身边，向我敬酒。我又得按三口一杯的老规矩，将杯中的酒喝干。洛珠坚增牵着只有4岁的儿子阿丹走过来说：

“快过来，给你的熊阿爸敬酒。”

我们平时这样叫习惯了，我叫他“熊阿丹”，他叫我“熊阿爸”。

可爱的小阿丹走过来，用一只手推着妈妈手里的碗，看着我甜甜地说：

“熊阿爸请喝酒！”

我一只手把聪明的小阿丹抱起来，说：“阿丹新年好！”另一只手接过他妈妈手里的酒碗，又一口喝干。

再到丹巴江参和青松英家，又到卓玛老师家。又是和前面礼仪程序一样，先献五谷斗，再敬酒喝茶。

最后到县委司机德庆和次旦玉珍老师家。礼仪程序走完后，我说：“喝酒就免了吧，我今天喝得有点多，不能再喝了，喝几杯茶吧。”

善解人意的次旦玉珍老师风趣地对我笑着点点头，说：“好吧，不喝酒，就喝茶。”

这个次旦玉珍老师比我年龄小，只有26岁左右，人长得是百里挑一。她很不简单，是领主家庭出身，民族学院大学毕业生，不但人长得漂亮有风度，打扮入时，性格开朗，说话得体，而且学问很渊博，很有知识。我很敬重她。借今天的这个好机会，我正好向她请教藏历的历法和过藏历年的习俗。

她很高兴地告诉我：“要说藏历和过藏历年的习俗，有文字记载，早在公元前100多年，西藏就有以月亮的圆、缺、朔、望来计算月份的历算法。那个时候的年初一，相当于现在藏历的11月1日，运算简易。等到了唐朝，文成公主进藏时，带来的经书典籍中，有些关于天文历算方面的书籍。王朝里的天官大臣们就参考这些书籍，将藏历进行完善和发展，以鬼星的亮度、位置来确定新年。计算新年的第一天，以从月的亮度计算，进一步弄到以星辰为主来计算。但在应用上，还是以现在藏历的11月1日为新年。直到今天，有的地方还是用这个时间过藏历年。”

“从宋朝仁宗天圣年间开始，藏历与皇历（阴历）逐渐统一。到八思巴的萨迦王朝统治全西藏时，过年的时间和仪式确定下来，沿用至今。从元朝开始，藏历引用农历的天干地支纪年，配以金、木、水、火、土。确定1年为12个月，大月30天，小月29天，每1000日左右，便加1个闰月来调适月份与季节的关系。你们的农历以12年为1个小循环，以60年为一个大循环，称为1个甲子。我们藏历则称为一个‘饶琼’。”

“藏历年是我们藏族最隆重的传统节日。家家户户的人们，从藏历12月初开始，便着手准备过年的供品和吃、穿、玩、用的东西。并在水盆中浸泡青稞种子，培育青苗，好在藏历年初一那天，将2寸左右长的新苗，摆于佛龛或茶几之上，预祝明年的粮食丰收。从12月中旬开始，各家各户都准备酥油和白面，适时炸卡赛（油果子）。卡赛的种类和样式多种多样。有麻花似的‘木东’，有圆盘形的‘朴鲁’，有像猫耳状的‘苦过’，有勺子样的‘冰多’，还有长条形的‘那夏’。临近新年时，几乎每家都要准备一个上大下小四方形的‘五谷斗’（竹素琪玛）。斗内装满用酥油拌过的糌粑、炒麦粒、人参果等食品，在上面插上用酥油制成的彩花板（孜卓）、青稞穗、鸡冠花。还要准备一个酥油花塑的彩色羊头。这些制好后，都摆在佛龛桌柜上，以庆丰收和期祝来年风调雨顺，家畜平安，希望有个好的年景和好的收成。”

“到了除夕的前几天，就有了节日的气氛。每家每户忙着进行大扫除，摆新卡垫和贴新年画。29日晚饭前，在灶房墙上和大门上粉刷八吉祥徽。晚上各家都吃面团土巴，藏话叫‘古突’。”

“初一的早上，我们主妇首先起来，洗漱后打来第一桶水，喂过牲畜后，才唤醒全家人起床。全家人按辈分大小排序坐下，长辈端来五斗谷，按顺序每人都抓上几把，分别先祭神向天上撒，后抓一点放进自己嘴里。这时，长辈依次祝贺‘扎西德勒’，后辈们恭敬地回贺长辈‘祝你身体健康，明年全家又再欢庆团聚’。”

“年初一这天，大多数的地方只是在自己家里欢聚，不出门。一般从初二开始，亲友互相拜年。现在城里人初一也有互相拜年的。在新年节日里，大家互相敬酒，尽情欢乐。农区城乡演唱藏戏、跳锅庄和弦子舞。牧区的牧民们在篝火旁通宵达旦地尽情歌舞。有的地方，民间搞些角力、拔河、跑马射箭等游戏比赛。”

次旦玉珍老师的介绍，使我对藏历和藏历年有了更全面的了解。我又向她请教一些藏语和藏文，她都耐心地教我。末了，她还说，藏文字母共有34个，我们墨竹工卡县就有34个寺庙，每一座寺庙代表一个字母。

“那么是巧合呢还是有什么原因典故？”我问。

次旦玉珍老师说她也不知道。

到了晚上，我们这几个邻居家的人和阿旺校长一家人，都集中到次旦玉珍老师家。大家在一起庆祝新年，互祝新年好，互相敬酒敬茶，聊天。

喝了一会儿酒，德庆拿来一块3厘米厚，20多厘米宽，1.5米多长的木板，放在地上。几个阿佳站到这块木板上，排成一队，手拉着手，边唱边跳起舞来。她们唱的歌词是：

扎西德勒平松措，
阿妈帕珠贡噶三。
丹增达娃托巴秀，
推桑帕落察容容，
穷瓦秀。

德庆依次给我们敬酒。

跳了一会儿后，次旦玉珍老师和次卓嘎两个人笑容可掬地走过来，把我也拉到她们中间，一同站到木板上。她俩牵着我的左右手，要我和她们一起跳藏舞。我一边学着唱藏歌，一边和着她们的步伐，与两个美女一起跳起踢踏舞来。

就这样轻松愉快地唱着、跳着、喝着，间或聊着，直到深夜。

我度过了一个难忘的藏历春节。

农机培训班

过完年，2月16日，县革委会副主任向英华又给我布置新任务。他说：“西藏要在1980年实现农业机械化，县委县革委会经过研究，认为咱们县里的基础太差，必须从现在开始准备。你知道，县里懂农机的人不多，会使用农机具的熟手也太少，分配到社队下面的农机具，损坏特别严重，不能发挥农机具应有的作用。现在决定由你负责，在唐加区县农试场里，举办一期农机培训班，时间是两个月。你再从农牧科抽几个人，协助你工作。有什么困难找农牧科联系，农牧科会全力支持你。”

那年月最讲党性，咱共产党员的口头语就是：“我是革命一块砖，哪里需要哪里搬。”我虽然人在农机厂，但不算是厂里的编制，一切关系都在农牧科，仍然是一盒万金油，临时被各位领导差遣，东奔西跑，应援救急的事情层出不穷，也已成为习惯。没说的，当天，我就开始着手安排农机训练的有关事项，以县革委会的名义，起草“关于举办农机培训班的通知”。

据我了解，刚分配农机时，下面不知道农机的好处，又不会使用，农机无人要。现在是争着要，有的社队还千方百计地找门路买。县里1972年才有第一台手扶拖拉机，到1976年年底有35型拖拉机1台，55型拖拉机3台。由于不会使用，很快就全部趴窝了。县农牧科在1976年3月和4月间曾办过一期农机培训班，培训了27名机手，但由于没有熟练教师和办农机训练班的经验不足等原因，这批机手所学的业务知识很有限，在实践中发挥的作用也不大。现在的矛盾是机械多机手少，因此，我们的这期农机培训班一定要办好，办出质量来。

好在是在县农试场里办培训班，场地是现成的。农试场距离县城7公里左右，位于拉萨河南岸的唐加区劳动公社境内，河对岸是县水文站和气象站，再从气象站往北1公里是唐加区机关所在地。这里地形开阔，地广人稀，学拖拉机驾驶一般不会出什么事故。农试场有伙房和不少的空房，办几十号人的培训班，吃饭和住宿都不成问题。农场的厂长名叫和采，是云南纳西族人，是位老同志。技术员李尚南是和我一起来墨竹工卡县的湖北同学，我们同属农牧科，经常在一起开会打交道，平时就很熟。他俩对我们来农场办农机培训班给予大力支持。

在我们这个文化程度低，技术力量差，交通不便的地方，举办一期农机培训班，是一件很具体而又复杂的事情。有教学计划问题，教材问题，时间进度安排问题，学员来源问题，住宿问题，伙食安排问题，后勤问题，教具问题，教员问题，还有翻译问题等等。对所有这些问题都要考虑全面，作出合理的安排。

我们所要培养的是一支有理想、有抱负、有觉悟的革命化的新农村新农机技术队伍，政治教材当然少不了毛主席的《为人民服务》和中央关于实行农业机械化的一系列文件。“农业的根本出路在于农业机械化”，“西藏在1980年实现农业机械化的意义”，这些内容是必不可少的。

培训班分为机动车驾驶和内燃机两个班。培训的技术内容，主要是学习内燃机工作原理，内燃机安全操作使用规程，内燃机的使用与保养，内燃机修理与故障排除，机动车的驾驶与交通规则等等。

时间安排在60天左右，2月23日在唐加区县农试场报到。

关于学员名额的分配，我与各区商量，最终确定这期培训学员共42人。其中工卡区18名（包括甲玛公社4名），唐加区6名（莫中、劳动两公社各3名），巴洛区14名，直孔区、扎雪区各2名。

按县革委会的规定，这批学员自带行李、粮食和柴薪参加培训。

办培训班所需要的全套人马，农牧科全力支持。我要来曾与我一起修桥、管理民工有经验的强巴丹增和县委机关的管理员，负责伙食与后勤，嘱咐他们一定要保证学员们的饮食汤水和茶水供应，保证学员吃饱。有了他俩管后勤，免去了我的后顾之忧，使我有精力考虑更多的事情。

我从农牧科借来两台铁牛55型拖拉机，一台东方红75型推土机，供学员们学习驾驶。又借来两台柴油机作为教具，供学员们拆卸学习。再从农牧科和农机厂借来修理工具，供学员们学习使用。

最头疼的问题是教员问题。我一个人既管全面又讲课，精力有限，肯定顾不过来。并且，我只能用汉语讲，多数学员又听不懂。为此，我在全县物色教员，提出借用几个在唐家区当农民的锦州农学院大学生来任教，县里主管领导没有同意。我只好从有关单位开拖拉机、推土机的藏族司机中挑选，借用次仁群培等人来当教员。又说服主管领导，起用有一定机械业务知识，刚从监狱放出来的劳改释放人员强巴次来（因前几年修坏了一台柴油机，弄丢了说明书而劳教）来任助教，请我的老翻译阿旺美龙来给我现场翻译。

一切准备工作就绪后，农机培训班于2月24日上午按期正式开学。第一课是由我讲毛主席的《为人民服务》，然后我讲这次培训班的纪律，教学计划和课程安排，下午组织学员讨论。

25日开始学习业务知识。

学习业务知识还是由我来主讲，由阿旺美龙来翻译。很多专用名词藏语里没有，不好翻译，我只好让他以实物来配合我的讲解。几天后，阿旺美龙翻译业务名词的水平就大有提高。对照实物学习，理论联系实际，学员们进步很快。

次仁群培和强巴次来辅导学员非常细心。特别是强巴次来，他连做梦也没有想到我们会请他来当助教，想不到共产党这么看重人才，这么看重他这个劳改犯。他多次对我说，一定要重新做人，要把他所知道的技术知识全部教给学员们，以此来报答毛主席、共产党的恩情。事实上，他也是尽心尽力地教学员学习。他俩不厌其烦、手把手地辅导学员们，有问必答，不懂就向我请教。

学员们学习都刻苦认真。在这里学习时间一长，有的学员没有糌粑、没有用柴，也不肯请假，宁可捎信叫家人或队里带来，也不愿意耽误课时。

培训班的学习，完全是按教学计划进行。在教学期间，县、科领导，向英华主任、宫新玉主任、刘恩德科长，几次到农试场来，检查指导培训情况，关心我们的工作和生活，及时解决我们在训练中需要解决的问题，保证了我们的培训按期按计划完成。

这次为期 2 个月的培训，达到了预期的培训目的。机动车驾驶班的学员们，都学会了单独驾驶机车和简单的故障排除。内燃机班的学员们都学会了内燃机的安全操作和使用保养，有了一定的内燃机修理知识，都能拆卸组装内燃机，排除一般的故障。

这次培训的时间虽然不长，却为全县培训了第一批42名农机手。这批农机手在以后的农业机械化中，发挥了极大的作用。

到了这年10月，我奉命带领由4人组成的农机巡回修理组下乡。回来后，将我们了解到的实际情况，如农村农机增长快、熟手少、使用农机不当等问题，向县委县革委作了详细汇报，建议县上再办几期农机培训班，多培养一些农机熟练手和能够处理一般故障的修理工，保证农村农机的完好率；还要继续派农机巡回修理组下乡，保证农机具的使用率。

1980年2月7日，全县农机工作会议闭幕。县委书记索加，县革委会副主任向英华、付思和（湖北援藏干部）等领导都参加了闭幕式。付思和副主任代表县委、县革委会总结讲话，要求采取多种形式，县区并举，长短结合，以老带新，培训农机人才。具体计划安排，在5月至6月份，用80天左右时间，培训、复训80人左右。在10月至12月初，再用80～100天时间，培训新手120人；还要组织技术力量，协助各区再搞20天左右的短期培训。

按县委统一安排，我又在城区举办了两期农机培训班。还从农机厂派出两个农机巡回修理组，下乡为农区各社队修理农机具。

通过不定期举办农机培训班和不断派修理组下乡，全县乡村也掀起了学习农机技能的热潮。墨竹工卡县懂机械的人不断增多，农机的完好率和使用率大幅度提高。农机在农村中发挥了越来越重要的作用。

农试场趣事

1978年过完望果节后，我和县机关干部职工们一起，准备到县农试场去参加秋收劳动。

这时的天气不冷不热，是我们墨竹工卡县这一带的黄金季节。满地的青稞和小麦一片金黄，丰收在望，人们正准备收割，农民们都喜上眉梢。河水清澈，温度不凉，是一年中人们到河里沐浴的极好时机。半上午和中、下午，在墨竹河和拉萨河边，常有男男女女，男人在一起，妇女在一堆，或一家家的人凑在一起，集中在干净清澈的河里沐浴，在河边草地上铺上地毡晒太阳。

这天早饭后，在县委岳副书记等领导的带领下，我们县机关干部职工50多人，乘两辆解放牌敞篷大卡车，打着红旗唱着歌，从县上出发，过墨竹河经噶则山嘴，顺拉萨河南岸，往上游东北方向7公里左右的唐加区南岸——我们的县农试场开进。

不大一会儿，我们就到了农试场。

我多次来过这里，组织农试场、水文站和气象站的党员干部职工们开会和学习，还在这里办过两个月的农机培训班，对农试场这里的一切都很熟悉。

农试场南面200余米，是一溜东西排列的高山。山坡陡峭，山脚下向东，是县城通往直孔区的沙土公路。东面是开阔的沙土堆集的大河滩，再往前走几公里便是当地驻地部队的农场，劳动（东）公社的耕地主要集中在这里。北面150多米处是拉萨河。这里的河面不宽，只有100多米。在8月份这个季节，河床比地面低10来米。河的北岸是宽广的唐加大河滩，是唐加区的主要产粮区。县水文站、气象站就建在距河不远的河滩上。因为工作关系，这两个站我都去过，水文站站长李豪增、气象站站长李振中我都很熟。唐加区机关在两站里面北边1公里多远的山根下，过河要乘水文站的木制测量船。农试场西面是个三角地形，前端400来米是三角地形的顶点，是拉萨河与公路山根的交汇地点，那里是这条路的咽喉地段。

农试场是我县农业试验的基地，也是县委食堂的粮食蔬菜基地，面积有几十亩。在农忙季节，县机关干部就下来帮助播种或收割。

县农试场房子建得像个四合院，人少房子多。华中农学院毕业生李尚南从1977年下半年起，就在农场这里工作。我的这个湖北老乡也和我一样，是一个一心只知道搞业务，事业心很重的男人。县委赵文贵副书记曾找他谈话，说拉萨组织部准备要调他到墨脱县去任革委会副主任，他还不愿意去，说是搞农业试验不能半途而废，简直是个“书呆子”。前不久，西藏自治区党委书记任荣从扎雪区回来路过这里，住了一夜，还和他彻夜长谈，两人聊得很投机。他一个汉族青年长期和其他几个不同民族的人一起，住在这人烟稀少的地方搞科研，生活很单调很艰苦，真是够不容易的。

农场厂长和采有50多岁，是云南纳西族人，他平时不苟言笑。这时，他和李尚南见我们来到，连忙迎了出来。大家不用讲什么客气，不愿多耽误时间，各自拿了工具就下麦地。

今年农试场的冬小麦比各区社的庄稼长得还要好，麦穗又长又大，麦粒饱壮，一把把金黄色麦禾收割在手里，感觉沉甸甸的，我估计亩产量不下1000斤。

50多人分几块地全部排开，开始动手收割。

机关男女干部们都是经常参加劳动的人，干起活来都像是行家里手的老农，在农场劳动都很积极。收割的速度很快，半上午我们就割倒了一大片。

中午，我们就在农场里吃便餐，吃过饭后也不休息，仍然接着收割。

劳动到半下午，大家就都有些累了，我们都懒洋洋地坐在地头上休息。我和李尚南坐在一起喝茶。我俩好久没见面了，西藏人常说，老乡见老乡，两眼泪汪汪，我们两个人有说不完的话题。岳金秀（河南信阳人）副书记和组织部吕毓卿（山西人，我们同年来援藏的大学生）等人坐在距我们20多米的地方，一起喝茶休息。

我正在和小李谈得高兴，忽然，听到吕毓卿同学大声朝我喊着：“老熊，快跑！”

我吃了一惊。回头一看，岳书记和吕毓卿等几个汉族干部都在分头往山边奔跑，有几个藏族阿佳在追赶他们，也有几个藏族阿佳笑闹着，奔向我俩这边来了。所有的藏族干部职工都在鼓掌笑喊。有人口里还在说：“快去抓住胡子（同事们给我取的绰号），看看他下面的毛粗不粗？”

这是怎么了？他们几个人在跑什么？”我还坐在原地直发呆。

听到吕毓卿的喊声，李尚南马上站起来说：“不好了！老熊，快点儿，我们快跑！”

我不明白这是怎么回事，只好连忙爬起来，先跟着李尚南撒腿向西边跑再说。

只听得后面有女同志在喊：“小熊厂长，你等一下，跑什么呀。”

一会儿就跑得上气不接下气。我们回头一看，后面没人追上来。我俩这才停下来坐在地上，喘大气。

李尚南说：“刚才好危险！”

我说：“怎么回事呀？阿佳们追我们干什么？有什么危险？”

李尚南说：“她们是想来跟我们开玩笑，来脱你裤子的。今天你要是被她们抓住了，那就热闹了！”

我说：“还有这样的事？”

李尚南说：“你还不知道哇！上次县委办公室张主任在扎雪区工地上参加劳动时，就被一帮阿佳按在地上，被脱光了裤子，还用线在他的命根儿上吊了个小石头，光着屁股，被几个阿佳牵着走，闹出了个大笑话。”

我说：“你们都知道了，我还真的没有听说过这档子事。想不到这里的阿佳们真不怕羞，比我家乡大别山的嫂子们还闹得厉害。”

又开始劳动了，吕毓卿凑过来和我在一起并排收割。

他对我说：“老熊，刚才休息时，你光顾着和你的小老乡李尚南说话去了，一点儿也没有注意到，几个阿佳在一起，嘻嘻哈哈地商量着，怎么闹我们这几个汉族干部。我听说过张主任在扎雪区闹出笑话的那件事，所以很注意，早就提防着这些阿佳了。我见势不妙，就边跑边喊你们俩，幸亏你俩反应得早，跑得快。要不然的话，你俩今天也要被闹出大笑话来。”

我说：“谢谢你，要不是你及时给我们提醒喊叫，我今天可就要出洋相了。”

在回来的车上，有的阿佳还在说笑话：“小熊格啦，只看到你脸上长那么多黑乎乎的硬胡子茬，人家好奇，想看看你下面的毛是什么样的，多不多。刚才你跑什么呀？喊都喊不住，我们也不会生吃了你的！”

说得一车的人都哈哈大笑。

泪满襟

1978年腊月，一天，夜里11点多，武汉体院同学张厚福来敲门。

张厚福是湖北郧西县人，与我一路进藏，分配在林芝卫校（后升级为医学院）教书。我与他自1976年10月底从自治区三所分别后，这是第一次见面。一晃就是两年过去了。他说是要到拉萨与爱人一起过年，乘坐长途公共汽车路过这里。我当然为他高兴。仔细一问，原来他的“另一半”，就是与李敏一起从黑龙江来的同学赵勇戈。

这个世界真奇妙，我们两个“湖北九头鸟”，各自都找了个“东北母老虎”成家。而且，我们到西藏后，在东北同学中，与赵勇戈打交道最多。1977年第一次过春节，赵勇戈就是来墨竹工卡与李敏一起过的年，那时我与李敏还没结婚。我们家的三波段晶体管收音机，还是赵勇戈在拉萨电子厂工作时帮助买的。后来，赵勇戈在自治区工业局上班，不慎将自己的热水瓶打碎。那时热水瓶是凭票供应，还是我从县里买了一个带给她用。

赵勇戈是典型的东北姑娘，高高的个子，足有1.7米多，人长得眉眼俊俏，就是面色有点发黄。如果与英俊魁伟，身高1.8米的体育健将张厚福站在一起，真是非常般配。再问介绍人是哪个，原来就是哈尔滨医大分配到林芝卫校的李谦、周慧英夫妇。这下李敏高兴得合不拢嘴，连忙打听她那两个同学的情况。

张厚福敲门时，我正在用高压锅煮牛蹄子。因为牦牛蹄子特别不容易煮烂，我家还没吃晚饭。得，老同学进门，正好一起啃牛蹄。饭后，李敏忙着搜罗过年的家底，张罗要给赵勇戈带东西。张厚福我俩坐下来促膝谈心。

他沉痛地告诉我，我们湖北一起来的同学已经有两人意外出事，献身西藏了。一个是女同学钱建新，为扑灭山火英勇牺牲；另一个是朱绍武同学，出车祸因公殉职。他还将这两人出事的具体经过说了一下。我非常吃惊，心里难受极了。

张同学要走了，李敏说赵勇戈是个只知道工作，不会生活的人，一贯艰苦朴素，过春节一定是没准备什么东西。她找出一条装面粉的布口袋，把我从驻地部队那里好不容易买到的猪肉罐头塞进袋子里3个；又把我的麻城老乡王如进从拉萨带给我的大包心菜一分为二，塞进去两棵；此外不知她还带了一些什么零碎东西，装了满满一袋子。我一直把张同学送到县运输站里继续乘车。

他走后，我的心久久不能平静，躺在床上，泪满枕巾，心上像是压了一块大石头，一夜没有合眼。脑子里转悠的，都是那两个同学熟悉的身影。

钱建新是武汉市人，毕业于武汉大学德语系，和我们一起进藏。她和她的同学邓和平以及华中工学院的万有全、方和贞、华中师院的周强分在一起，在吉隆县吉隆区卡邦公社插队落户当农民，“不拿工资拿工分”。她在乡下先当社员，后在公社（相当于内地的村）当文书（不脱产），临牺牲前才调到区里，当文书还没几天。听说她在乡下一副藏族打扮，干农活，学藏语。藏语说得很流利，藏文也不错，可以在群众大会上给大家读藏文版《西藏日报》上的文章。

1976年11月，钱建新（走在最前面的女生）等5名湖北高校大学毕业生到西藏日喀则地区吉隆县当农民，受到全县军民的热烈欢迎

从西藏地图上看，他们那个吉隆县，是地处喜马拉雅山脉中段的一个边境县，与尼泊尔交界，属日喀则地区最艰苦的西三县之一。县府驻地宗嘎，海拔4200多米，西、南、东三面全是高峰，属于典型的深沟峡谷地带。而他们所生活的那个吉隆区，离县城还有75公里。我们知道，在那个海拔高度上，常年得穿棉衣棉裤，赶上刮大风，可以将人吹出几里路。

1977年9月，钱建新在吉隆县吉隆区的苹果园里留影

一个在大城市长大，从未干过农活的女孩子，在海拔4000多米的高原上，与藏族百姓同样搞体力劳动，下工后还要自己做饭。我觉得我们男子汉都吃不消，真不知她吃了多少苦，是怎样熬过来的。听说她还像藏胞妇女一样值夜班站岗守粮仓，有时露宿街头。劳作之余，她还经常点着煤油灯，用母校赠送的缝纫机，为藏族老乡缝缝补补，浆浆洗洗，被当地群众誉为“德吉卓玛（对姑娘的尊称）”。在我们分别后的一年半时间里，在那个边远山乡，她先后被选为本县和地区人大代表。

1978年3月7日下午，吉隆区冲色沟发生森林火灾。钱建新刚到区里当文书，得知火灾消息，立即不顾领导劝阻，执拗地跑着追上救火队伍。她一直冲在队伍的最前面，奋力扑火。有人往后拉她，她说：“我们不就是来救火吗？”在灭火过程中，她几次晕倒在地，醒过来后，又一次次冲上前面。直到夜间，在一个冒着浓烟的山坡上，人们发现一具烧焦的尸体，背朝下，已经辨不出面容，只是在紧贴雪地的后腰部，保留下一块手表大小的红色毛衣残片，有人认出，只有钱建新才有这么一件红色毛衣。当时吉隆县大雪封山，她在武汉的父母无法赶到现场，只好打电报要求遗体火化。根据家人的愿望，当地党组织将骨灰一半留在西藏，埋入吉隆县烈士墓地，一半送回其家乡武汉。1个月后，西藏自治区人民政府批准她为革命烈士，这年她才25岁。她的英雄事迹登上了《人民日报》。

可惜呀，这是多好的武汉同学。她的音容笑貌，一下子浮现在我的眼前。

那是1976年9月25日至29日，我们湖北95名进藏学生，在湖北省第一招待所报到集中学习。我就是在这段时间认识钱建新的。她个子不高，身材匀称，长得斯斯文文，一对水汪汪的大眼睛黑白分明，透出她的精明才干和一种秀气。

26日，从会场听完报告出来，她走到我身边，大方地对我说："你叫熊忠彦，是水运工程学院的吧，我看过你在《长江日报》上发表的一篇文章，题目叫《金光大道》。听说你还当过兵，做过工，是个多面手。以后，我可要向你请教呢。"

我说："请教可不敢。"

她又自我介绍说："我叫钱建新，武大的，你比我大几岁，就叫我小钱吧。"说着，她向我伸出了小小的右手。

我边和她握手边说："好的，小钱好！"

她又说："你看，我称你熊大哥呢，还是叫你老熊呢？"

我说："叫什么都行。"

她笑着说："好，我就叫你老熊哥吧。"

就这样，一下拉近了我俩的距离。

这次湖北进藏的学生不少，但武汉人并不多，她说家住青山区。我在武汉工作上学6年，很多时间是在青山区度过，自然与这个武汉小老乡有种亲近感。

从那天起，我们一同听报告开讨论会，一路乘火车、坐长途汽车。到拉萨后，我们在一起参观学习。这期间，我们经常相遇。每次相遇，她总是欢快地向我走过来，主动叫住我这位老大哥，愿意与我谈点什么。在交谈中，我对她逐渐有所了解，得知她在大学里就是外语系党支部书记。她任街道党委书记的父亲体弱多病，母亲瘫痪在床，还有两个未成年的妹妹。可她在毕业前，自愿报名支边进藏，为响应党的号召，缩小"三大差别"，不怕艰难困苦，坚决要求当农民。女子不让须眉，其战胜困难的决心和建设边疆的奋斗精神，真是令人钦佩。

她天真活泼纯朴开朗的个性，给我留下了极好的印象。有时，我在心里不时把她与我同校来的女同学李振芝相比。李振芝像是一只麻雀，开会总爱抢着发言，平时也话多，整天吵得人头痛。这两个女同学真是有天壤之别。后来我发现，每次小钱接近我，她后面总跟着她的一位男同学。为此，我再看到她就有意地避开了。

朱绍武是湖北建筑工程学院毕业生。在进藏途中，他们学院5名学生和我们武汉水运工程学院2名学生、武汉水利电力学院11名学生及1名知青（男家属）共19人，是一个学习小组。我们在一起相处39天，彼此之间很熟悉。

他身材魁梧，身高超过1.8米，长得英俊白皙，喜爱打篮球和踢足球。在球场上，他生龙活虎，灵敏快捷，机智勇敢。平时不苟言笑，很沉稳，像个白面书生。说话从来不着急，很注意分寸，总是想好了再说。在小组学习讨论发言时，他总是静静地听别人高谈阔论，直到仅剩下两三个人还没发言时才开金口。每次发言不长，却很得要领。朱绍武年龄比我小，总是称我“老熊”。

张厚福告诉我，朱同学是在报到路上翻车出事的，车上还坐着其他院校的毕业生。从现场看，车祸后，他还爬行过一段距离。西藏地旷人稀，有些路段极少有过往车辆与行人，一旦出事，往往救援不及。一个活生生的大小伙子，就这样说没就没了。

可惜，可叹，想不到分别才两年，我的两位好同学，好老乡，满怀着一腔报效祖国的热血进藏，在这么短的时间里，就这样化作了西藏高原上的一抔黄土。

“出师未捷身先死，长使英雄泪满襟。”

张厚福同学带来的这两个噩耗，刺痛了我的心。我时常在梦里见到他们，有时也想，不知何时何地，我的生命也会和他们俩一样。这样一想，心里总是沉甸甸的。这个年是没法高兴起来了。

烈火情

1979年10月的一天晚上，我正在给农机厂职工上课时，隔壁武警县中队宿舍失火。那场救火中的感人场面，至今历历在目，像发生在昨天一样。

在西藏工作的第二个年头，1977年5月中旬，我担任县农机厂副厂长时，在工作中，深感藏族工人的文化程度普遍很低，大多数人都不识字，技术素质差。工厂要发展，教他们识字，进行技术培训，提高工人素质是至关重要的。在通过加强企业管理，使工厂各方面走上正轨以后，我又被县上经常加派给我的临时性任务缠住了。最近有了点空闲，我决定利用秋末这段天还不太冷的时间，对他们进行业务培训。

近水楼台先得月。好在县农机厂与县中学只隔条公路，是斜对门，我便借用我老婆上课的教室，办起了工人夜校。很少执过教鞭的我，也不得不硬着头皮上"架"，自任校长兼老师。工人夜校上课后，县里其他单位干部职工也有些人来旁听，教室里座无虚席。

一天晚上，上课不久，我正在讲识图课，一位藏族职工忽然大叫起来："格啦，起火了！"

我回头往窗外一看，果然，见仅一墙之隔100多米远的武警县中队宿舍像一条卧着的火龙，房顶上的大瓦片被火光映烤得十分耀眼，从教室里望去，如赤龙身上的片片鳞甲，红光闪闪。

救火必须抢时间。不用多想，我当机立断，对工人们大声说：

"下课，快，都救火去！"

话音未落，我已率先冲出教室，越墙而过。只见公安局刘局长（十八军老战士）已在现场，县中队的干部战士们正在用脸盆水桶往起火房间上泼水。我带来的工人队伍立即投入了灭火战斗。

火光就是命令。县里各直属单位的干部职工，县人武部的军人，驻县公路养路段的工人，驻县运输站的职工，附近的居民群众，整个县城里的人们像潮水似的不断涌来。县领导们也火速赶到了现场。人们用各种盛水工具取水，乱七八糟地往房上泼。

这是一座砖木结构脊式平房。水泼不到房顶上去，即便有点水泼上去了，也只是顺着瓦片流下来，一点也浇不到火源上。这样灭火是无效的劳动，完全不能解决根本问题。而瓦片下面，油毡纸铺成的天花板却不停地化成油滴，烧成一个个小火团，像流星似的落下来，真是火上浇油，越烧越旺。屋内浓烟滚滚。带火的浓烟从门口和窗户喷涌而出，烧焦的油烟味老远就呛得人直流泪。人们根本不能接近火场，更冲不进去。这排房子后院里关的是犯人，西侧仅一墙之隔就是县学校的教师、学生宿舍，那里住宿的有一两百名中小学生。大火一旦延及到学校，后果将不堪设想。

这火怎么灭？大家急得团团转。县委领导们喊叫得声嘶力竭，老刘科长急得来回走，边走还边自言自语地说："这怎么办？这怎么办？"

在场的绝大多数人住的都是藏式房，那是用石头黄泥巴砌墙，上面盖木料、铺枝条、压石头、夯黏土的平房。对这种瓦房着火没有经验。见泼水无效，火势发展猛烈，火场上，提水的、泼水的、哭的、喊的、叫的、奔跑的、着急的、念佛的乱成一片。

在这关键的时刻，必须迅速采取有效措施灭火，才能保住旁边的几间房和学校不受损失。我回想起我的老家大别山区农村，大都是脊背式瓦房，和这县中队的脊式瓦房样式差不多。小时候曾见过几次救火，每次大人们总是用长竹竿子打瓦片，从梯子上传水，在无瓦的地方泼水灭火。这里没有长竹竿，只好上房揭瓦。想到这里，我心里有了主意，时不我待，便顾不了那么多，自动冲到前面，当上了救火现场"临时总指挥"。

我歇斯底里地大声喊："快搬梯子来，上房掀瓦！"

小个头的县中队张队长（四川人）也传声筒似的喊："快搬梯子来。"

刘科长也大声喊："快搬梯子来。"

懂汉语的藏族同志立即用藏语大喊："谁家有梯子，快去搬梯子来。"

梯子很快搬来了。

我指着墙的山头处喊："搭这里。"

梯子还未放稳，我就以10年前当电话兵时练出的敏捷身手，抢先从梯子上蹿到了房顶。中队的几个战士和我厂职工拉古、查果、贡觉、塔青、拉巴次仁等也快速地鱼贯而上。在刘局长的指挥下，第二架梯子也很快搭在另一边的山头上，那边也排上一条人龙上了房。

瓦片一掀开，火龙带着乌黑的浓烟，立即从掀开的瓦洞中蹿出，直冲云霄，火场顿时照耀得如同白昼。火苗和浓烟见缝就钻，一下子集中到了我的面前，热浪滚滚，燎掉了我的胡子，烤得眉毛、头发都焦了。焦烟扑鼻，呛得人喘不过气来。

查果赶紧把我向后扯："格啦，危险！"

"知道！"我又抢向前去。

两个年轻的武警战士靠到了我的身边，我们三人并肩向前掀着瓦片。火苗和热浪烤着全身，焦烟呛着咽喉，瓦片被烧得滚烫，手被烫得钻心地疼。

这时才想起我工作服的衣袋里有双手套，我立即掏出来给两个中队战士一人一只。他们不要，我以命令的口吻说："戴上！我还有。"

带有手套的工人又递上了两双手套。我们迅速戴上，继续掀瓦。

地面上，公安局长指挥着人们将各种器具搞来的水，顺着梯队传上来，从我们揭开的顶洞泼向火源。房盖裸露的洞口越来越大，大火蔓延的速度慢慢地降了下来。

门和窗口的烟火压力减小了，人们可以靠近房子了。一些人乘机从门窗处使劲往室内泼水。

"不好！"中队张队长忽然大叫，"这屋里有手榴弹，有枪支弹药。"

"妈的！格老子！混蛋！龟儿子！"我气急败坏，将四川人的口头语一连串甩出来。心里这个着急：早不喊，晚不喊，他偏在这个节骨眼上喊出这要命的物件。

公安局老刘局长一听，急得直跳脚。这可是人命关天的大事，一旦弹药手榴弹爆炸，会伤着人的。这里这么多人，可不是闹着玩的！他立即嘶声大喊：

"快，上面的人赶快都撤下来！"

"熊厂长，快带你们的人撤下来！要快！"

千钧一发。下面是混乱的人群，疏散也来不及了。全部撤退，一旦发生连环大爆炸，祸及学校，将前功尽弃，兴许损失更大。我心里想：如果不撤退，弹药突然爆炸，屋上这些年轻的武警战士，还有与我朝夕相处、亲如兄弟的藏胞工人……后果不堪设想。没时间多想，身为共产党员，退伍军人，一厂之长，在此时此刻，自己的生死已无所谓，必须首先保证藏族工人的生命安全。

我对身后的查果、拉古等人严肃地说："你们赶快下去！"

几位工人一听急了，连忙汉话、藏话加比划，一定要我先下去。

我说："我当过兵，会保护我自己的。你们赶快下去，不然来不及了。"

西藏干部职工是最听领导的话的，平时对领导总是唯唯诺诺，只要领导一说，他们就"来斯，来斯（那是，那是）"地点头称"是"。可这回我的话不灵了。工人们不但不下梯，反而涌上来围在我的身边。不论是藏族、汉族，不论是战士、工人还是群众，房顶上的人没一个肯下去，大家反而以更快的速度，无声地掀瓦、传水、泼水。地上提水、担水、传水的人们争分夺秒地奔跑着、传递着，全场所有的人，包括老百姓，这会儿没有一个害怕的，谁也不肯后退。一些人在喊着：

"金珠玛米（解放军）！""格啦！""你们要小心呀！"

……

一些老阿爸、老阿妈站在人群外面，双手合十，不停地念起佛来，保佑大家的平安。

现场局面已无法控制，几位县委领导见状，只好一个个冲我大喊：

"老熊，你们在上面千万注意安全！千万注意安全！"

老天爷保佑！房间里的弹药总算没有爆炸。

着火的两间房瓦片被全部打光，旁边房间的瓦片也被打掉了一大半，大火终于被浇灭了。

木梁上、横木上的余烬还在冒着股股蓝烟。

我刚松了一口气。突然，身边的一个战士一头栽了下去。只听到"咚"的一声，这个战士栽到了屋里的地面上。

我喊了声："快救人！快救人！"

话未喊完，又一个战士也趔趄着向下栽。

我赶紧一把拉过来，把他紧紧抱在我的怀里。只见他脚上的解放鞋在冒烟，衣裤破碎，整个脸被烤得黑乎乎的，两眼无光，在我的怀里昏过去了。大家立即七手八脚，赶紧将他从房顶上抬下去。

我厂的工人也有几个受了点儿轻伤。房上的人们全都是“包公”和“关公”，人们的脸变得黑的黑，红的红，只有双眼放着明亮的光。

我全身散了架，一丝力气也没有了，脸上火辣辣地疼。脚掌也发烫，手掌钻心地痛，艰难地摘下手套一看，上面全是水泡……

我不知道晚上自己是怎样回到家里的，只记得第二天醒来，手上被缠上了纱布，脸上也被抹了药膏。阿旺美龙、丹巴江参等很多藏汉族干部职工，带着鸡蛋、食品等东西来看望我，慰问我。

时隔多年，我总忘不了那场大火，忘不了在那烈火中，军民生死与共、藏汉兄弟并肩战斗的情景，更忘不了那被烈焰熔铸的藏汉间的真挚情谊。

巡回修理

几年来，国家为加速西藏农业机械化进程，分批调拨了不少农机具，分发给农区社队。但由于技术力量薄弱，能熟练使用和维修的技术人员特别少，造成不少机械趴窝，或带病工作，不能发挥应有的效用。

1979年10月初，县委、县革委会就全县普遍存在的农机具使用不当、管理不善等现实问题，决定以我厂技术人员为主，组织个农机修理组，到各区社巡回修理。在巡回修理的同时，向农机手传授正确使用、维修、保养、保管等基本知识，调查了解农机具的使用情况和存在的主要问题。

以前我在企业和大学里，修过不少类型的内燃机和各种机械，搞机械修理对我来说，早已是轻车熟路。这回县上交给我这个临时性的下乡工作，倒不是在“瞎指挥”，而是“对症下药”、“因才录用”、“好钢用在刀刃上”了。我心里清楚，虽然去年三四月间，我曾在县农试场举办过一期农机培训班，但学员人数不多，时间短，学员的文化低，所学的知识也很有限。因此，我们这个小组的担子很不轻松。

农牧科派我的老搭档阿旺美龙来给我当翻译。我又从农机厂抽出两名熟练工人——仁增旺久和拉古，组成“农机巡回修理组”。

阿旺美龙是我的老通司。仁增旺久是中等身材，腰有点弯，年龄稍大，喜欢开个玩笑；拉古身材较他俩瘦小，年龄比我稍大一点，做事认真，平时不苟言笑。他们三人的汉话都说得很好。

1979年10月22日上午，我们一行4人带着各种能带上的修理工具和一些易损部件，收拾起自己的行李和简单的生活用品，就出发了。他们三人都头戴狐皮帽，身穿大皮袍，腰佩漂亮的中长藏刀，个个都显得英武、精干而又潇洒。我头戴军用大棉帽，身上穿着在武汉交通部二航局工作时发的工作服，倒也显得干净利索。一出城，他们三人就像飞出笼子的鸟儿，得意地甩动着马鞭子，大喊大叫，放开胸腔，“哦嗬嗬嗬——”的吼叫声响彻河谷；间或与路旁的农牧民高声吆喝着打招呼，路边的人们也不停地向我们挥手致意。4 个人 4 匹马，你追我赶，说说笑笑，不一会儿就到了第一站——离城最近的塔巴公社（乡）塔巴公社，在我刚分到墨竹工卡县时就来过。那次是农牧科刘科长安排益西给我当翻译，要我先就近到工卡区熟悉了解农村情况，那是我第一次下到西藏农村。

这里是农区。在这个乡的上游，墨竹河旁有几处清朝赵尔丰部驻扎时留下的已经残破的碉楼，说明这里曾是川藏线上的咽喉地段，当时在战略上有着极其重要的地位。现在塔巴的格桑还有解放军兵站。

公社的藏族主任、书记、会计，和我们都是熟人。我们也不用讲什么客气，到保管室放下行李，就开始了解农机具的使用情况。他们向我们介绍了各队农机具的数量，能使用的有多少，带病工作的有多少，坏了趴窝的有多少。

说干就干，我们就近在村里开始动手修理。

这次修理，我的指导思想是，一定要把仁增旺久和拉古两人带成农机修理熟手。所以在修理中主要由他俩动手，我从旁指导和讲解。他俩在修理方面有一定的基础，当天我们就修好了一台195柴油机和一台290拖拉机。在修理过程中，我给他俩及农机手讲气路故障和油路故障产生的原因，修理的方法，及应急处理的办法，使他们修一台，成功一台，修一次，进一步。

旗开得胜，第一天就修复了两台机器，4个人都很高兴。仁增旺久和拉古更是很激动，觉得像这样工作进步很大、很快，这是一个难得的在实践中学习的极好机会。晚上，我们在保管室里，一边喝着酥油茶、吃着糌粑，一边总结一天的工作和收获，讨论第二天的工作。我对他们说，我们这次是不修好不挪窝，除掉必须送到拉萨大修的，得让这里的农机具全部恢复健康，不留后遗症。

3 天后，这个乡里的农机具全部修复完毕。结过伙食账，茶、酒钱后，我们就转到巴洛区的吉古公社。

吉古公社在墨竹河北岸，是以农业为主兼有牧业的半农半牧区。吉古公社的主任阿布热情地接待我们，把我们安排在靠下面村里的会计家里食宿。

会计有40来岁。当地老百姓的房子，家家都有一个小院，院子外墙上糊满牛粪饼。一般顺小院里面的南墙，是一排 2 米多高的小棚，下面放柴火或干牛粪、农具等物。北面是向南开门窗的伙房住房，也有的带有耳房。在院内房子的门前，有个与房子一样长，有1.5米左右宽的明走廊。在明走廊南边砌有60厘米高的挡墙，中间开口做过道。采光很好。晚上，我们就住在会计家的明走廊上，每人的地铺下并排垫两块草卡垫。阿旺美龙告诉我，会计家只有两口子，漂亮的阿佳没有生育过，这家还没有小孩，房子比较宽大，住在这家比较方便。

在阿旺美龙的安排下，阿佳晚上烧热水供我们洗漱。在我们农牧区，家家以烧干牛粪为主，也烧些柴火。干牛粪是把捡回的牛粪和成泥，做成饼，粘贴在墙上，晒干后堆叠在一起，当柴火烧。这些热水，烧掉了阿佳家里不少的牛粪，我心里有些不安。

第二天早上天刚亮，我就起床了。没想到阿佳比我起得还早，她已经在屋里为我们打好酥油茶。我刚洗漱完毕，阿佳从屋里出来，用一双手捧给我一杯热气腾腾的酥油茶，又给还在被窝里的阿旺美龙、仁增旺久和拉古每人送上一杯酥油茶。

我对他们说："阿佳把茶打好了，你们还不起床，好意思吗？"

阿旺美龙说："这有什么不好意思的？我们这里都是女人起得比男人早，习惯上是男人喝杯茶再起床。这是多少年来的风俗习惯了，你慢慢就会了解的。"

我说："藏族阿佳就是贤淑，勤快，你们可真有福气。"

在这里住到第二天晚上。吃晚饭时，阿佳给我们炒了个土豆片，我拿出我的"干粮"——我老婆给我烙的大饼，眼看都快放干了，越放越硬，我给每人分一个，叫他们吃。

拉古笑说道："格啦，时间还长着呢。我们吃糌粑习惯了，你自己留下吃吧。"

我说："大家吃吧，再放就干了，也不好吃了。再说，我也得习惯吃糌粑。大家一起吃吧。"

于是，我们几个就又是糌粑又是饼，又是青稞酒又是酥油茶，还有土豆片，热闹地吃起来。

睡到半夜，我的肚子有些发胀，臭屁不断，又开始消化不良，肠胃病犯了。第二天，主任阿布知道后，特地叫阿佳做炒鸡蛋给我吃，加强我的营养。

吉古公社的几个自然村比较集中，相对农机也很集中，我们不用走远路。一天可以修好几台机子。几天下来，当翻译的阿旺美龙也看出了一些门道，主动拿起工具参加修理。工作一天下来，虽然有些累，但大家心情都非常愉快。

通过几天的修修打打，我发现，普遍存在的问题是，很多农机手连起码的机械常识都没有，不是不及时加机油，就是不及时加水，结果导致不烧轴就烧瓦。他们只管发动使用，也不清洗空气沥清器和柴油沥清器，引起了各种故障。再就是几乎所有的柴油机都燃烧不完全，燃烧室积炭多，机子出力不足，这与海拔高有直接关系。这里大气压低，只有内地的66%左右，进气量不足，压缩比不够，空气压缩的温度不够，压缩的燃烧点时间滞后。我摸索着把喷油时间角提前2～3度，果然提高了出力的效果。

这一经验，后在西藏各地推广。

我叫阿旺美龙帮我们结账后，我们又转到巴洛乡。这里的海拔更高，大概在4200米以上。我的肚子这时更加不争气了，天天胀气拉稀，一天拉好几次。几位伙伴关切地问我怎么办，是否先回去过几天再来。我坚持说不要紧。房东老阿妈见我这个样子，爱怜地拿来酥油和奶渣往我的碗里拌，怕我嫌酸，又往碗里加白糖。见老阿妈对我这么关怀，仁增旺久对阿旺美龙说："你看老阿妈对格啦熊厂长多好。"

阿旺美龙说："阿妈是在给格啦增加营养，保住熊厂长的体力。"

拉古说："这是应该的，格啦他从内地来，对我们藏族的生活还不习惯，时间长了身体会受不了的。我们都要关心格啦熊厂长的身体健康。"

我听到后，非常感谢老阿妈和同事们，一时不知道再说什么好。

再转到唐加区的路上，我的肛门开始疼痛，骑了一天的马，脱肛了。等到了劳动公社，十分难受，我强忍着不说。在唐加区机关，见到了在区上当文书的安徽霍邱人孙涛。霍邱离我老家麻城不远，我俩也算得上是大别山老乡。孙涛长着一副圆圆的脸盘，身材适中，是个帅哥。在西藏高原当兵，就地安排了工作，平时喜欢用毛笔写几句现代诗。他热情地关心我。

晚上，我们几人有时玩天地藏牌、打经九八大，谁输了就围着牌桌，脱掉鞋单脚跳。天地藏牌是骨牌，分天牌和地牌及经，大管小；天九打地八，和内地的打法有区别。有时，他们三个人又轮流讲故事，多数是阿古登巴和格萨尔王的英雄故事，还有猴子变人的古老传说。那些有趣的故事，使我一时忘记了痛苦，忘记了疲劳。

这次20天的巡回修理，我们4人小组共修理了4个区的各种农机具78台套，两名农机厂工人的修理技能得到了全面的提高，还在修理过程中现场培训了部分农机手；与此同时，也使我们对墨竹工卡县的地形地貌、风土人情，农区、牧区和半农半牧区的农机具使用故障之差异，有了较多的了解，基本掌握了全县的农机分布使用情况。据统计，发现趴窝的占30%，带病工作的占40%，损坏的原因主要是不会使用和保养造成的。我们向县委政府汇报，建议再办几期农机培训班，多培养一些农机熟手和处理一般故障的修理工；还要继续派农机巡回修理组下乡，保证农机具的使用完 好率。

我的女儿

回到家里，我已经患上了严重的肠炎和痔疮。

妻子从内地休产假回来，将两周岁的大女儿也带来了。

她眼泪汪汪地向我诉说，因为在西藏先天缺氧，肺活量差，再加上怀孕期间用药过多，我们的二女儿生下来仅仅活了36个小时，就死在河北省束鹿县医院。岳母还将死婴抱回她们老家埋了，说是等有一天我回去可以看到那个小坟包。

结果是当妈的奶水下来了，孩子也埋进坟地了。李敏考虑大女儿断奶太早，干脆就让她再来吮吸本来属于妹妹的母乳，因此就干脆带在身边，一路进藏了。

她的话让我心里一阵阵难过。大女儿断奶早，二女儿没能活下来，我们在西藏工作，奉献自己的青春不说，连自己的下一代也奉献了。她见我难过，便想办法安慰我。

见我每次回家不是捂着肚子，就是揉着屁股，有时还难受得直哼哼，李敏风趣地说："你这真叫巧，在外工作下乡欢蹦乱跳像条龙，回家休息歪歪倒倒是个熊。在外笑嘻嘻，回家哼唧唧。"

这话不巧被几位藏族邻居听见了，当时就都大笑不止。笑话传出后，以后经常有人用这话来取笑我，一直笑到我们内调。

土火箭

冰雹，是高原区域农业生产的宿敌。西藏大部分地方气候变化无常，经常是经过好几个月的辛苦劳动，好不容易才种出的庄稼，眼看着丰收在望，冰雹就骤然而至，祸从天降。“乒乒乓乓”，一阵旋风式的“扫荡”过后，地里就只剩下狼藉一片的残枝败叶，杂乱无章地躺在地上，向人们诉说着“痛苦”与“凄凉”。我们墨竹工卡县是个农业大县，农区平均海拔大多在4000米上下，多少年来，这里的农民们更是吃够了冰雹的苦头。

制服冰雹最有效的武器除高射炮外，就是“土火箭”。将带碘化银或不带碘化银的高射炮弹或火箭弹，射进高空中的冰雹云层里，用碘化银吸收水分，用爆炸的声波和气浪干扰冰雹云里的雨水使其失重，在雨水未形成冰雹，或者未形成大冰雹之前落到地面，由下冰雹变成下雨或下小颗粒冰雹，达到防雹减灾的目的。

我调到县农机厂担任副厂长后，就多次向县委、县革委会要求，由农机厂试制生产土火箭，我们要向老天爷夺回粮食，向冰雹开战。我正式担任厂长后，又向县委、县革委会再次要求，自己制造土火箭打冰雹。当时全国正在轰轰烈烈地开展“农业学大寨”运动，与天斗、与地斗，上上下下充满改天换地、人定胜天的信念。我的建议获得了县委书记、常委们和革委会的一致支持与鼓励。

1980年2月7日，县委书记索加在墨竹工卡县实行农业机械化的农机管理工作会议上，代表县委，提出要农机厂研究、试制、生产人工防雹土火箭。

3月9日，县委、县革委会召开专题会议，讨论试制生产土火箭的有关问题，由我在会上汇报土火箭试制的设想和准备生产的计划。会上作出决定：

一、厂里迅速组织人员到拉萨等地去考察取经，回来后开始试验；

二、试验成功后，先每月试生产20发，以后视情况再增加生产任务；

三、生产土火箭的费用从农牧事业费中支出，实报实销；

四、县委赵本贵副书记，分管农业农机等工作的易副书记，县革委会副主任向英华、强巴木龙、付思和同志（湖北援藏干部），要加强对这方面工作的具体领导，由付思和同志负主要责任。

说了就干，我开始着手查找与土火箭相关的资料，打听西藏各地有无制造过土火箭的先例。仁增旺久告诉我，拉萨市农机厂和达孜县农机厂前几年都试制过土火箭，但都没有成功。

既然有试制的先例，他们没有成功，我们也要去走访走访，看看他们是怎么试制的，失败的原因是什么。向他们学习，从中吸取他们失败的经验教训，供我们参考。

我们迈出了试制前期的第一步。我带着仁增旺久和嘎玛扎西先到第一站——距离我们最近的邻县达孜县农机厂。到后才知道，原来他们厂虽然准备了生产土火箭的各种原材料，但还未进入试验阶段，就听说拉萨市农机厂制造的土火箭全部报废。市农机厂试验没有成功，县里的小农机厂条件差，技术力量不足，当然就不愿意再冒风险而自讨苦吃，所以当时就放弃了。

这第一站无“经验”可取，那下一站自然是“进军”拉萨了。

在拉萨市农机厂，见到技术科长尼玛。这是个短小精悍的藏胞。听明白我们是来了解土火箭生产情况的，他连忙摇头摆手地说：“玛惹（不），火箭是不上天的，像地雷，在地上爆炸，危险穷波穷波的有，要不得。”

他领我们到仓库里去看。只见库房里堆放着1000来枚“土火箭”。我顺手拿起一枚，仔细端详。这是枚20型土火箭，制造得小巧玲珑，活像是一个火箭模型，很好看。弹头是木制的，壳体是纸卷的，尾翼是用三块三角形薄铁皮剪成后，用细铁丝固定在壳体上。

“制造得很不错，为什么不升空呢？”我问这位科长。

他说：“我们也搞不清楚是什么原因。”

技术科长到办公室里，给我找出一本河北省出的土火箭小册子，指着册子说：“我们完全是按这本书上的要求做的，技术上应该没有问题。但总是一点燃就爆膛，不上天。啊兹拉，这有病的土火箭！”

他诙谐地摊开双手，表示出一副无可奈何的模样。

最后，尼玛科长见我们还是一心要制造土火箭，就把这本“坑害”他们的土火箭小册子送给了我。

这一趟出差没有白跑。看来，要想成功制造出土火箭，关键是要找出这土火箭爆膛的“病根”和“病源”，然后对症下药，才能成功。我心里充满了成功的信心。

回厂后，即成立由我、仁增旺久和嘎玛扎西三人组成的“土火箭试制小组”，由我任组长。接下来是制订土火箭试制方案，设计、绘图、做模具，购买原材料。

我们三人坐下来商量试验方案。我提出，“20型”土火箭太小，威力不大，我们先试验“40型”，成功后再试验“50型”。纸卷的壳体强度不行，我们可以试用铁皮来做，强度肯定大得多。西藏地广人稀，在下冰雹的天气里，野外人更少，碎铁皮掉下来也不易伤着人。他俩也同意我的意见。

理所当然地，设计、绘图、做模具都得我亲自干。顶针更是一个关键的模具，喷火口的口径，燃烧室的大小，全是由顶针的形状大小长度来决定的。好在我会车工活，也会电气焊，车顶针、焊压模难不倒我。按第一次的设计，我用两天时间就把它做出来了。

各种土火箭原材料很快买来了。火箭的内脏——炸药、雷管、导火索、封头，做喷管用的石棉、耐火土，一应俱全。火箭的外体——木弹头、铁制壳体和铁三角尾翼，也都按设计要求加工完毕。就等着按程序安装试验。

第一步是配制黑火药。黑火药是火箭升空的动力之源。黑火药主要成分是硝酸钾、硫黄和木炭，还可以加适量的松香。民间有“一硝、二黄、三木炭”之说。配制黑火药有生、熟两种配法。因我们没有经验，生配比较安全，所以我们先按一定比例试验生配。

第二步是装填压制火箭体。火箭体是由喷火口、燃烧室、隔泥层、爆炸室四部分组成。装填压制火箭体的步骤是，先用半干的耐火土拌些石棉和牛皮胶，压制喷火口；再用黑火药筑燃烧室；然后是筑隔泥层；最后是安装爆炸室的导火索、雷管和炸药。我们这是在试验阶段，为安全起见，爆炸室的导火索、雷管和炸药先不安装。装黑火药不是闹着玩的，也是一个危险的活，弄不好也会燃烧或起爆。

我的孩子来藏后，找不到合适的保姆，只好自己带。妻子要上课，有时将孩子用背带捆在背上，给学生讲课；有时我不太忙时，也将孩子带到办公室，让她自己玩，我干我的事。处理问题时，就请藏族女会计等人帮助照料一下。

沐浴阳光的一家人

一搞上土火箭，厂里充斥着危险品，带孩子就成了李敏一个人的事情。一次她讲课时，将孩子夹放在女学生座位中。不料小孩不懂得危险，用小手去摸教室里烧火取暖的铁皮炉烟囱，造成烫伤，赶紧去医院抹药包扎打针。我回家时，娘俩正一块儿哭，凄凄惨惨戚戚。我也掉了泪。女儿可是我的心头肉。男儿有泪不轻弹，只是未到伤心处。

学校老师张恒传（1976年山东进藏学生）和他媳妇见我们犯难，就主动提出帮我家义务带孩子。

张老师是去年夏天回老家休假结婚的，他媳妇小唐一进藏反应特别大，后来才知道是怀孕了。上个月孩子早产夭亡，小两口正伤心呢。特别是小唐，本来在家乡是民办教师，到这里整天没事干，又听说她老家的同事有些已转为正式教师，便悔恨自己错过了一生难得的好机会。而那块怀胎七八个月尚未成形的骨肉，也被扔到荒郊野外去了。这位刚20来岁的年轻妈妈，整个人变得有点神经质。见他俩主动上门为我家排忧解难，我老婆破涕为笑，我也感激万分。这小两口，真是我们一家的大恩人。他俩带着我女儿捉迷藏，跑啊跳呀，没几天，我女儿就喜欢上了“唐妈妈”、“张爸爸”，吃饭时都不肯回家。

这下可好，他们两口子解决了我的难题，我可以一心一意地研制土火箭了。

还说我那土火箭。一切前期工作做好后，我们就在厂里院子中间准备开始压制火箭体。

仁增旺久一向是“艺高人胆大”。他见这会儿要开始干“硬件”活了，

妻子与小唐（右）

就大大咧咧、愣头愣脑地挽起袖子，抢上前来："我就不信，这么个小球玩意儿就能炸死人？看我的……"

我急忙拦住他说："得得得，就冲你这句话，决不能让你干这活。去去去，一边去，给我走远一点儿！"

一向老老实实的共产党员、高个子工人嘎玛扎西，不慌不忙地走过来，慢声细语地说："熊厂长，我是木工，最晓得尺寸，让我来干吧。"

我是一厂之长，不能让他担这个风险。我说："你也走远些。我当过兵，还是由我来干。"

赶开他们，我把用铁皮卷口锡焊的箭壳套在模具上，先填上60毫米的耐火土，压制火箭体的喷火口。然后，压制燃烧室，填实一层黑火药，用铁锤"叮叮当"敲打压具，压实一层，然后再填一层。压过几层后，我正干得起劲，忽然一锤下去，随着一股刺鼻的硝烟味，"嘭"的一声响，一团火苗带着浓烟蹿了上来，一下子舔走了我的络腮胡子（我那时没有时间和心思修饰自己，胡子经常有两寸来长，被人笑称为"熊胡子"、"熊克思"）。

幸亏装的黑火药不多，燃烧的火焰不大，算是保住了我的脸皮，"有痛无损"。不然，我今天就会变成"丑八怪"，难以见人了。

我们分析后一致认为：在敲打压具时，压具与模具钢顶针摩擦碰撞生热，引燃了火药。解决的办法有两个：一是压具由铁制品改为硬木制品；二是加大压具与顶针的间距，调大压具的孔径，火药填到不同高度用不同孔径的压具，还可以考虑改铁锤打压为用油压机油压。

4月3日上午，第一枚安装好的成型土火箭静静地立在我的办公桌子上（只是未装填导火索、雷管、炸药）。这枚火箭的木弹头（帽尖）长120毫米，锥度18度；箭体用0.6毫米黑铁皮卷口，然后用焊锡焊成；外面卷 8 毫米厚的牛皮纸加固，长445毫米，内径40毫米，燃烧室长245毫米；腹腔内装450

克生配（钾70%、硫20%、炭10%）黑火药、100克干土代替炸药；喷火口直径18毫米，扩散角25度，收敛角90度；3块三角形铁皮尾翼，用两道细铁丝捆扎，固定在箭体后部。火箭细长比为1∶10。火箭全长600毫米，重1000余克。

我们几个人1个多月的辛苦劳动，终于产出了这么个好看的宝贝“儿子”。

好看是好看，但愿它不是“地雷”。

下午，我们拿着这第一枚土火箭，到大河边的野外，放在发射架上，第一次点火试飞。

满怀希望地点燃导火索，只见火箭尾部“刷”地喷火，“腾”的一下快速飞升。

到了上空25米左右，只见火光一闪，随着“嘭”的一声闷响，便摇摇晃晃地掉了下来。

我和仁增旺久、嘎玛扎西迫不及待地跑到河滩，捡起这枚残破的火箭，如同抱起自己夭亡的儿子，充满感情地从头到尾细看细摸。

仁增旺久不知愁，颇为得意地对我说：“熊厂长格啦，我看很不错。我们这第一发就飞起来了，拉萨农机厂的火箭连飞都飞不起来。我们肯定能成功。”

我说：“先别得意，来，我们找找失败的原因，看怎么样改进。”

我们捡起火箭，仔细地观察。弹头、封头、喷口部分、尾翼，都很完整，只是铁皮肚子开了花，破口处铁皮外翻，露出个黑黑的窟窿。

这情形使我想起一件事来。前不久，一个工人去山上打猎，却因猎枪管爆炸炸伤了自己，当时就有人议论纷纷。那几个常打猎的，尚思玉、胡木清（理发员，四川人）等人说，在这里用猎枪打猎，弹壳里的火药是不能装满的，最多只能装七分药，装多了就要爆膛。当时我没有在意。今天看到这枚破火箭，我想：为什么火药只能装七分，不能装满？这个从多少人的教训中总结出来的经验之谈的背后，一定有其科学的合理性。

夜里，我翻箱倒柜地找出一大堆书来，认真阅读，进行计算分析。我们这县城地面的海拔3886米，大气压低得只有标准大气压的66%左右。这个数字，我曾在唐加气象站时，听李振中站长给我讲过，这会儿也想起来了。火箭升空后的海拔更高，大气压会更低。

经过分析，我明白了：同样的黑火药，在同样箭体内燃烧的压力和压强是一定的，可是壳体的外压在这里比内地减少了34%以上，减少了三分之一强，超过了壳体耐压的保险系数，壳体自然会爆裂，导致火箭不能升空。枪管的爆炸也是同理。

对呀！我们平时总是说西藏工作有其特殊性，怎么一做起事来就淡忘了呢？死搬书本的“本本主义”要不得。有些自然科学知识，在内地看起来是非常有科学、有道理，但在西藏高原这个特定的自然环境下，就不那么科学了。那本土火箭的小册子，只适用于内地的低海拔条件，不适用于高原高海拔条件。小册子上的所有数据，都必须用这里的大气压来重新计算。这就需要：

——改用高强度的壳体，改锡焊为氧焊，增加抗压能力；

——改变燃烧室的大小，减少燃烧烈度；

——改变喷火口的直径，降低燃烧室内压；

——改进火药的配方，减缓火药燃烧速度；

……

按照我重新计算后的设计方案，做出了第二枚未装填炸药的火箭。

4月8日下午，县革委会副主任付思和与我们一起，来到墨竹河边开阔的河滩上，第二次试验放飞土火箭。可喜的是这枚火箭有很大的进步，竟冲出了1000来米，但飞行不稳，方向也有偏差。付主任表扬我们取得的初步成绩，鼓励我们继续努力，再进行改进，不要辜负县委、县革委会的信任和全县人民的期待，早日试制出来，投入生产，在抗灾中发挥重要作用。

试验有效果，有县领导的鼓励，我们更有成功的必胜信心。我知道，这次的飞行不稳和方向有偏差，是由于推力不足，飞行速度过慢造成的。要想试验成功，还要进行多次改进和试验。

县委、县革委会领导对土火箭试验非常重视，县委副书记、县武装部杨政委、县革委会副主任付思和、人大常委会副主任党智等领导们，多次参观我们的试验，帮助我们分析问题，提出了很多很好的意见。

我们不断总结经验，对症下药，一边试验，一边改进，终于取得了突破性的进展。

第28次试验，点燃发射后，火箭直线上升，100米、200米、300米、400米……

“速度正常”，“方向正常”……

“成功了！”“成功了！”仁增旺久乐得直蹦高。他忍不住激动的心情，向空中的火箭招手。

似乎他的手上有强磁场！真是怪了，他这一招手不要紧，已经升高到400多米的火箭忽然转体，突然下滑，成弧形翻滚，然后，在离地面50米左右时，开始横向飞行，一直向东，飞上了1.5公里开外的川藏公路，追着一辆解放牌卡车，在驾驶室上方和卡车赛跑，吓得司机拼命加速。这回仁增旺久咧开大笑的嘴惊得合不拢了，嘎玛扎西也被这突然发生的事故吓呆了。我管不了许多，立即撒腿从河滩往公路上跑去。我一定要看清楚这枚火箭到底是怎么回事，又会给我们惹出什么祸患来。

谢天谢地，幸亏没装炸药，总算没出大事。火药燃尽，火箭落地。等我跑到时，驾驶员已经捡起了这枚火箭，脸色煞白。他不顾我的道歉和阻拦，气冲冲地硬是找到县领导，提出强烈的抗议。

这一下，小小的县城像是开了锅，忽然热闹起来了，说什么话的人都有。

善意的人劝我：“不要再冒风险了，辛辛苦苦，要是再惹出个什么事故，划不来！”

也有人怪腔怪调地说：“连拉萨市的大厂都没有搞成，咱们小厂的熊厂长敢出风头，有能耐，以后就干脆把‘熊’字砍掉四条腿，就叫‘能’厂长吧。”“‘二科长’就是爱显示自己，好像他什么都懂，什么都会，成天充能，全县就只有他行。怎么样？这回出事了吧！”

更有那么几个小人乘机在领导面前中伤我。

说怪不怪，这段时间，我还真的收到了从拉萨转给“能厂长”的一封信。信的封面上和信上的称谓全是“能厂长”。

更糟糕的是，县里有的主要领导也发生了动摇，想打退堂鼓了。

对于善意的劝说、关心，我心里非常感谢，心领了。我知道，来墨竹工卡县这两年多来，县上一直把我当成“万金油”来使用。凡是县上有修建公路、桥涵、水利、水电等工程，还有农机培训、机械修理等事项，都找我过问，赶着鸭子上架，我是硬撑着，有苦说不出。再说，我一直在计委、农机科组成的党支部当组织委员，西藏那时很讲究党的领导，重用党员。有时科长们不在家，就理所当然地指定，由我临时全权负责。我是拿一般干部的钱，管科长的事。有人就在背后风凉地称我为“二科长”，这是个极为尴尬的事。我也知道，我这是在踮起脚尖、翘起尾巴做事，这是社会中为人做事之大忌。我心里也想夹起尾巴做老好人，可我也不能装傻泡蘑菇，不服从领导安排吧？又有什么办法呢。有人认为我挡了他的路，有人认为我想当官，有人心里有气看不惯……这回总算是找到了发泄的机会。

我那时刚出大学校门没几年，思想很单纯，一心只想在自己的岗位上多做些工作，不计较后果，更从来没想过提防别人，也没有想明白要怎样保护自己。对这些流言蜚语，很气愤，心里感到既委屈又窝火。搞土火箭两个月来，绞尽脑汁，辛辛苦苦，废寝忘食，为的是造福西藏人民，并非为个人捞取什么好处。就事论事，出了事故当然应该批评，但也不能恶意中伤，进行人身攻击呀。

回到家里，比我更单纯、更疾恶如仇，打心眼里瞧不起小人之辈、阿谀奉承之流的我的妻子，倒显得很坚强，鼓励我：“你现在不管别人怎么说，你半步都不能后退，千万不能在这个时候半途而废。我相信你的能力，坚持就是胜利！为了西藏老百姓的那些好庄稼，就是刀山也得上，就是火海也得过！”

老婆真可爱，还是她了解我，理解我。夜里，我抱着老婆亲不够，心里就像吞下一颗定心丸。

凭着自己的直觉和经验，我明白火箭出现这种情况，是火药生配药性不稳定造成的。我觉得只要改生配为熟配，再试验几次就一定会成功的。现在绝不能半途而废，如果放弃，将会是前功尽弃。

我先找到付思和副主任，把这次试验的情况向他作了汇报，他表示理解与支持。

我又找到临时主持县委工作的武装部杨政委，向他作了专题汇报。他听后斩钉截铁地说：“你们这是胜利前的失败，这是成功前的挫折。莫灰心。我了解你，你是退伍兵，仍然是一名战士。咱当兵的，就一个优点，冲锋不怕死。我相信你，你们继续试验。你们放心，出了什么事，由我们县委负责。有我老杨替你顶着。”

有了领导的支持，我们更加有了必胜的信心。“三人为众”，“三个臭皮匠，顶个诸葛亮”，我们试制小组横下一条心，坚决干到底。

黑火药熟配，是很危险的工作。要按工序进行，稍不小心就会引起火灾或爆炸，闹不好还会伤着人。为安全起见，我们把试验场所搬到离城 1 公里远的墨竹河边、工卡公社一间独立的小房子里。我成了化验员、配药员、操作员。我们在野外架起大铁锅，先将硝酸钾溶化于水中，加热后按比例加入硫黄，调匀后再倒进木炭，撤火调和，在成团状半干时，用木铲盛出，晾干过筛。如履薄冰小心翼翼的我们，生怕惹得“火神爷”发怒。它发怒“火”起来，就全玩完了。

用熟配的火药制造出新的火箭，经过几次试验和改进黑火药的配方，火箭顺利升空，达到了设计高度的预定要求。

我们请示县委、县政府领导，请领导们来看实弹演习并现场验收。

4 月25日上午，县委索加书记、副书记杨政委、县革委会副主任付思和等县领导，计委和各科室的领导们，来到墨竹河边空旷的河滩上，观看我们的第49次发射。

蔚蓝明净的天空上祥云朵朵，白得耀眼。3 发已经装上炸药的土火箭尾部拖着点火导火索，骄傲地分别蹲在一排 3 个的发射架导轨上，待令冲刺。1.8米长的发射架与地面成75度夹角，直指北方深不可测的苍穹。3 名点火员分别站在 3 个发射架旁，随时准备点火。

我抑制住激动的心情，等待着领导们的发射命令。

索加书记问：“准备好了吗？”

我响亮地回答：“准备就绪！”

付思和副主任下令：“放！”

我把手臂一挥，大声喊：“放，点火！”

“嗖！”“嗖！”“嗖！”

3 枚火箭并排着同时升空，淡淡的蓝烟尾巴越来越淡，3 枚火箭瞬时就看不到了，好像是在空中消失得无影无踪。过了好一会儿，在远远蓝天中慢慢地开出了 3 朵白色的银花。

它们是那样的美丽!

又过了十几秒钟，我们才听到高空中连续传来 3 声清脆的爆炸声。

索加书记问：“射出高程多少？”

我回答说：“在3400米以上，已经接近4000米。”

“你是怎么算出来的？”

我说：“音速每秒340米，从我们看到爆炸时的白花，到听到声音时有十几秒的时间差，这个时间差按音速每秒340米来计算，说明火箭的距离已经绝对超过了3400米，或达到了4000米。这个高度对付冰雹云，应该是够高的了。”

索加书记问大家：“大家说，有没有十几秒呀？”

大家异口同声地说：“有十几秒，有十几秒。”

“怎么会飞得这么高？”

我回答说：“飞得高有两个原因：一是这40型火箭火药装得多，推力大，飞行快，飞行时间长；二是西藏高原空气稀薄，空气阻力小。”

索加书记紧紧握住我的手说：“验收合格了，合格了！你们成功了。谢谢你们！祝贺你们！”

成功了！终于成功了！

我们试制小组的三个人激动地拥抱在一起，跳着脚起劲喊叫，止不住的热泪往下流。

在场的领导和观众们纷纷走过来，热烈地鼓掌庆贺。

县城里的老百姓们端来青稞酒，提着酥油茶，拥着我们走到河水边，在刚长有小树叶、充满勃勃生机的林卡（苗圃）里，大家一起载歌载舞，像是过节日一样地狂欢，庆贺成功。

两个来月的疲劳，两个来月的焦虑，两个来月的汗水，这会儿消失得无影无踪。

我们开怀畅饮，一醉方休。

土火箭验收后，县委、县政府及时决定，在全县各主要区社设定火箭发射点，由专人负责。要求我们厂开始小批量生产土火箭。

有了土火箭，还得会使用，还要懂得看云识天气，认识冰雹云。于是，由我组织培训各区、社派来的火箭发射员，教他们学习冰雹云的识别要点，发射土火箭的时机，讲解土火箭的性能和使用方法，以及注意事项。

在培训期间，我们学习《看云识天气》中的冰雹云部分。究竟什么样的云是冰雹云？怎样识别它？为什么会下雹子？除了书本知识外，还有人们在长期生产实践中积累的丰富观天经验。

首先从云的形态看，冰雹云云体一般很高大，云底低而云顶高，可达8公里以上，翻腾得厉害，移动速度还快，有的像倒立的笤帚，有的像连绵的山峰，云底的滚轴状和乳房状很明显。

农谚说，“云顶长头发，定有雹子下”，“天有骆驼云，雹子要临门”。

其次看云的颜色。冰雹云比一般雷雨云发展更旺盛，冰雹云的底部颜色一般乌黑，像锅底色，有的带土黄色或暗红色，也有的带紫绿色。冰雹云的中间部分是灰色，云顶是白色。农谚说，“黑云黄梢子，必定下雹子”，“人黄有病，天黄有雹”，“黄云翻，冰雹天”，就是这个道理。

再次看云的动态。冰雹云的特征是，空气对流很强，云块发展很快，云头和云底上下翻滚，搅动剧烈，好似浓烟一股一股地朝上冒，气势凶猛。如两块积雨云合并，发展异常迅速，群众把这叫做云打架或云接亲。有时四面的云向一处集中，一般是向经常产生冰雹的源地的上空集中，这是因为气流的辐合作用和地形地貌的影响，由于对流进一步加强，云体发展得更旺盛而出现的。群众说，“云打架，雹要下”，“乱搅云，雹成群”。有时中午山腰起白雾，山后有黑云成团翻滚而来，白雾和黑云结合，云层翻腾得更厉害，直冲天空，云底乌黑，渐变暗色，云边呈土黄色，出现滚轴状和乳房状，翻滚异常，来势凶猛，这也是一种冰雹云；有时大块黑云或黄云下边有小块的灰白色的碎云块跑得很快。群众说，“午后黑云滚成团，恶风暴雨一齐来”，“白云黑云对着跑，这场雹子小不了”，还有“黑云尾，黄云头，雹子打死羊和牛”，“天黄闷热乌云翻，天河水吼防冰蛋”等谚语，也都生动地从云的形态方面，描述了冰雹来临的前兆。

还可以看风的变化。冰雹的形成和风是有一定关系的。冰雹云到来之前，风速时大时小，风向不定，吹旋涡风多。风的来向一般就是冰雹来的方向，往往在大风中伴有稀疏的大雨点。一般下雹子之前，常刮东南风或东风，雹云一到突然变成西北风或西风，并且降雹前的风速一般大于下雷雨前的风速，有的可达8～9级，随后连雨加雹一起降下来。所以农谚说，“恶云伴狂风，冰雹来得猛”，“恶云见风长，冰雹随风落”，“有雹无风，降雹稀松”。

我要求学员们回去后，多向当地老农请教，虚心地向他们学习。

防雹的一切工作都在顺利进行。土火箭正在生产。

5月17日下午，我正在农牧科开支委会，突然听到远处爆炸声响成一片。

“完了！”“这下完了！”我的头一下“大”了。

我意识到肯定是出事了，一步跳出门外。

我来不及去马棚骑我的马，顺手抓过一辆不知是谁的自行车，就直奔数公里以外的河边生产基地。

只见十几个工人，一个个呆若木鸡，无精打采地耷拉着脑袋，蔫坐在那里发愣。

老工人公觉见我来了，哭叽叽地用手指着东北面 3 公里开外的噶则山说：“格啦熊厂长啦，20多枚火箭自己飞到了那里，在噶则庙后山上爆炸了。不知伤到人没有？佛爷，佛爷会怪罪我们的……”

听到这里，我的心“忽悠”一下，如同掉进了万丈深渊。

噶则喇嘛庙历史悠久，里面有十几名喇嘛。藏胞普遍信奉喇嘛教。党在西藏地区一直坚持特殊的宗教政策和民族政策。这20多枚土火箭，如果造成了伤人毁庙事故，难保没有人会借机生事，挑起民族矛盾或宗教情绪，弄不好，也许会惹出什么风波来。我不得不从严重的政治角度考虑问题。事后，县委领导们也同意我的分析。

我又骑上自行车，一阵猛蹬，挥汗如雨。赶到3公里以外的噶则喇嘛庙，仔细地察看喇嘛庙和弹着点。万幸，弹着点全落在喇嘛庙后的半山坡上，寺庙和喇嘛毫毛未损。如果这火箭再落低50米，这座喇嘛庙就会成为一片废墟。

事故的原因很快就调查清楚。

当时，有20多枚火箭头东尾西，排列整齐，只等装箱。仁增旺久带人在距火箭成品西侧20余米远的地方，搞铁皮壳体的卷口氧焊。忽然刮过一阵西风，焊星顺风点燃了其中的一枚成品火箭。这枚火箭的尾火又点燃了旁边的其他火箭，引起连锁反应。20多枚火箭纷纷着火。虽然没有发射架，但这些火箭如同鲤鱼跃龙门似的，争先恐后地腾空而起，射向了东北方3公里外的同一个目标——噶则喇嘛庙。

听说没有伤人毁庙，有惊无险，本已蔫头耷脑的仁增旺久，又骤然神气起来。

“我说嘛。我告诉你们，本雷神在此，诸神让位……阿弥陀佛，我佛慈悲，各位弟子不用大惊小怪……”

看着仁增旺久的怪模怪样，我忍不住又好气又好笑，一腔怒火顿时消散了一大半。强憋住笑，我故作严肃地说：“叫你在这里负责，出了事还吊儿郎当的。人命关天，岂能儿戏？你这大意脾气一定得给我改掉。你要认真地在全厂职工大会上作深刻的检查。”

“来斯！来斯！”仁增旺久吐了吐舌头，再也不“嚣张”了。

我把意外事故向县有关领导作了汇报，领导们认为这是一个不容易预料的意外事故。领导没有批评我们，只要求我们在以后的生产中引起注意，再不要出什么意外事故。

出了这次事故，我们把坏事变成好事，借此机会狠抓厂纪，修订各项规章制度，严格企业管理，杜绝各类事故苗头的再次出现。

为了降低生产成本和提高工作效率，避免加工铁壳铁皮卷口时氧气焊的麻烦，杜绝火箭在高空爆炸后、铁壳箭体残片落下时可能造成的伤人事故，我们又试验用直径40毫米的聚氯乙烯塑料管来代替铁壳箭体。用不同厚度的塑料管试制土火箭，经过64次试验，聚氯乙烯塑料管火箭获得了完满成功，效果非常好。

5月30日上午，县委、县革委会组织县、区、社三级干部现场会，参观农机厂土火箭的生产，并观看实弹演习。实弹演习发射4发火箭，射程很高，效果很好，受到与会同志们的高度赞扬。

经县委、县政府研究批准，给我厂下达了土火箭的生产任务。

7月9日，我在全厂职工会上安排定位土火箭的生产人员，分解土火箭的生产任务。从此，土火箭正式投入了批量生产。

西藏自治区、拉萨市有关部门获悉这一消息后，下来总结经验，《西藏日报》社记者来我县实地调查观摩后，写出了土火箭专题采访报道。

当年，土火箭大显神威，全县农业生产喜获大丰收。

此后，在连续几年生产使用土火箭后，自治区和人武部给各县调配高射炮防雹抗灾。我又和人武部干部一起，研究布点，培训高射炮手，管理和批发炮弹。

至此，土火箭才完成了它的历史使命，光荣地退休，走下西藏高原防雹抗灾的历史舞台。

织网打鱼

1981年4月4日，是星期六。晚饭后不久，学校伍英老师领着丈夫李德民到我家来玩。她丈夫在唐加水文站工作，正好赶上轮班休息，回学校来度周末，还给我家带来了两条1斤左右的鱼。

李德民两口子是四川人，李是县水文站的技术员，伍老师是我老伴的同事，平时我们就很熟。

唐加县水文站和唐加县气象站是农牧科的代管单位，党组织的关系在我们农牧科。因我几年来一直是农牧科党支部的组织委员，所以常与两站打交道。李德民是一个要求入党的积极分子，平时我们俩接触就很多，又都是从内地来的，熟了就成了好朋友。

我说："老李呀老李，你来玩就来玩，看你还给我们带鱼来吃。"

老李说："你小熊厂长还跟我客气个么事哟。这是我昨儿个晚上才下的网，今天早上去取的。格老子运气好，反正又没有花啥子钱嘛。开江鱼，带给你们尝个新鲜嘛。"

我说："有钱难买开江鱼。在西藏有句俗语，'春天的鱼国王都吃不到，秋天的鱼乞丐都不吃。'这意思就是说春天的鱼好吃，而秋天的鱼不好吃。这么冷的天，水上结冰，你怎么就能打着鱼？"

他说："啷个打不到嘛，能打到的。水文站那里的水深，晚上把渔网下到冰层外面的水里，就可以了嘛。早上就能取到鱼。"

我说："你真行，有你的。"

他说："这个算个啥子嘛，我还网到过野鸭子呢。哈哈，那回野鸭子来吃鱼，头伸进网里出不来，算我走运，给老子拣到个大便宜了。"

我说："还有这样的好事？"

老李说："你看，你是个哈儿爸爸嘛，你的个小娃子来西藏这里一年多了，正是长身体的时候嘛。这里大半年都没得新鲜蔬菜吃，你可要给她们加强营养呀。"

经他一说，看着我这可爱的女儿，我心里想：是呀，我的独生女儿才三岁半，从内地来了一年多，我成天在外面忙于工作，成了工作狂，还真的没有想过要怎么给她们娘俩加强营养，改善生活。我真的是一个不称职的爸爸，也是一个不合格的丈夫。

我说："可不是嘛。是该给她们娘俩加强营养了。这里的牛羊肉不缺，营养虽然好，可她娘俩都不太爱吃。最主要的是缺乏新鲜蔬菜、鱼和猪肉。好在现在种菜的季节已经来了，我把门前的这块小菜地种好，到 5 月中上旬就有新鲜蔬菜吃了。"

老李说："我说你这个熊厂长呀，你可不能光顾着自己积极干工作。格老子的，你也要过问下子你的老婆孩子嘛，改善一下家里面的生活嘛。高原这么缺氧，再不加强营养怎么行？照这个样子下去，大人身体会垮掉，小娃儿更会发育不良的。没得啥子新鲜蔬菜吃，你可以学着打鱼嘛。拉萨河和墨竹河里的鱼多得很，这里的藏族老百姓都不吃鱼。这么好的条件，不花钱的鱼，我们为什么不加以利用，自己捞来吃呢？"

我说："老李，你说得很有道理，鱼的确营养好，这里鱼多，得天独厚。我们完全可以利用休息时间，自己到河里打鱼来吃，来改善生活。可我没有渔网，怎么打呢？"

老李说："这个很简单的嘛，下次我到拉萨水文总站去，顺便给你捎带些渔网线来，我来教你织，保你一学就会。赶上 5 月份雨季刚到，鱼走上水，正是打鱼的最好季节。你们的生活从此就可以改善了。你可以一直打到国庆节以后，半年多有鱼吃，你说该多好嘛。"

我说："太谢谢你啦。"

没过几天，老李就拿来了渔网线、梭子、线板等工具，并教我编织渔网。他很有织网经验，织得又快又好，还边织边给我讲解。

在河里打鱼用的网，我们主要是用一个人打鱼的流网，其次是两个人打的拉网。这种流网好织，网不用高，有80厘米左右就足够了。网也不用太长，有10来米长就行了，太长了甩不直。网大鱼用大眼网，网小鱼用小眼

我学会了织网

网，这里最适用的渔网，是网眼3指到4指半的网。网的上鱼率高不高、爱不爱在河里挂网，关键的窍门都在漂和坠的配合上。漂大坠轻，网不着地，随水淌，不上鱼；漂轻坠重，网速慢，爱上鱼，但易挂网，要漂坠配合得当才行。织熟练后，一副常用的渔网，两三天就编织好了。

他又把我带到河边教我打流网。用一根不到两米长的小竹竿，把纲绳和渔网排在小竹竿上，往河中打横里一甩，网就直直地落在河中，网随水走，就能打到鱼了。

5月上旬，下过第一场雨，河水见涨了，我就准备开网打鱼。5月10日是星期天，下午，我第一次下河打鱼，为了安全起见，我邀请“小山东”张恒传老师和我一块去河里打鱼。他乐颠颠地和我一块出门。从县中学到墨竹河边不远，最近的地方还不到2公里，不一会儿工夫，我们就到了河边。

我俩走到空旷的墨竹河石头沙滩上，选择在流水较急的地方甩网。第一网下去，网随水走，我俩在河水边随渔网才走出20来米，网上就有了鱼，直翻着白肚皮，还不时在水上打起浪花。果然在这个季节里，墨竹河里的鱼很多。我俩兴奋得不得了。我忙把渔网往下压低，轻轻地拉到河边，张老师麻利地从网上取下2条鱼。我俩一看，是我们以前在内地从来没有见过的品种。这种鱼宽嘴大头，是黄色的，背上偏黑，肚皮偏白，全身没有鳞，每条有1斤多重。把鱼装进麻袋里，旗开得胜，我俩都乐了。

又下了几网，打了10多条大小差不多的鱼。眼见天也快黑了。西藏是昼夜温差大，天黑就冷。我俩见好就收，高兴地收网回家。

回到家里，我与张老师分鱼，我说应该对半分，一人一份。这个直率的小山东，他说家里只有他和爱人小唐老师两个人，只拿2条就够了，说什么也不肯多要。我那大咧咧性格耿直的老婆说："张老师实在不要就算了，这是开江鱼，皇帝都难得吃上，你就给其他几个老师送几条去，也让他们都尝尝鲜吧。反正你现在有渔网了，不愁没鱼吃，有时间你们还可以再去打嘛。"

我认为她说得对，自己留下 2 条，就把剩下的鱼分别给邻居藏汉族老师们送去，他们都又高兴又感谢。

打鱼能改善生活又有乐趣，我们从此开始，就经常利用业余时间下河打鱼了。

到 5 月下旬，天气暖和了。我想，我的老婆是个书呆子，整天就知道上课和看书，应该让她出去活动活动，女儿在这里，也没有什么地方去玩，打鱼这么有乐趣，为什么不带着她们和我一起去河边玩，尽享天伦之乐呢？在我的动员下，老婆终于同意去玩了。

5 月30日下午 4 点钟过后，我就拿上渔网麻袋，带着她们娘俩，一家人第一次一起到河里去打鱼。老婆和女儿很少出学校门，整天在学校院内，每天是"开门见山"。这回来到河边，换了环境，只见河水清清，天高气爽，视野开阔，极目远眺，白云悠悠，心情一下开朗很多。小女儿到了河滩上，天真地找石子玩，不爱动的老婆坐在石头上织着毛衣。我就开始下网打鱼了。

天遂人愿，刚下网就有鱼了。

这时正是上鱼的好季节，天黑前又是鱼一天活跃的高峰期，网上有 3 条鱼在翻着白肚皮直扑腾，打得水花溅起老高。我老婆一见网上有鱼，兴奋得丢下毛衣，也不看孩子了，不管河水冰凉不冰凉，挽起裤腿就扑通扑通地往冷河水里跑。

我连忙说："网子挂上的鱼是跑不掉的，你不用下去。"她不听，还是一个劲地往河里跑。

我把渔网拉上来，她就高兴地在水边帮我取鱼。

我故意说："看把你高兴的，光知道要鱼，连孩子也不要了。水这么凉，裤腿全都打湿了。"

她头也不回地说："孩子在大河滩上，没事的。"

女儿见妈妈过来了，也跟着跑了过来，看到欢蹦乱跳的大活鱼，乐得直蹦高。

妻子也学会了补网

我说：“打鱼这么好玩，下次还来不？”

女儿抢着说：“爸爸，爸爸，要来，要来。你下次一定要带我来。”老婆也笑着点点头。

就这样，在休息时间，我就带着她们娘俩一起下河打鱼，尽情享受着大自然的恩赐，在高原的野外，享受着这天伦之乐。

有时，打的鱼吃不完，我就送到农机厂食堂，给职工们改善生活。

直到1988年内调，在这几年的时间里，我在拉萨河和墨竹河，先后一共打到过 9 种不同品种的高原鱼。永远难忘这段织网打鱼的有趣生活，也感谢拉萨河和墨竹河，给我一家人提供了几年的美味佳肴。

藏族妈妈

1981年11月2日上午，我出差刚从拉萨回到家里，厂里的塔青等藏族工人就风风火火地跟进了家门，口里直嚷嚷着说："格啦熊厂长啦，不好了！出车祸啦。穷达（女）的布古（儿子）则才被金珠玛米的汽车碾死了，你快去看看吧！"

我一听，心里就很难过。这个穷达的命真是够苦的了，上帝怎么偏偏又给她雪上加霜，给她这样沉重的打击。唉，这个不幸的女人啊，你怎么受得了！

穷达36岁左右，个子中等，偏瘦，古铜色的脸上，被岁月刻下了深深的一道道皱纹，面色与她的年龄很不相称。她丈夫在羊日岗公社农村生产。她早些年曾在直孔区当粮食保管员。有天夜里，库存的粮食全部被盗，查无线索，她一直背着监守自盗的黑锅，被下放到老家羊日岗，多年来被压得喘不过气来。去年落实政策后，恢复了工作籍，来到我厂当仓库保管员还不到一年。她从心里感谢党，感谢党为她落实了政策，重新回到了工作岗位。她的丈夫仍在农村，她一个人带着两个不大的儿子，3个人在城里生活够不容易的。但她仍然以工作为重，克服困难，以实际行动为党、为人民勤勤恳恳地在工厂里工作。

有一次，修理车间的高金生到仓库还工具，穷达看到工具脏并有划痕，就批评高。高嘴里叼着一根烟卷，烟卷在口里从左转到右，从右转到左，满不在乎。穷达便生气了，大声批评他。

高平时就高傲，哪里听得进别人批评。他的个子本来就高，这时抬着头，两眼望着天，转过身，一声不吭往回走。

穷达更生气了，喊高金生站住理论。两人就在库房门口大吵起来。

穷达，这真是个得理不让人的主。

因工作表现突出，穷达前不久还被厂里的职工们评为“红管家”，事迹上了《西藏日报》。她刚感到工作和生活有了点奔头和乐趣，没想到又突然飞来横祸，汽车无情地夺走了她10岁儿子的生命。这一从天而降的灾祸，谁受得了哇！她怎么会不伤心呢？我的心被她的处境搅痛了。

走在去她家的路上，我心里很是发怵，感到这件事情很棘手，很难处理。穷达脑子灵活，经历多、见识广，平时能说会道，汉话说得呱呱叫，而且在历史上曾受到过打击，这次出了事，会不会借这次机会闹事，乘机发泄窝在心里多年的一腔怨火呢？我该怎样做工作开导她，怎样说服她才好呢？真难!

我们到了穷达家里，见她脸色蜡黄，面容憔悴，已经肝肠寸断，哭成了一个泪人。此情此景，也令我这个心肠刚硬的男子汉，不由得暗暗掉下泪来。这时，说什么话安慰她都是多余的。征求大家的意见，一致同意待交通管理人员验尸后，请人按当地的习俗，将这夭折的孩子送到河里水葬。

出门后，在县委大院门口的马路上，有很多藏汉族干部和群众正在气愤地议论：

“这十六团的车子也太野了，又压死了一个小孩子，真不像话！”

“这回一定要让他们十六团赔礼道歉，给我们一个满意的说法！”

“压死了这么大的孩子，要他们部队多赔偿些损失！”

“这次就是应该给他们一个严重的警告，让他们十六团吸取个深刻的教训!”

“要想十六团以后在我们这里不出事，这次就不能轻易放过他们!”

……

我是当过兵的人，听到这些舆论，心里好像是压上了一块大石头。

据我所知，解放军成都军区汽车十六团，是执行运送西藏物资的主要运输团队之一。十六团和十七团一年四季、长期风雨无阻地奔驰在高寒缺氧的高原上，在恶劣气候和危险的路段，经常出事，仅在通麦大桥上，一次因发洪水冲断大桥，就被无情的大水卷走了17名战士。西藏地广人稀，有的地方很远才有一个兵站或食宿站，车队加速赶路是常有的事。往往在路段复杂、坡陡弯急的地方，驾驶员还比较注意。但到了好一点的路段，反而放松了警惕，时常出事。汽车从海拔5000多米的米拉山上翻过来，到墨竹工卡，离拉萨又不太远，这一路是大下坡，驾驶员容易麻痹大意，车速快，人口稠密，容易出事。以前，曾在墨竹工卡县境内出过几次事故。没想到今天又出事了。

中午，拉萨东郊交通管理站的肖成站长等人来了。肖站长他们详细地察看了事故现场，对出事部队的解放牌汽车进行仔细全面地检查，认真地用放大镜对重点部位进行反复认真地查看，不时做着记录，还找目击者详细调查了解当时的实际情况。

原来这辆车是走在部队车队的最后一辆，解放军驾驶员把车停在百货公司门口的马路上，进商店里买物品，出来后太大意，没有检查车子四周有人无人，就直接上车发动马达，开车起步，根本不知道在车子的右边，有放学的孩子在车边爬车玩。穷达的孩子正在驾驶室后的车厢下、车子的右侧下部吊着，汽车开动后不敢松手，车子越开越快，行驶100米左右，孩子双手无力，支持不住，掉下了地，被右后车轮当场压死了。责任很明显，是驾驶员粗心大意造成的，出了一起不该出的事故。

在人武部办公室，兼任县委副书记的人武部杨政委、十六团的程副团长、拉萨东郊的肖站长和我一起，共同研究肇事后的各种处理办法及善后事宜，尽量做到合情合理，使各方能够接受。

我们商量后，请小孩子的家长穷达来一起解决这场车祸事故问题。

穷达一进门，我们几个人都担心这事难办。

座谈协商会由杨书记主持。

首先，由肖站长向大家介绍调查的结果和事情的经过，说清肇事战士驾驶员与小孩各自应负的责任。

接着，是由十六团的程副团长代表部队和出事的战士，向地方主管部门和家长道歉，检讨自己的工作没有做好，平时对战士教育不够，导致战士出了一起不该出的事故，向大家作自我批评。

然后是由家长提出意见和要求。

一阵寂静无声的沉默。

我以为穷达是要提出一些比较苛刻的要求，这会儿正在考虑怎样说。为了打破这个尴尬的局面，我就发了言。我先肯定十六团为西藏运输做出了巨大的成绩和贡献，也指出了在这个路段容易出车祸的客观原因和主观过错，又向部队反映群众的意见……

刚说到这里，穷达立即打断了我的话。

她一边流着泪，一边用一口流利的汉话说："熊厂长啦，你不要批评部队了，是毛主席、共产党救了我们，是金珠玛米解放了我们，我们翻身农奴永远感谢毛主席！永远感谢共产党！永远感谢金珠玛米！这次出了事，解放军战士不是有意的，也怪我平时没有教育好自己的孩子，我也有很大的责任。"

停了一会儿，她又说："请部队首长不要处分这个开车的战士，不要让他复员，让他记住这次这个教训，继续开车。他还很年轻，今后的前途重要。我没有别的要求，只希望这个战士认我这个藏族妈妈为母亲。这样，我失去了一个未成年的孩子，又得到一个成年的大孩子。我的心里要好受些。从今天算起，我这个在解放军里的大孩子，一定要在第49天和第99天过来看看我，以后再开车路过这里，逢年过节都来看看我这个藏族妈妈，我就满足了。"

她的话，她的觉悟、她的真诚、她的善良、她的胸怀感动了我们在场的每一个人。

我望着她那张饱经风霜，那布满条条皱纹的脸，那张强压着失子之痛的慈祥母亲的脸，心里在想：藏族人民对毛主席，对共产党，对金珠玛米是何等的热爱啊！藏族母亲的心地是何等的宽容和善良啊！藏族是一个纯朴、宽容、善良、勤劳、勇敢的伟大民族，你们令我肃然起敬！

程副团长立即让人叫来了那名肇事的年轻战士，当着我们大家的面，认下这位令人尊敬的藏族妈妈为自己的母亲；又按穷达妈妈的要求，由部队首长领着这名战士辨认了藏族妈妈穷达的家。程副团长说："穷达妈妈，你的家也是我们的家，你是我们成都军区汽车十六团四营十三连全体战士的好妈妈。我们十三连的战士们以后会经常来看望你的。"

随后，部队给了穷达妈妈350元抚恤费，我们厂也给了她150元抚恤费。这场车祸就这样顺利地处理完了。

车祸这件事，既教育了部队的战士，也教育了我们厂的职工，人们对穷达也有了新的认识。

这件事，使我想起了宣传部干部闫振中给我讲的一个故事。在上世纪70

年代初期的一天，县人武部（中队）有位解放军战士在工卡乡下乡工作，有几个小孩子要玩他的枪，战士先是不给，小孩子们就来抢。战士以为枪里没有子弹，他们在抢枪的过程中，在笑闹中，大人小孩抢来抢去，结果枪走了火，当场打死了一个小男孩。部队要处分这名战士，小男孩的妈妈找到部队，跪在首长面前，说是自己的孩子小，不懂事造成的，不怪这名战士，要求不要处分这名战士。

在工卡乡这同一个地方，七十、八十两个年代，前后所发生的两件小孩子意外死亡事件，两个藏族妈妈都要求不要处分解放军战士，这使我们对藏族人民、对藏族妈妈有了更深层次的了解，说明在西藏，像穷达这样的藏族妈妈都是一样的。

藏族妈妈是心地善良心胸宽广的，她们永远值得我们学习和敬仰。

水塔问题

1982年2月2日上午，拉萨市水电局在我县承建的水塔完工。花8万元建这个水塔，是为了给县城驻地机关、学校和城区居民提供自来水，解决城区日常用水问题。市水电局技术人员来找我，要用我们农机厂的50千瓦发电机组发电抽水试运行，我当即就同意了。

打水井建水塔这件事情，是县领导和计委领导们直接过问的，县上没有让农牧科和我参谋，所以我也就没有过问这个事。市水电局开始选点，要把井打在农机厂隔壁的人武部东面、靠公路南面与山坡一侧的空地上。我当时就觉得选点有问题。我认为把井打在山坡上，离山根太近，墨竹河水从东边下来，被一个石山嘴挡着，水流折向西北流向拉萨河，在这个山坡的死角里，河床地下水转不过来，肯定会来水不足，恐怕有问题。井址应该选在公路的北面坡下150米处、离河床近一些的平地上，打在新县委机关的附近。我把我的看法，向市水电局的技术人员提出来。他们说我不是专业人员，不懂业务，说是水塔建在山坡上，水塔架不用建得太高，水的压力大，好供水，成本低。我坚持说，关键是地下要有水，地下无水，塔再高也没有用。他们不听我的意见。

现在只有先帮助他们试抽水了。没半天时间，三相线很快就连接到水塔下。准备就绪后，市水电局的技术人员和我一起到发电房。我叫机房启动发电机准备送电。发电工高金生马上推闸送电，柴油机冒黑烟，电机转速急速下降，带不动。从电表上看，电流偏大，电压过低。我说：“改为降压启动。”高金生马上又改为降压启动，降压启动还是带不动。市水电局的张技术员（辽宁人，和我同年来的大学生）过来把我们这台东方红75柴油机的油门打到底，不但还是起不动，而且搞得柴油机熄了火。

我说：“不用再试了，再试就会烧坏我的柴油机。肯定是你们的高压潜水泵有问题。”

张技术员坚持说他的高压潜水泵是从仓库里直接提出来的，没有什么问题，是我的发电机功率不足。我俩争论了半天，谁也说服不了谁。

我很有把握地说：“我用降压启动法启动你20来千瓦的水泵电机，应该是完全没有问题的。你的高压潜水泵电机可能是漏电了。”

张技术员坚持要我再试试。我真是佩服张技术员这种人，一个从事业务技术工作的人，竟对学术如此不严谨，不讲科学。

我不跟他争辩，对他说：“在机电方面我搞了十来年，是有研究的，再试也是这个结果。还是检查一下你的电机再说吧。”

想到晚上，我们还要为县城供电，为了我发电机组的安全，保证晚上城区的照明，不管他说什么，我就是不同意发电再试。

县领导和有关部门的领导们都在水塔处，等着看水井出水。我和张技术员一路辩论着来到水井旁。

我向县上的领导们说明了启动不了的原因，请求查明水泵有无问题后再试。

县上的领导们是了解我的，在有关技术性问题上，一直都是听我的意见。县委书记李光璧（山东人）听完我的意见后，对市水电局的领导和技术人员说：“我们县上目前就这一台火力发电机，万一坏了就无法照明了。小熊厂长说得很对。我看，要不这样吧，明天，我从拉萨请个专家来，看看水泵电机再说。”

2月3日上午，李书记请来的“专家”到了。这位“专家”不是别人，原来是李书记的夫人。她是拉萨大修厂有名的电工。

我见她只带块万用表来，便对她说：“嫂子，你连一块摇表也不带，要是漏电不严重，你是测不出来的。”她说：“看来小熊你还是个内行，我们大修厂里可没有摇表，就用万用表也能看出来。”

看她很有把握的样子，我对她笑着点了点头。

市水电打井安装人员已经把高压潜水泵从深水井里吊出来，这是台多级高压潜水泵。“专家”用万用表的高档位一量，她说：“小熊厂长的判断没错，是电机漏电了。”

这下没有什么好说的了，换高压潜水泵吧。

中午，李书记要我在他家陪嫂子吃饭。这位专家嫂子在李书记面前大大地吹了我一顿。李书记开始只是得意地笑，见她吹多了，李书记就说话了：

“你呀！真是少见多怪，就知道吹，我的兵我还不知道呀，他是武汉水运工程学院学机电制造专业的大学生，还有多年部队工厂的专业实践经验，还用得着你来表扬。”

嫂子说：“想不到在你这个小小的墨竹工卡县上，还有这样的机电专业技术人才，放在你这里太可惜了。要是在我们厂，发挥的作用可就大了。”

李书记说：“哎——，哎哎，我说你呀，别乱说啊。才来几个小时，你就在我这里动摇军心。我们县上对他可是当宝贝来用的，得，得，别乱发言。”

他们两口子在我面前开起玩笑来了。

出门时，嫂子还悄悄问我，想不想调到拉萨大厂去。

2月6日下午，市水电局拉来了新的高压潜水泵。技术人员换上后，发电试机，很轻松就顺利启动了。试运行，水泵运转正常。

2月12日下午，县上组织有关负责人验收水塔，特地叫我也参加。我们看时间和水位，第一小时只能出8吨水，后来就不怎么出水了。很明显，水源不足。这下证实了我开始的猜想：井的位置选错了。

市水电局负责人提出可以验收。

领导们都看着我，意思是要我表态，我只好负责任地实事求是地表态说：

“我个人认为，选址不对，这里的水源不足，这是一口报废井，不能验收。”

张技术员坚持说水井可以用，一天多抽几次就行。

到场的县领导们，县委副书记兼人大常委会主任拉巴次仁、县委常委兼计委主任宫新玉等，都尊重我的意见，同意我的看法，也认为这是一口报废井。

鉴于县主要领导不在家，当即派我上拉萨去，要我去找在拉萨开会的县委书记李光璧、县长罗布旺堆及阿旺同志（专门负责在拉萨办事），请示解决办法。

13日上午，我赶到拉萨，找到正在开会的李书记、罗布旺堆县长。向他俩汇报后，书记、县长两人当时就商定，由我代表县委、县政府，全权处理水塔事务，与市水电局接洽。

下午，我到市水电局，代表县上，向主管领导胡副局长提出：“水井是口报废井，解决的办法有两条，要么全额退款，要么就重新打井，由你们自己选择。”

胡副局长说：“我听说这事了，这是我们选址不当造成的，那时他们要是尊重你的意见就好了，就不会造成今天这么大的浪费。这样吧，这事我们局已经商量过了，重新给你们县打口井。这次我亲自去，你可要帮我当参谋选好址。”

我说：“我不是打井的专业人员，对地下水是外行，上次我的意见是估摸着说的，也没有什么依据。你们的意见，我一定会转告县领导。你们重新打井可以，但不追加经费。”

胡局长说：“这次一定给你们打口好井，打不好也丢了市水电局的名声。行，经费不再追加。我很快就会带人到你们县上去的。”

果然，没几天，市水电局胡副局长亲自带人来重新打井了。这次他们听进了我的意见，按我所说的地方打井，很快就打好了一口新井。这口水井水质好，水量又充足。县上从此吃上自来水。

可是验收后没几天，又出问题了。

一天，管水塔的人来找我。他们说，今天早上电机启动不了，光烧保险丝。他们怀疑又是电机漏电了，要我过去帮忙看看。

我想，自从重新择地打井后，地下水位高，没有必要用高压潜水泵，而是改用了高扬程水泵，水泵和电机在地面上，是不容易受潮漏电的。再说，昨晚还用得好好的，今早启动不了，可能不是电路的故障，很可能是机械故障。到底是什么故障？看了以后再说吧。

我带上农机厂修理班长拉古，一起到抽水房。我仔细看了一会儿，发现马达没有烧坏的痕迹，而电机轴承旁边的润滑油全部硬化。

我知道是什么原因了。

于是，我指导拉古拆开电机，清理电机轴承和轴承旁边发硬的润滑油。接上电源试机运转，好了，抽水正常了。

他们问我是什么原因造成的。我告诉他们，这是因为电机上的这种润滑油不适合我们高原这里的温度，现在的这个季节，我们这里晚上零下二十几度到三十几度，太冷，机里的这种润滑油不耐低温，已经冻结硬化，轴承被冻油抱死了，当然启动不了。我们必须换适合这儿低温使用的润滑油，才能保证电机的正常工作。

解决了毛病又解决了他们的疑问，大家都高兴了。

日多渠

日多渠是我在墨竹工卡县设计指挥修建的第一条新灌溉水渠。当地藏胞群众后来开心地称其为“牦牛屁股撞出来的幸福渠”。

1983年夏天，县里刚买了台武汉产的越野吉普车，我们叫它“假丰田”。罗布旺堆县长以我下乡工作多为理由，要政府办公室把县里原来的那台车——曾参加过“二战”、老掉牙的越野车“奥斯汀”，配给了我。

7月10日上午，罗布旺堆县长要我坐上他那辆新越野车，陪他和贡嘎副主任去海拔5000米高的米拉山西侧日多公社察看牧区草场，了解牧业情况。

墨竹县夏季的气候特点是，夜间霹雷闪电下大雨，天亮就是大晴天。风和日丽，蓝天万里，路边野草挂着露珠，鲜艳欲滴。在路上看到这些，我忽然有了这是在家乡大别山的感觉。

新车就是跑得稳，很快到了墨竹河上游。刚过日多公社的乌斯江八队，坐在我旁边的政府办主任李玉明（藏族，抗英清军汉族后裔）指着河中说：

“小熊格啦，你看那儿。”

我往河中一看，大约120米远的地方，有一块下白上黑的大石头。一位少女轻松自然地躺在石头上，仰面朝天，双手自然伸开，一丝不挂。大概她刚在河中沐浴完，正在晒日光浴呢。只见这少女白里略带黄红的皮肤，身材苗条，比例匀称，曲线优美，结实而又充满着青春的活力，在日光和雪光的照映下，光艳夺目。在这蓝天一片、山上白雪、山中丛林、山下草皮、清澈河水的天然立体图画中，再配上这少女漂亮的胴体——这与大自然的情景太和谐了，不由得令人怀疑这是仙女下凡。

真美！我们入仙境了！

李主任问：“内地有这样的吗？”

我说："也有，但不常见。"

我们几个正在车中谈笑，忽然车子比步行还慢，我们被一大群牦牛挡住了去路。

这群黑白牦牛估计有上百头，黑压压一大片，在我们前面上坡的公路上浩浩荡荡，前呼后拥，更有甚者，互相挑逗嬉戏，胜似闲庭信步，它们根本不讲什么"交通规则"，急得驾驶员土登不停地按着喇叭。一头上千斤重的大牦牛可能嫌喇叭声扫了它的"雅兴"，忽然发起火来。它低着头，僵着脖，弓起身，扬起尾，猛然向后倒退，用铜墙似的屁股顶撞我们的车头，强行让我们的"假丰田"倒车。

这是段上坡路，公路两边一侧是山崖，一侧是几十米深的河谷。我们都吓得直冒冷汗，赶紧跳下车。牦牛见大获全胜，还算优待"俘虏"，得意地扬头甩尾，追上"大部队"继续耍闹。

崭新的"丰田"小车被牛屁股撞弯了保险杠，土登心疼得直吧嗒嘴，反而拿我当出气筒。他生气地说：

"你们武汉（因我是湖北人，从武汉进西藏的）造的啥子车？保险杠这么软球蛋！"

我笑着说："不是我们的保险杠软，是你们的牦牛屁股太硬了。"

不敢再惹"牛魔王"，我们只好等牦牛上坡离开公路进入山地草场再走。于是，我们边等待边整修保险杠。

就在这时，日多公社八队的老队长来到了我们面前。

"呀啦嘿！我梦见拉姆（仙女）飞落雪山，果然是县长到了乌斯江。"

"这是咱们县的农牧科小熊科长。"县长给我作介绍。

"我们早就认识啦。"老队长立即拉住我的手，"格拉，格拉小熊崩布拉（当官的），我们这里靠天吃饭麻惹（不行）的哟，经常缺水，粮食产量一直提不高，年年受灾何时了？你们一定要给我们解决这穷波穷波（大大、大大）的困难，古吉古吉（求求你）！帮助我们修条水渠可以吗？"

我抬眼从上向下望去，只见周围都是海拔5000米以上的雪山，山上白雪皑皑，寒气与白云相接，山腰以下长着红柳为主的灌木丛。凭经验，乌斯江这地方的海拔高度已接近雪线（海拔4500米）了。山下墨竹河如一条碧带飘过山脚，清澈的河水流量不小，而且落差很大，水流很急。北岸山脚全是草地，耕地很少。

我们所立足的南岸公路上下的山坡处，有一块牧区少见的耕地，大约有500多亩，长着疏疏落落的青稞麦。老队长说那是他们的饭碗——仅有的一块耕地。那下面还有数百亩草场，因缺水，草长势甚差。

“修水渠确实必要，水源也不成问题，但这里地表条件不好，修渠道难度很大啦。”我望着罗布县长说。

老队长不停地说：“崩布拉，古吉古吉。”

“回头研究一下再说吧。”县长表了态。

第二天，我带着两藏一汉3个技术员又来到日多乌斯江八队。

老队长乐得满脸皱纹开了花，高兴地安排我们住在离公路十几米远的生产队保管室里，还派来一个社员，在保管室门口架起一口铁锅，帮我们烧水做饭。

我们顺着南山脚下由西向东，从耕地勘察到河边，大家边走边摇头。河里水量充足，建坝引水没问题。可从裸露的地表上看，这地方是砂卵石地段，有的地方表面是草皮、细沙土，但浅表以下也是卵石，要是修灌溉渠道就麻烦了，说不定渠道会发生流沙塌陷和垮堤。我们遇到了水利工程中最大的难题。在这样高海拔又地质复杂的地方修灌溉渠道，我们谁也没有这方面的实践经验，也没有书本知识可以借鉴，会遇到哪些意想不到的难题，猜都猜不到。作为水利工程“老总”，我虽然表面不动声色，心里却是15只吊桶打水，七上八下……

我知道，这是在“生命禁区”地带上向“龙王爷”、“土地神”宣战。不但对人力、物力、财力、资源和效益都要精打细算，更要懂天时、讲地利、借助人和。

这水渠接近雪线高度，过了10月底就是冰天雪地，工期只有两个来月，此是天不助我；地形复杂，加大了施工难度，且工程款不足，这水利工程赈济款只能用来补贴用工，不允许挪用，更不可能以炸药开石，凭水泥抹底，这是地不利我；唯一能指望的就是人和了。砂卵石不存水，这里年年干旱，大片牧场地瘦草黄，那500亩耕地也收成甚微。当地群众盼渠多年，积极性高。初步测算，一定要搞准，才能向县委、县政府作出详细的汇报。我决定用3天时间，测量后搞出个初步设计方案和预算，再向县委、县政府报告。

8月6日至9日，按县委、县政府、县人大三大家（西藏当时县级未设政协）联席会议的意见，为了慎重起见，我又带洛桑尼玛、胡金明、高亚红、李天泉、查拉等人再次到乌斯江测量，修改设计方案和报告。

方案很快确定，尽量不破坏地面浅表层，土洋结合，因地制宜，加大流量，多种纵坡，分段设计，分段施工。

县委、县政府很快批准了我们的报告。

8月22日上午，508名民工上阵，帐篷在乌斯江河滩上排开，连成一片。

我每天在工地上转，随时解决各种各样的难题。高原上昼夜温差大，经常是白天烈日炎炎，紫外线穿透薄薄的大气层直射在人身上，晒得冒汗脱皮；半夜里山下下雨，山上下雪，冻得人双脚发麻，盖上棉被还觉冷。夜寒难寐时，男女民工们纷纷钻出帐篷，燃起篝火，跳踢踏舞御寒。我也当不成“兵（冰）团司令”了，夹在人圈中一起跳，尽情狂欢，直跳得身上发热，忘掉了一切烦恼。

月光、火光、雪光，交相辉映；歌声、风声、兽吼声，共响齐鸣。苦乎？乐乎？有谁能分辨得清？

到了10月上旬，天气在转冷，工期已相当紧迫，工程却遇上了拦路虎。

水渠中段必须穿越川藏公路（318国道）。这条公路是西藏连接内地的主动脉。水渠与公路交合的地点恰在半山腰，正是牦牛撞我们车子的那个地方。这儿路面宽7米，往上是70度坡的高山，往下是60度坡的河谷，在这种斜坡上，改修临时简易车道是不可能的。没想到在这个季节，车流量每日仍有1000余辆，半天也不能中断。原定的分二期突击架座涵洞的方案，根本行不通。上级早有规定，施工不能发生堵车事故。此时再改其他方案，也来不及了。

既然不能以渠断路，自然只有以路断渠了。

眼看大雪即将封山，误几日就是误一年。这不是要我的命吗？

那几天，我带着几个技术人员天天到现场“攻坚”，解决技术上的一个个难题。这天到了穿越川藏公路的咽喉地段，望着公路上来来往往的车辆，急得我头发昏，心发慌，忽然打起寒战，肠胃里翻江倒海，吐出一摊摊黄绿水。大家赶紧连搀带架，把我弄回住地。

“小胡，你到公路上拦辆车，送熊科长回城里看病。”迷迷糊糊的，我听到洛桑尼玛在与技术员胡金明等人说话。

此时此地，此情此景，我怎么能离开呢？是的，两个月的雪线生涯，高寒缺氧加上高负荷工作运转，白天劳累过度且饮食不调，经常在河里洗凉水澡，早已摧垮了我的身体健康。这工地上海拔4300多米，水烧到70度就沸腾，饭菜煮不熟。牛羊肉煮上几个小时，也还是半生不熟。藏胞们习惯了，吃得津津有味，我也只好囫囵吞下。我因在当铁道兵修成昆铁路时，得勾虫病患肠炎迁延成慢性病，消化功能很差。这次虽然自带了药品，但在这种条件下，也失去了效用。每遇难解之结必失眠，是我的老毛病。这次更是连续几夜眼睁睁到天明。如此这般，不病倒才怪呢？

"哇……"肚子里再一次"翻江倒海"，又吐出一大摊黄绿水。

"你们在说什么，我不能走！"我望着急得团团转的与我亲如兄弟的洛桑尼玛等人说，"现在工程到了关键时刻，我怎么能离开呢？"

我坚持不走。

"哇……"又是一阵呕吐。

这回不但不能吃东西，就连喝口水也引得肚痛如刀绞。一天一夜，我被折腾得气若游丝。

"难道我会死在这里吗？"心中忽然涌过一阵悲凉。

也许确实应该回城看病。但作为渠道工程总指挥，在地质条件这么复杂的地方修水渠，我明白自己的责任、使命，不能有半点大意。如果在此时离开岗位，工程一旦就此垮了，我对组织、对老百姓都无法交代。因此，我只能留在这里。有我在，大家就如同吃了定心丸，有了主心骨。

我自信自己一时半会儿死不了。我虽然生长在和平年代，已经活了34年，但从18岁参军到今天，在水里火里、风里雪里，马腿下、车轮边……历过多次险，也算是九死一生了。这次就是被阎王爷点了名，也已经是死后余生好几年，死也不冤。

记得 8 月12日那一天，在县委、县政府办公会议上，专门研究日多八队水渠这一问题时，虽然有的同志说，在地质条件那么复杂的地方搞这样花钱多而效益不大的工程不划算，但罗布旺堆县长一说出用救灾款以工代赈的方案，丁炳南副书记首先就表态同意，大家也都觉得这个方案一举两得，是可行的。于是，一致同意，拨款 7 万元，彻底解决日多八队的干旱问题。

县委、县政府如此决心之大，希望之殷，颇为罕见。

最后，大家都把目光投向我，那意思不说自明，就看你熊科长的了。

我这个人有个坏毛病，经得起批评经不得捧。一见大家这样瞧得起我，当场就拍了胸脯，立下“军令状”：

“有县领导们的支持，只要资金有保证，困难再大我也不怕。修不通乌斯江这条水渠，我的熊字倒着写！”

藏族同志大都爱开个玩笑，不知谁冷不丁冒出一句话：“那就是四只熊掌变成四只‘熊角’啰。”

惹得哄堂大笑。

如今，我是一粒过河的卒子，毫无退路。

相信天无绝人之路。

好在大家上下一心，我也就横下一条心，没有过不去的火焰山。

实事求是地说，当年在藏区，很多汉族干部都自动自觉地将自己视为党的政策之化身，一言一行，都注重体现共产党人的高风亮节。

我心中一时充满了壮志豪情。

何处黄土不埋人？死并不足惜！

在我们大别山（鄂豫皖边）区，人们从来就爱讲精忠报国，男子汉当生能舍己，马革裹尸还。更何况我是一名国家干部和共产党员呢！

但见到我的尸体，我那心爱的妻子受得了吗？她可是患有高原心脏病的呀。每次我下乡回家，她都是一脸的惊喜。

她几次半吞半吐地告诉我说，我不在家的日子里，她经常有一种幻觉：似乎看到我被担架抬回来，上面蒙着白布单……

还有我的女儿那么小，才5岁……

“格啦，到我家里去吧。”

老队长跑进来，打断了我的胡思乱想。

不由分说，将我背到他家里。

老阿爸家里生了火，比保管室暖和多了。

他大女儿请的藏医（她的公公阿爸）很快来了，给我服了几粒藏药，还给我留下好几粒。

我以前不太相信藏药，这回信服了。还真管用，服过两次药后，呕吐止住了。

更令我惊奇的是，晚上居然吃上了煮熟的鲜羊肉。

额玛——老队长漂亮而又纯真的小女儿双手恭恭敬敬捧给我一碗鲜羊肉，用不太熟练的汉话甜甜地说："格啦熊科长，趁热吃吧！"

我说："小妹妹，请告诉我，这是哪来的羊羔肉？"

纯真的小额玛告诉我："是阿爸下午请人杀了家里的小羊羔，我和阿妈炒后又煮了大半天才烂熟的。"

我这时才注意到，穿着藏氆氇的额玛，似乎就是那天我陪罗布县长、贡嘎副主任去米拉山下乡，到日多公社路过这里时，我们看见的那位在河中沐浴的"仙女"。

我知道，牧区的牧民是非常爱惜牲畜的，更不用说是小羊羔。这碗羊羔肉汤里，渗进了多少藏族人民对我们共产党、对全心全意为人民服务的干部们的深情厚谊呀！

我好像是回到了自己的家里。吃着吃着，止不住泪水吧嗒吧嗒掉进碗里。

阿妈看着我，指指我，指指墙上的毛主席像，又指指自己的心窝，用半生不熟的汉话说：

"毛主席、共产党给我们送水来，亚古都，土其其。"

虽然毛主席逝世好几年了，可是在居住分散、交通落后、信息不灵的西藏乡村，家家都还挂着毛主席像，翻身农奴时刻想念着毛主席。藏族老百姓都把下乡工作的内地干部视为共产党，是毛主席派来的。我们为此感到非常自豪，也时时以此来鞭策自己。

我放下碗，禁不住一把拉住老阿妈青筋暴露、布满老茧的手，望着她黝黑的脸庞、慈祥的面容，仿佛又见到了我那已经去世的老母亲……

"阿妈您放心，渠道一定会修通，水会多多有的。"我似乎是在向阿妈宣誓。

晚上，躺在这温暖的家里，我忽然来了灵感，猛然想到了埋压力水管，解决水渠与公路交叉的问题。

这就是在公路上施工时，半边半边埋，既不影响通车，又节省时间。

我最最亲爱的压力水管，拉萨一定有。

有了办法，病一下好多了。

第二天，勉强能下地走动了。我在阿妈家找根木棍拄着，颤巍巍地上了工地。

正巧，罗布旺堆县长听说我病了，赶来乌斯江工地看望，在工地上找到了我。

“你都病成这样子，还上工地？快坐我的车跟我回县里看病。你的身体要紧，千万不能垮了，还有很多事等着你这熊老总干呢！”

这话一点也不假。当时在西藏的县区里，个把内地来的理工科大学生成了宝贝，以为你是万能的。虽然我现任农牧科（局）副科长，可是县上所有的工程项目和技术性强的事都找我。其实我哪懂得那么多，总是将我逼上梁山，只好买些相关业务书籍，赔钱赚吆喝，现学现卖。

我把县长带到渠路交叉点，指着公路说：“水渠修通，我的病就好了。现在急需10根60～80厘米直径的压力水管，你只要派人到拉萨水利或交通部门把水管搞来，就是功德无量，我的病就好了。”我又说：“如果这两家都没有，就到部队里去找。”

足智多谋的罗布旺堆县长一看地点，听到“水管”两字，马上会意，高兴地大笑：“这么说，水管比神医神药还灵啰。好吧，你放心，我一定想法给你搞来！你把这里安排一下，先跟我回去看病，县上还有很多事要你去做。”

我只得遵命回县。

这罗布旺堆县长办事效率很高，直径60厘米的水管很快送来。我亲自看水准仪指挥挖基坑。我们横跨公路埋 4 根，顺公路沿山一侧路基下埋 6 根，水渠在公路的两旁，转了两个110度的弯，3770米长的日多渠全线贯通。

在老阿妈母女的精心照料下，我的身体也恢复了许多。

我安排好水渠收尾工作后，立即回县参加10月10日至15日举行的政府工作会议和有关部门参加的政府办公会议。会后又忙着安排全县的以工代赈项目，忙得没有时间上乌斯江工地。

后来听说，10月22日通水那天，日多公社八队像过节一样热闹，当地群众热情地给我们指挥部的干部技术人员们献哈达，倒酥油茶，敬青稞酒。很多老乡给指挥部送牛羊肉和鸡蛋，干部技术人员们坚决谢绝了。

附近生产队的群众也赶来凑热闹，和当地的老乡、民工们一起载歌载舞，一起歌唱毛主席，歌唱共产党。很多人欢饮达旦。

真得相信“好事多磨”这句俗语。就在第二天下午，23日，人们还在兴头上，我担忧的事情还是发生了。

11月7日，乌斯江工地的技术员查拉，无精打采地来到羊日岗水渠工地找我，报告说：“10月22日上午通水后，23日下午，前段渠道1500米的一些地方开始不断发生塌陷和垮堤，后面的渠道渗漏也很严重。我们虽然采取了不少办法，但还是处理不了，你看怎么办？”

工程上发生了这种事情，虽然说是地质原因造成的，但我还是觉得很对不起乌斯江乡亲们。他们对我是一片真情，满腔希望。我也对不起组织上的信任。我无法向老乡和组织上交代，心里很不是个味儿，很不好受。

我对查拉说：“你先回去，你们几个技术人员一起，先继续想想办法，看能否解决问题。我这两天安排好这里的和其他地方的工作后，再抽空上去看看再说。”

两天后，我上去查看，感到存在的问题很多。

看来，原来对地质条件的复杂性确实估计不足。问题一时半会儿解决不了。因目前全县以工代赈项目已经全面铺开，技术力量实在照顾不过来，只有让大部分民工先回家。

11月29日，县委、县政府、县人大联席办公会议上，我向领导们实事求是地详细汇报乌斯江渠道发生塌陷和垮堤的原因，作了自我批评后，提出就目前的现有技术力量和劳力来看，要想保证全县的重点工程，只有将日多乡乌斯江八队渠道工程先放置一下。要求再给乌斯江八队追加以工代赈款2万元，我明年3月或4月份再集中技术人员和劳力重新整修。并且我保证，想尽千方百计，一定将水渠修好。

县领导们一致同意我的意见。

又过了一个藏历年。

1984年3月13日上午，天还在下着雪，我带着水电队的技术员洛桑尼玛、高亚红、胡金明和巴洛区的次旦多吉再一次来到乌斯江八队。

我们还是在保管室安营扎寨。老队长和乡亲们依然热情地欢迎我们，相信我们，对我们这次的整修充满了极大的希望。他们给了我们极大的鼓励和精神力量。

从下午开始，我们便紧张地开展工作。

我们重新从进水口往后测量，仔细查看整条渠道，逐段地分析存在的问题，讨论研究整修方案。

14日下午，对要整改的部分进行详细计算。晚上，在蜡烛下又进行复算。

原来，渠道通水后，渠道前1500米发生塌陷和垮堤，主要原因是在修渠道时，原地表的浅土层被破坏掉，露出渠道的底部和边坡全是砂卵石。加之，当渠道60毫米直径水管运来后，施工人员在施工时，没有严格按设计要求施工，挖沟的深度没有到位，水管埋得比设计时高出250毫米，导致渠道水位升高，过水断面增大，流速缓慢，渠水压强增大，渠道难以承受。因此，一通水就难免发生事故出问题，发生部分渠道塌陷和垮堤。

找到问题的原因后，我们提出“降低过水断面，提高渠道通水流速，减轻渠水压强，加固外边坡，用黏土垫底防渗”的整改方案。具体做法是：1．穿越川藏公路咽喉地段的10根水泥管子，按设计要求挖出来重新降低埋设；2．渠道从进水口处抬高200毫米，加大渠道纵坡坡度；3．加固外边坡，关键地段用石块浆砌；4．主渠道底部和边坡垫黏土后，再用草皮护土；5．加固渡槽的基础部分。

15日上午，187名民工开始按我们的计划施工，寂静的乌斯江河滩上又热闹起来了。

这次重新修整渠道，我吸取上次因故离开的教训，不把水渠修好，我不敢轻易离开工地，怕万一再出什么差错。

19日上午，送高亚红、胡金明到巴洛区扎西岗乡，安排他们测量扎西岗干渠。第二天一早，我又急忙赶回乌斯江工地。

21日上午，我骑着自行车上日多乡，修复好乡里的小水电站，又连忙赶回乌斯江工地。

从22日挖水泥管子到重新埋设的这几天里，我自己到现场查看测量仪器，亲自指导将管子一节节地往下埋。

直到30日埋完管道通水后，我才算是松了一口气。

自15日开工后，罗布旺堆县长等县领导几次来到工地检查工作，了解进度，解决问题，全力支持我们的工作，及时为我们提供资金和物资保证。26

日，还让我们一次领来工程款现金11000余元，使我们的工作进展顺利。

从1983年6月我休假后在农牧科上班，至1984年3月到乌斯江工地工作，在这9个月的时间里，我一直不停地在各区社、各工地忙碌奔波着，劳累过度，高寒缺氧，长期缺乏新鲜蔬菜，饮食不调导致营养不良，加上用脑过度，睡眠不好，整个人脱了相，比藏胞还黑，比毛驴还瘦。在乌斯江工地上，我的肠胃病和痔疮又犯了。尽管老队长和他的亲家医生两家人，一直像照顾小孩一样地照料着我，但通水后这一松气，我便一下子在工地上病倒了。

30日下午，罗布旺堆县长和农牧科洛桑多吉科长再次来检查工作，老队长等人在他们面前说了我们能吃苦、肯动脑筋等不少的表扬话。他俩见水渠两天来通水正常，我这次又病得不轻，便要带我回县里治病。

我坚持一定要留在工地上。

没想到的是，4月1日上午，天下着雪，下午罗布旺堆和洛桑多吉又一次来到工地上。见水渠没有什么问题，罗布县长便"越俎代庖"，亲自安排工地上技术人员们的工作，硬是拉我回县里看病拿药。

回县时，罗布书记郑重其事地通知我，明日与他们一起，参加巴洛区工作会议。还要我总结在乌斯江这样高海拔、地质复杂地区修建渠道的经验，好在县上向其他的地方推广。

金珠玛米

1976年11月23日，我和县委马副书记、阿旺美龙到门巴牧区，路过羊日岗公社，找当地驻军首长宋主任批给我们非装备子弹用于“除四害”。这是我第一次与羊日岗驻军打交道。这支部队是西藏军区的后勤部队、团级单位。机关和一分队驻在羊日岗公社，二、三分队驻在仲达公社南面的山沟里，四分队驻在直孔区。

宋主任大约40多岁，长得白白胖胖的，给人的感觉是和蔼可亲。

看得出来，马书记与宋主任很熟。

他客气地请我们坐下后，马书记向宋主任介绍我。宋主任客气地与我握手，并问长问短，还说：“小熊，你刚来西藏工作，以后有什么困难，不要客气，可以来找我。”

我们说明来意后，他给我们批了100发“二战”时期使用的英式七九子弹，用于到牧区除兽害。

从部队营房出来，我们骑马进到山沟里的三分队。三分队在二分队的里边不远。我们把马拴在营房外，三分队领导黄国良主任迎了出来，说已经接到首长的电话，正等着我们。他客气地请我们到办公室坐，接过宋主任的批条后，让保管员到库房里给我们提来了子弹。这是军事重地，我们喝杯水后就立即告辞。这是我第一次与驻军三分队打交道，给我留下了深刻的印象。

1977年3月至8月，我在直孔区宗雪公社修建大桥，直孔区的四分队有时也帮助我们解决些困难。8月24日通车时，驻军首长还派机关干部和一分队参加了通车典礼。

后来，三分队领导黄国良主任负责部队农场的工作。部队农场设在唐加区的劳动公社，距我们县农场才几公里。有年春季，部队农场的50千瓦柴油

右一右二为梁道常夫妇，左一左二为刘克美夫妇

机发电机组和汽油发电机组全坏了，抽不了水，要是送拉萨市进大修厂修理，还得到拉萨请大吨位卡车和吊车，到农场来装车，费时费事还要花不少的钱，只好到县上找领导求援，请我去修理。

驻地部队有困难，我们当然有责任提供帮助。领导当即表态，让我去帮助解决。修理内燃机是我的本行，我在部队农场住了5天，2台机组便全修好了。

因我家就住在川藏线公路旁边，后来认识的人多了，十六团的那些汽车兵从县里经过，也不时来我家打个转，顺便帮助从成都或拉萨带点副食品给我。

1983年 8 月23日下午，我带着水电队的几个技术员住到羊日岗公社，扩修羊日岗干渠。部队领导知道后，对我们十分关心，特地批发两箱 3 元 2 角钱 1 公斤的军用猪肉罐头，还送些蔬菜给我们改善生活。这样一来，生活好了，身体有了保证，精力充沛，工作就有较高的效率。我到部队感谢领导的关心，宋主任说："都是一家人，你小熊还跟我客气什么。再说，这是条军地共用水渠，我们还得用它浇菜地呢。没事，以后有困难还来找我。"

部队不仅关心我们的生活，还支援我们水泥和工具，解决工作中的困难。

谁也料不到，没过几天，河对面的其马卡乡与驻军间发生了矛盾。

9月5日半下午，县委书记罗布旺堆带我与部队负责人一起，到学绒河对面看炸坏的其马卡干渠闸门。其马卡干渠前段，本是部队的发电用渠，后段才是公社的其马卡灌溉干渠。渠道建在河南的山坡上，坡很陡，渠道距河床30来米。因今年干旱，渠道水量不足，就发生了发电和灌溉用水的尖锐矛盾，双方均采取了不正当的过激措施。电站前池和渠道闸门段被人工破坏，结果，双方受损，导致部队既不能发电、地方上也不能灌溉的严重后果。

我们县里干部都知道，驻军及下属这几个分队，担负着繁重的战备任务，可以说是西藏边防的血库。炸坏渠道就是破坏军用国防设施，罪名不小。但这里是少数民族地区，情况特殊，堵塞地方水利设施，影响农业生产，也是军民关系一大忌讳。

罗布书记征求我的处理意见。我心里想：这事只能大事化小，小事化了。于是我说："此事牵涉到军地军民关系，部队还要在这里驻扎，完全没有必要小题大做，还是息事宁人的好。军地都不要向上级报告，双方都要高姿态，不必深究过错，只要能解决现场实际问题就行。"

罗布书记表态赞同我的意见。

部队领导对我们地方领导的高姿态很钦佩，完全赞同我们的意见。

我们与驻地部队领导协商，双方都做好对下级的说服教育工作，加强团结，再不要闹事。协商的结果，是由部队出建筑材料，我们出人工和技术，马上动工修复。

罗布书记知道我与部队领导的关系不错，指定由我负责协调，尽快恢复渠道闸门工程。并要求我在其马卡干渠闸门段用水未恢复之前，先帮助部队修复柴油发电机组，保证部队不至于因停电误事。但他又要我同时指挥羊日岗干渠的扩修工作，做到几个工程都不误。

我安排好渠道闸门修复的事项后，便来到驻地部队修理柴油发电机组。这台机组是6160型120千瓦大发电机，平时有水电站发电，这台柴油发电机组便只是作为备用电源。因闲置的时间长，各部件都需要清洗，启动用的空气瓶也没有气，需要充高压气体。

这台机子没有什么大毛病，两天就修复发电了。这两天里，部队首长留我和他们一起吃小灶，小灶的生活还真不错。

部队里的干部战士，有时也过来自动帮忙或观看，还有两位与我认老乡。军械股长梁道常，还有干事刘克美，他俩是1969年从湖北恩施来的兵。有趣的是，梁道常个子也不高，瘦瘦的，和我差不多，还与我是真同年——同年同月同日生。他是1949年12月27日早上卯时生，我是下午酉时生，先出生几个小时就是哥，我还得称他为梁兄。我两人在同一天来到这个世界，而且又同样都只有一个宝贝女儿。

1984年，西藏自治区党委决定撤销人民公社，将公社改建为乡。

10月29日，我带领一个5人工作组驻进羊日岗公社。工作进入第三阶段的一天，我临时租借了一匹马赶到直孔区开会，散会返回时已近黄昏。走到途中，马见对面汽车鸣叫着呼啸而来，突然受惊，从斜刺里跃上积雪山坡。把我连同马鞍甩下来，掉滚在马路上，身上擦破了几块皮，臀部和腰部疼痛难忍。在老乡的帮助下，我回到乡里。公社和工作组的人见到我的狼狈相，赶紧派人到部队卫生所找来医生给我检查，擦药吃药。部队首长何主任和老乡也赶来看望我，关心我，使我十分感谢。

在这次下乡期间，我们几个人还经常到部队驻地看电影。

11月2日，部队领导何主任和梁道常股长来公社找我，要我指定个地点，销毁一批弹药。这个地点必须选择在没有人畜的小山沟里才安全。于是，我领他们到门巴区德仲公社选点。地址选定后，我告诉门巴区列谢书记和扎西罗布，请他们通知社队，5日和6日两天，部队要在这条山沟里销毁弹药，请他们注意安全，人畜千万不要靠近。

1985年，我在筹备大理石公司建厂期间，梁道常、刘克美两位老乡找我说过好几次，说他们在这大山沟里当兵16年多了，家属都三十好几岁，没有工作，没有事做，要我帮助安排个工作。我想，办企业招工，优先招驻地部队家属，是稳定军心，加强军民关系的好事，即使年龄偏大一点，我们也应当照顾她们就业。大理石厂开工不久，正是用人之际，我就让他俩的家属来上班了。

夏末的一天，我开着那辆老掉牙的越野“奥斯汀”，拉着李敏姐妹和老梁一家人，带上简易干粮午餐，高高兴兴地到德仲洗温泉。

返回时已近黄昏。从温泉出来的这段路在河谷的右岸，路面不宽，全是沙土路。我开车，老梁坐在我的右边副驾位置上。这车下到距德仲沟口一公里多的地方，坡路陡，弯道又急又多，视线不好，平时也很少有车。

我边开车边与老梁说着话，没有开灯，没料到在一个左转弯时，突然从左边的山根处，快速钻出来一辆丰田越野车来，对方也没开灯。我往右打方向盘，刚回过方向来，又是一个左转弯，我再往左打方向盘，没想到又钻出一辆丰田越野车。我一眼认出，坐在前面的是拉萨市的丹巴市长。我只好紧急再往右打方向盘，车子的两个右轮跳到公路岸边的乱石滩上。汽车在岸边大石头上跳跃着，歪歪倒倒蹦跳着冲进河滩。踩刹车没用，减油门也没用。我只有死死地把握着方向盘，靠大石阻挡的弹力和路面的摩擦阻力慢慢停住车。

我与老梁下车，正准备检查车辆，听到上面有人在大声喊："熊局长，你可要注意安全呀。"

原来那两辆车子也停下来了，是丹巴市长站在路边提醒我。闹得我真尴尬，心里一阵后怕，要是刚才撞坏了市长的车，我可就一下子臭名远扬了。

老梁给首长开车多年，是老司机出身，他对我说："幸亏刚才你没有慌乱，应急措施十分得当。"

我知道老梁的车技好，连忙说："我现在可有些心慌，你来开吧。"

梁兄也不客气，一直开车把我们一家送回县上。在路上他还说："这辆'二战'时期使用的奥斯汀车，还真是不错，质量挺好。虽然看起来破旧，倒还蛮好用的。"

在墨竹工卡县工作的这些年，部队的首长和老乡，对我的照顾可真不少。特别是在开始的那几年，县上缺乏细粮和猪肉、副食供应，一年有半年多没有新鲜蔬菜吃，花钱都买不到。我总是到部队里去买肉、菜罐头食品，有时他们还主动买好，给我送上门来。部队里还供应我煤油炉子用油。有不少的干部战士，经常到我家来串门，我也经常到部队里去。我们鱼水相依，不是亲人胜似亲人。

感谢部队首长，感谢部队老乡，感谢金珠玛米，是你们在我在西藏工作时期，给我家的生活提供了最大的帮助与支持。

金珠玛米亚古都！

羊日岗干渠

1983年8月23日下午，我带着水电队技术员高亚红、达瓦登珠，风风火火地赶到羊日岗乡，要尽快进行扩修羊日岗干渠的测量设计工作。

羊日岗公社位于学绒河南岸，是以农业为主的半农半牧山区，海拔4200米左右，有人口649人，劳力303人，耕地面积1600多亩。平均亩产才230斤左右，是个贫困乡村。这次受灾比较严重。

因此，我第一站便到了羊日岗公社。

到公社后，我们没有休息，马上就从羊日岗干渠引水口开始，步行查看渠道之现状。

晚上，在公社的二层小土楼上，我们组织召开公社委员以上负责人会议。我在会上讲了县委和政府让我们这次来的意图后，大家展开讨论。

公社书记拉古、主任赤来、总会计赤来益西对我们的到来十分欢迎。他们对县领导如此重视羊日岗公社的灾情，表示感谢，对扩修羊日岗干渠以工代赈非常高兴，坚决拥护上级组织的决定。在发言中，多数人都谈到羊日岗公社年年受灾，这次受灾严重，搞副业又没有什么门路，返销粮又没有钱购买。这次用以工代赈兴修水利工程的办法解决群众困难，是一举两得。

有人还列举了学绒河对面、河北岸的其马卡公社的例子。其马卡干渠前年扩修后，水源充足，庄稼得到及时灌溉，每年受灾少，青稞单产由原来每亩230斤提高到现在的450多斤，社员收入明显增长。有了一条好水渠，全社翻了身。由于水渠好，庄稼得到及时灌溉，耕地保湿，灌溉能防霜。这次霜冻，他们公社的灾情也轻得多。

也有人说，羊日岗干渠建成后，以前也小打小闹地整修过，但大包干后，缺少管理，没有及时维修，整条干渠到处都垮了，不能发挥作用，几乎要全部整修。

公社领导们表态，这次扩修后，一定重视渠道的管理，平时注意加强对渠道的维修工作。

我说，这条渠不能抗灾，原来的设计流量不足，是主要原因；缺少管理，造成渠道部分地段垮塌和污塞，也是不能发挥正常作用的原因之一。通过这次自然灾害，大家要充分认识到，浇水可以防霜，有条好水渠就可以抗旱灾，提高粮食产量，做到旱涝保收。这次县上对我们这条渠如此重视，下这么大的决心，群众也有迫切修渠的愿望，我们大家一定要珍惜这次难得的机会。所以，扩修这条干渠非常重要。这次修好后，一定要加强管理，在渠道管理问题上，公社是否可以研究分段包干到人。

我还表态说，全县的水利工程很多，我们时间很紧，这几天我们就抓紧时间先在你们这里测量设计，提出扩修方案，你们这儿先开工，请你们作好开工准备。我打算9月2日正式动工，这是以工代赈项目，有一定的劳力补助，劳力以你们公社为主，你们所有劳力300人全上，不足劳力我去与区上商量，从其他公社抽调。这次一定要把这条渠道扩修好，扩修成你们公社的幸福渠。

时间短，工期不等人，测量设计技术人员不足，我又从水电队调洛桑尼玛等几个人过来搞突击。我们白天测量，现场讨论设计方案。晚上在公社的小楼上，详细计算和精心设计绘图。好在这儿是借光用当地驻军部队的水电，照明条件不错，晚上工作的条件好，可以工作到深夜。

因为我经常与驻军打交道，部队的首长都与我很熟，他们见我来这里领导修水渠，对我十分关心，特地批发两箱军用猪肉罐头，给我们改善生活。

我在这里的住宿生活条件比别的地方好，身体有了保证，精力很充沛，工作也有较高的效率。

大家任劳任怨起早贪黑，特别是“藏二代”、中专毕业生小高，不但人长得帅，会说藏话，业务精，还能吃苦，没几天的时间，水渠全线测量设计完毕。设计制图昼夜加班，仅用 5 天时间全部赶制完成。

这条干渠全长11160米，扩修渠道长度9336米，新修渠道长1824米。根据不同地形，设计千分之一和千分之二等不同比降。设计流量0.5立方米，新渠灌溉面积1200亩，草场20亩。按设计要求，要重建排洪滚水坝和1个渡槽，要建闸门1个，涵洞2个，小桥4座。挖填土方10420多立方米，用石方1375立方米。需总投资14.7万元。

8月31日上午，我再次来到工地，提前安排工作。9月2日上午，羊日岗公社6个队的300个劳力先行动工，负责扩修一段1520米旧渠。

驻地部队的菜地也靠这条渠灌溉，见我们开始动工，主动派人找我联系，支持工程建筑材料。根据工程需要的建筑材料和部队提供的材料具体情况，我写批条给农牧科保管员达娃（女），让先发给羊日岗工地水泥8吨、炸药2吨、麻袋5捆及编网铁丝数捆，让羊日岗公社赶快拉来。

下午，直孔区负责人达瓦书记和旺堆同志来羊日岗公社，他们两人来与我商量扩修事项。他们对扩修羊日岗干渠非常支持，当即决定，从各公社抽调壮劳力950人参战突击，保证在11月10日准时上羊日岗工地，并同意派得力的区干部到工地带民工，全力协助水渠工地的工作。

为此，9月4日，我又在公社召开队长、组长会议，强调工程进度与工程质量。

9月5日上午，县委书记罗布旺堆等一行人来到工地，中午也不休息，查看干渠工程现状和准备情况。

大家看完后，领导们对我们的设计和前段工作很满意，完全同意我们的施工方案。然后，和我商定工时补助费的结算方案，工程指挥部的组成人员等问题。

半下午，我们和部队负责人一起，到学绒河对面，看炸坏的其马卡干渠闸门。

罗布书记指定由我负责协调军地双方关系，先帮助部队修复柴油发电机组，保证部队先用上电，尽快恢复渠道闸门工程，要我做到几个工程都不误。

说说容易，做起来却很难。这样一来，我一个人被当作3个人用，同时指导羊日岗干渠工程、其马卡干渠闸门段的恢复、部队修机等3个地方的工作。高原缺氧，来回跑，可把我累得不轻。好在三方工作进展顺利，部队柴油机组两天就修复发电了，羊日岗干渠工程和其马卡干渠闸门段的恢复都在紧张地进行。

这里的9月上旬，晚上很冷。我和几个技术员在公社二楼打地铺，一字排开睡。年轻的小高，他的铺紧挨着我。到了后半夜，我冷得受不了，就不自觉地把脚伸进了他的被窝，有时我们也挤在一起睡。

7日下午，县委办公室又带信让我回县，准备和拉萨市水电队一起，验收甲玛电站和设计县电站。我把这里的3个地方工作安排好后，连夜赶回县上，就此暂时离开了羊日岗干渠工地。

11月10日上午，我和副县长拉松、计委主任周长满一起到羊日岗干渠工地，指定指挥部成员，给各公社按地段分配工程任务，定出工期，落实各自的责任，安排好工地的各项工作。下午，我们又急忙转到扎雪区格老窝公社。

从10日起，羊日岗干渠工地全线红旗招展，施工沿线热火朝天。这幅大干社会主义的动人场景，鼓舞人心，令我万分激动。我不定期地挤时间到羊日岗工地检查工作。工地的工作安排得当，一切完全按我们的预定计划进行，群众积极性很高，工程进展顺利，我对此十分满意。

11月14日，除石方工程外，土方工程按期完工，验收完全合格。第二年4月初稍作修整，15日开始投入使用，发挥出了它应有的经济效益。

唐加灌区

唐加区耕地面积大，是墨竹工卡县的主要产粮区，唐加灌区的所有水利设施和农田我都十分熟悉，灌区的水利设施我都全部检查过。

劳动（德吉）干渠在拉萨河南岸，全长17.7公里，北岸的冲尼提灌站，灌溉500余亩旱地。格桑干渠全长25.5公里，灌溉面积8960亩。莫中公社藏干渠长2200米，灌溉面积650余亩。莫中公社一队张尽麦干渠长4000余米，灌溉面积550亩。东布岗干渠长7600余米，灌溉面积（包括张尽麦一部分）1200亩。整个唐加灌区的灌溉面积11860亩，还有一部分草场面积没有计算在内。

1983年 9 月中旬，我们参加全县区级以上干部会议。唐加区书记白玛次丹发言说，这次受灾后，群众对水利工程设施的重要性有所认识。我们准备在今冬明春，全面整修唐加灌区。计划共维修扩建5条干渠，138条支渠，21个蓄水池和 1 个提灌站。计划改良土壤2500亩，开荒200亩，造林250亩。白玛次丹书记提出维修扩建的5条干渠和提灌站是：拉萨河南岸的劳动（德吉）干渠，由劳动公社自己维扩修，上劳力250人，工期30天；北岸的冲尼提灌站和格桑干渠，要求9月28日开工，准备上劳力1200人，工期2个月；莫中公社藏干渠和莫中公社一队张尽麦干渠，由莫中公社自己修；东布岗干渠，也是由东布岗公社自己修。

10月中旬，全县区级以上干部参加政府工作会议，有关部门接着又参加政府办公会议，会上传达了拉萨市财政局1983年89号文件，市里给墨竹工卡县以工代赈项目共投资53.3万元。其中就有唐加区的劳动干渠6万元、冲尼提灌站2万元。

在会议期间，13日，罗布旺堆书记带我和政府办主任次旦玉珍（女）一起到拉萨，给拉萨市政府、市经济委、市财政局送墨竹工卡县政府关于要求增加以工代赈项目格桑干渠赈灾款的报告。市财政局办事效率高，在当天下午，就预批给格桑干渠赈灾款16万元。不久，市政府批给格桑干渠赈灾款20万元。这样一来，全面整修唐加灌区的计划就有了资金保证。

格桑干渠长25.5公里，灌溉面积近9000亩，是唐加灌区的骨干工程，也是这次以工代赈最大的工程。

9月底，我来到拨付赈灾款最多的格桑干渠，领导格桑干渠的扩修，作好开工前的准备工作。格桑干渠工程指挥部由我任指挥长，唐加区副区长顿珠杰布任副指挥长。他搞过水利工程，懂测量。有他在这里，过几天这里的工作走上正轨后，我就可以在全县的工地上跑面了。

准备工作就绪后，我们从全县受灾最重的社队调集民工，组织开工。我和顿珠杰布按设计图纸和施工计划，分段负责施工。我带水电队技术员洛桑尼玛等人负责上段，从进水口至第一分水闸。

10月初的一天，该我带班。

一大早，我带着洛桑尼玛等人到民工驻地，一看表，离规定起床的时间还有10多分钟，我们便巡视民工帐篷。

走到一个大帐篷前，我掀门进去，晨光便射进了帐内。只见帐篷内呈门字形睡着3排人，进门的左右各一排，进门的对面一排。没想到，忽然，对面地铺上的一位小姑娘翻了一个身，用双手撑在卡垫上，背部支起了藏被，抬起漂亮的脑袋，露出圆润的香肩和少女曲线优美而又光洁的酥胸，扑闪着一双明亮的大眼睛，甜笑着，用熟练的汉话跟我开玩笑说："格啦，还早呢，外面好冷，快到我这里来暖和一会儿吧！"

她这一说不打紧，帐内又有几个小姑娘和少妇们也和她一样，用双手撑在卡垫上，几乎全是裸露着前胸，纷纷用汉话说："格啦，到我这里来暖和一会儿吧！"

"到我这里来暖和一会儿吧！"

我赶紧钻出帐篷，帐篷内的男女们还在不停地笑闹着。见我出来，洛桑尼玛等人对我嘿嘿地傻笑。

我手表也不看了，不管时间到没到，连忙吹起了口哨，并大声叫喊着："起床了！起床了！"

民工们在陆续出工。我们沿渠道走着。忽然，看见渠道与清澈的拉萨河之间，在宽阔的旷野上，有一群黑颈鹤，不避人群，正在悠闲自由地活动。它们有的在行走，有的在跳跃，有的在低飞，有的伸着长长的脖颈，仰面朝天，响亮地歌唱，有的正迎着朝阳，迈着细长而轻盈的双腿，展开两只一米多长的黑白宽翅，跳跃着翩翩起舞。

这天、地、人、物合一的自然景观，美不胜收。

我们往返步行10多公里，从进水口一直走到支渠。

一年后的1984年4月8日，我和罗布书记、贡嘎主任到格桑干渠验收。除拦河坝工程未完，个别地段还需要修整外，工程基本合格。

墨林公路

1983年12月17日，罗布旺堆书记告诉我说："市政府已经决定修建墨（墨竹工卡县）林（林周县、驻地旁多公社）四级'沙土'公路，我县的任务是修筑本县境内，从直孔区的宗雪学绒河大桥开始，往北至两县边界的39公里界桩，扎雪区以上新修路线17公里。要求24日开工。这项工程也是作为以工代赈项目。我们县要先成立一个'墨林公路建设指挥部'，由我任指挥长，你任副指挥长，组员由扎雪区大达娃登珠（书记）、小次仁登珠、直孔区旺堆坚参（副区长）、索朗甘丹、市交通局技术员 1 人，强巴丹增及医生、会计、炊事员等12人组成。"

23日晚上，林周县农牧科副科长解成善来联系修路的有关事项。解科长是和我一起从湖北来的同学，已经好几年不见了，想不到我们俩要同修一条公路。罗布书记见我俩是老乡同学，又都是农牧科副科长，风趣地说："这项工程有你们同学俩的默契配合，我看一定能顺利完成任务。"我们三人连夜一起研究布置好两县修路的有关事项。

次日上午，我和罗布书记要赶到扎雪区布置工作。过直孔区后，吉普车抛锚，我俩又雇佣手扶拖拉机，把行李包放进车斗里，继续往前赶。

这里是拉萨河谷东岸，河谷北高南低，沙土路紧靠山根。手扶拖拉机冒着时浓时淡的黑烟，像抽筋一样，无力地颠簸着向上游前进。我和书记用心查看这段这次要扩修的路面，一边谈着修路的计划。说话间，只见罗布书记用右手按住右腹，他的脸色也不对。我问他怎么了，他说是胃痛，不碍事，一会儿就好了。

我俩的大衣都包在行李包里，没有取出来。雪山泛着冰冷的光芒，刺骨的北风吹来，我的脚上虽然穿着军用大头毛皮鞋，也冻得如猫抓般生疼。不一会儿，罗布书记脸色煞白，眉头紧皱在一起。

坚持到扎雪区后，我说：“打个电话给县委办公室，让县上派个车来，接你回去吧。”

他坚决不同意。

他吃了点儿自己带的药，装作一副没事的样子，说：“你们看，我这不是好多了。”

可我知道，他是在强忍着病痛坚持。

晚饭后，我们和扎雪、直孔两个区的领导们研究工作。考虑到越往上游海拔越高，天气越冷得早，冰冻后无法施工，我们计划，先修靠林周上面的路段，指挥部第一站就设在扎雪区塔杰公社，按路段分期。第一期工程，直孔区上民工400人，扎雪区6个公社上1268人。

25日，我们从分界处小河边39公里的界碑开始，顺拉萨河往下游察看路况。晚上，我和罗布书记回县做工程上马的准备工作。

次日上午，我到财政局帮助取现金，到水电队拿水准仪等测量工具，到公路养护段借塔尺、花杆、红旗，安排人准备汽灯、炊具等一应生活用品。下午，罗布书记和我们一同回到塔杰指挥部。

修筑这条公路前，县上大小十几个以工代赈项目全面开工，有限的几个技术员全都被派下去了。这一下可苦了我自己，我成了光杆司令，只好一边当技术员，一边指挥着工程施工。

这是修筑一条沙土四级公路，由市交通局设计，我们和林周两县负责施工。开始，我们从界桩处往下游按图放线，后来觉得不太对。经过仔细研究设计图纸，勘察施工现场，我觉得交通局的设计图纸是以现在的简易乡村公路为基础设计的。这种设计有一部分路段坡多、弯路多、桥涵多，而且工程量大，需要修改。于是，我向罗布书记建议修改设计，提出我的意见，并与他到现场测量商议。罗布书记完全同意我的意见。在市交通局技术员未到的情况下，我们修正设计方案，离开原山脚的老路，在下方平坦的高河滩上，在长弯道的两头插上红旗，瞄准着隐约可见的红旗，走直线用花标杆定位、测量，重新打桩放线，改变原设计3公里。

罗布书记回县后，为了方便工作，在29日开工的这一天，我们将指挥部上迁到距离工地最近的格老窝公社。这样，我每天白天在海拔4300米以上的工地上，要往返步行14公里，检查施工质量，验算工方量。晚上，还要按工方量计算工钱，发放工资。在放线定施工任务至120号桩后，从1984年元月2日起，我又修改120号至174号桩的设计，还校对49公里以下桩号的设计。

5日，罗布书记带着土技术员强巴丹增来到工地。罗布书记对施工质量、施工进度和新的设计路线很满意。他还让我交代好这里的工作，当天回县，准备发言材料，参加自治区水电工作会议。我当即给强巴丹增讲清工作安排，有几处待化冰后要起干拱桥，先备料作好架桥准备工作。

元月22日，县委办公室派车送我上扎雪区，正好扎雪路段工程要准备放线。我立即与小次仁登珠等人按图放线。从扎雪区到直孔区，这段公路主要是扩宽取直，有的地方需要放炮炸石，在施工中必须注意安全。我与各区带队领导不敢马虎，总是亲自交代布置，放炮炸石时在现场监督。我们每天在工地上来回十几公里，检查施工质量，验算工方量。这是冬季，高寒缺氧，饮食较差，整天拉肚子、放屁、患痔疮，我的身体都快扛不住了。罗布书记等县领导经常带物品来慰问我们，鼓励我们，我只能带病坚持工作。

2月9日上午，拉萨市王副市长率领市计委申主任、财政局领导、交通局长及三位工程师，来工地检查施工情况。看完全部新路后，罗布书记向检查组汇报，由我作补充。

交通局三位工程师都认为施工质量达到了四级标准，改线部分也合理，减少了工程量，实际完成土石方有20万立方米，4个桥涵的工程量另行计算。王市长说："我们这次来是解决三个问题，看路、定资金、定林周桥。两个县修公路，墨竹工卡很重视，书记挂帅，最多时上了3000多民工，以前没有解决的墨林公路问题，今年解决了。工程技术人员发表了些意见，现在看来工程量比设计是少了一点，但只要工程改得合理就行。这条路原来没有列入投资项目，只给50万元，拨给两县各25万元。资金虽然有困难，我看还是再给墨竹工卡加15万元，完善后期工程。"

王市长讲话后，罗布书记高兴地向我点了点头。

会后，检查组人员在我们塔杰公社指挥部就餐。他们吃上了我们前天打的野鸭和野兔。饭后，我和罗布书记随检查组一道检查林周地段，下午在林周县总结，夜宿林周。

次日上午，驾驶员德庆开着北京吉普车，我们三人从林周县返回。走到两县分界的小河时，河上的冰突然塌了，我们车子的两个后轮掉落到冰窟窿里。德庆加油，车轮子打滑，根本上不来。

我和罗布书记下了车，德庆又使劲加油，车轮子还是打滑，根本上不来。德庆也走下车来，看着被陷的车辆，无可奈何。

这里海拔在4500米以上，我们三人站在这刺骨的寒风中，望望四面高高的雪山，瞅瞅河里无尽的冰川，面面相觑，哭笑不得。想在冰上垫土，可到处是冰封大地，也没有工具；想找石头，石头在冰下的河水里，捞不起来。怎么办？在这人烟稀少，上不着村，下不着店的地方，在这大冬天里，根本没有过往车辆与行人，也没法与外界取得联系，时间长了，我们三人就会冻成冰坨子。

不行，天无绝人之路，我们一定要想出办法来！

良久，想起我在云贵高原当兵时，驾驶员遇到汽车在冰上打滑，往往是往车轮子下垫麻袋或是垫棉衣。我们是否可以用这种办法试一下？

我把这个办法一说，罗布书记说："死马迎风站，我们试一下看。"

于是，我们三人脱下身上的棉衣和毛衣，将棉衣塞进两只后轮的前面，将毛衣塞进两只前轮的前面，我让德庆挂上加力挡，使四轮驱动，我和罗布书记到吉普车后面准备边抬边推。德庆发动，加油，随着罗布书记"一、二、三，加油"的喊叫声，我们俩同时使出了全身的力气。

奇迹出现了！谢天谢地，汽车猛地一下蹿出了冰窟窿，滑上河边公路。

车子是出来了，可是，后车轮子抛出的冰水把我俩的裤子全打湿了，冻得我们直哆嗦。我俩赶紧从冰水里捞出湿棉衣，捡起毛衣，钻进汽车里。

到了指挥部，我俩的裤子冻成了棒冰，我们三人都成了打哆嗦的"团长"。

缓过劲来后，我们就在指挥部商量，现在天气太冷，工效不高，再者，这是以工代赈项目，钱没有拨到位，无法付现金。决定先放假，等天暖资金到位后，再干完收尾工程。

这次跟罗布旺堆书记一起工作，每天都被感动着。他对理想、事业的执着，特别能忍耐的吃苦精神，身先士卒、事必躬亲的工作态度和朴实作风，牢牢刻印在我的脑海中，成为我一生为人做事的榜样。

半夜捉贼

1983年10月12日，县委书记罗布旺堆带着我和索朗旦增副科长，到巴洛区检查以工代赈水利工程进展情况。

下午，我们从乌斯江水渠工地上沿墨竹河南岸，顺公路下到了仁青林公社南渠，与仁青林公社几个负责人，及水电队的技术员强巴迟来、高亚红等人现场研究仁青林南渠工程项目的有关问题。

仁青林公社坐落在墨竹河谷中上游的两岸。这里河北岸山坡较陡，南岸山坡较缓，且有一大片河滩。由于地理原因，公社耕地主要分布在墨竹河两旁，河南耕地要多于河北。川藏公路在河南边，紧靠着河边，全是沙土路面。公社所在地距县城40多公里。

这里的海拔少说也有4200米以上。河谷里长有一丛丛高矮不等的沙棘树。河两面半山坡上，几乎全是以红柳为主的灌木林，林木一般有 2 米多深，长得很茂盛，远处半山上也有一块块的桦木林。这时的红柳树叶全掉完了，除桦木林外，看上去几乎全是棕红色。河北面山坡上，间或有些青翠的柏树点缀其间，十分悦目。可以想象，在春夏期间，这里一定是林木掩映、山清水秀的极好去处。现在从左右两边往山上看，半山顶上全是光秃秃的荒山，周围几个山顶的山头上，都戴着白色的雪帽，说明那里的海拔已经超过了雪线，在海拔4500米以上了。

仁青林公社在墨竹河的南北两岸各修有一条灌溉水渠。这条南渠于1974年冬开始修建，次年夏完工。完工后通水至公路道班7000来米，设计灌溉面积450亩。现从进水口至渠道50米处塌方严重，渠道多处淤塞，发挥不了灌溉渠的作用。公社意见重新扩修延长至15000米，扩大灌溉面积至950亩，使公社一队的754亩、二队的643亩、三队的465亩耕地都能浇上水。

在现场会上，我认真考虑公社领导和技术人员们的意见。根据实际情况，看来重新扩修很有必要，可以彻底解决仁青林公社河南耕地和草场的灌溉问题。我建议公路道班上下的新老渠两段都修。罗布书记表态说："我同意熊科长的意见，利用这次以工代赈的政策，修好南渠，解决仁青林公社河南耕地的灌溉，是个好机会。具体怎么修，由专业技术人员测量后再定。上级拨付给仁青林南渠的以工代赈水利工程专款 8 万元，由区上掌握使用。何时开工，等全县区级以上干部会下达以工代赈项目后，区里再开会，由巴洛区根据会议精神统筹安排。"

10月16日上午，我与县委副书记丁炳南、巴洛区书记登珠塔杰、水电队技术员李天泉，又到仁青林公社，与在仁青林电站工地的水电队的强巴迟来、高亚红等人商量南渠施工方案。我认为，季节不等人，为保证当前的工作重心，在建的仁青林公社30千瓦电站，水工部分11月15日前必须搞完，电站其他工程放到以后再搞。然后，水电队技术员迅速转入到测量南渠上，抓紧做好南渠工程开工前期的设计工作。

我们初步决定，全区民工24日集中南渠，要在25日开工，先上400人，到30日后再根据情况多上些人。计划开新渠用7万元，改造旧渠用 1 万元。

下午，巴洛区委召开全区基层干部会议，区委按我们上午商议的施工方案，提交会上讨论。仁青林公社要求因地制宜，土洋结合，技术人员和当地老农按地形实际情况共同设计，我也表示同意。杨培区长要求我在开工时，亲自来工地指导布置，丁炳南副书记当即表示同意，我也只得服从。

半年后，1984年4月6日，我又到工地上检查工作，顺水渠走了一遍后，发现问题还不少，渠道底不平呈波浪线，边坡的坡度也不够，很多该用水泥勾缝的石岸也没有勾缝。经了解情况，原来区领导基本没有过问这里的事，公社领导太软弱，新老水渠的资金款也没有到位。

我立即召集区、社领导和技术员强巴迟来一起开会。我说，修渠一定要保证质量，资金本着节约的原则使用，按县政府的要求，在4月20日通水，到时我来验收，如果符合设计要求，我就同意再拨给3.7万元结算。

我在仁青林水渠工地上，指挥修渠工作。正巧公安局教导员格桑、检察院洛桑群培两个人也住在这里。他们已经来了好几天，是专门来仁青林公社办偷盗电站工程款的案子。我们四个人睡在一个房子里。

6日中午，我们从工地上回来。强巴迟来对我说："格啦，你在这里住了好几天，这个院子的墙上有个好东西，你一定没有注意到，我带你去看。"

我说："好，看看是什么好东西！"

他领着我到正对着院门里边的墙边。我往墙上一看，这堵墙是用杂色大小不等的鹅卵石垒的，有3米多高，8米多宽。在墙正对大门的方向，墙的正中间，嵌入了一个天然黑色的大块石头。石头有1尺见方，石面上有个凸出来的男性生殖器，连睾丸都有，比成年人的生殖器大得多，似乎是按比例雕琢精磨加工而成的，形状简直惟妙惟肖！我平时从这里过来过去，从来没有注意这面墙，所以没发现。

午饭时，格桑、洛桑群培我们4个人共进午餐。格桑又黑又胖，说话幽默，但很少言语。洛桑群培瘦溜高挑儿，一表人才，能说会道。这两人走在一起，活像台上的一对相声演员。洛桑群培和我一起下过几次乡，我们是老朋友了。

大家边吃边谈论石头上雕刻的男性生殖器的事，他们说了一堆荤话，笑得震天响。我说："把石头男性生殖器嵌在墙上，这是对生殖的一种崇拜，也叫图腾崇拜。在世界上很多地方、很多民族都有这种崇拜生殖器图腾的习俗，不足为怪。但是，你们知道这图腾是何时嵌到墙上的吗？"

他们都摇头，说这墙上早就有，我们也不知道是什么朝代嵌在这里的。

饭后，格桑、洛桑群培他们两人向我介绍了案情，说案件已破，属当地的两人合伙作案，现人赃俱获。

案件告破，格桑、洛桑群培两人很是高兴。晚上，我们吃西藏有名的手抓羊肉，喝青稞酒庆贺。饭后，几个人在一起打起了藏牌，玩不来钱的"经九八大"。大家玩得兴起，直到很晚才睡。

到半夜三更，夜深人静，我们睡得正香。忽然，有一个住在公社附近的藏族村民来敲门，口里"格啦、格啦"地叫。我起来开门，他说是来报案的，说家里进贼了。

我们屋子里的几个人一骨碌爬起来，迅速穿上衣服。格桑、洛桑群培和我，三人提着手枪，拿起手电筒就跟着村民走，强巴迟来也拿着我的步枪跟上我们。

格桑、洛桑和我都是玩枪的老手，百发百中。不管啥子样的盗贼，碰到我们，算他倒霉。

那老乡家不远，我们很快就到了。我让洛桑群培守在牛栏墙外，强巴迟来守在大门旁。我与格桑随着村民走进牛栏里，用手电筒往里面一照，只见一只黑色大藏獒伸着半尺长的舌头，看守着墙角的一个年轻人。这个年轻人吓得脸色煞白，蹲在墙角全身发抖。

主人牵过藏獒，我们把那人押到公社的仓库里，连夜审讯。由格桑教导员主审，我来配合，洛桑群培作记录。

这家伙个不高，大概只有1.65米，脸挺白，胖乎乎的。经审讯，他自称名叫张石如，现年25岁，是广西人，已经流窜8个省，偷窃作案多起，从未失手。他倒不隐瞒，似乎在讲啥子光荣事，竹筒倒豆子，一个不留，逐案交代。

当我们问他是怎么翻进牛栏里时，他说是从墙头上翻进来的，他不了解当地藏族的建筑，误进了黑漆漆的牛栏。一回头，看见两只放光的眼睛死死瞪着他，原来是一只黑色大狼狗，吓得他屁滚尿流，靠在墙角动也不敢动。

交代完毕，这小子还不服气地说："我走了这么多的地方，这还是第一次翻船。今天怎么这么倒霉！要不是有只凶恶的狼狗，你们也抓不住我。"

我见他不服气，不屑一顾地问他："你为什么不服气，难道你有什么绝活不成？"

他回答说："我的两个膝盖是软的，像棉花一样，翻墙头和走路时一点声音也没有。不信你们看看。"他不顾半夜天寒，挽起裤腿，边说边用双手按住两个膝盖骨，揉搓起来。奇怪！一般坐着的人，两个膝盖骨是揉不动的，只见他的两个膝盖骨却灵活得很，膝盖在膝关节上直转圈！

他见我们感兴趣，又站起来，得意地表演起来。他提起一只脚，小腿像是安了轴承一样，可以前后左右地摇滚。又换一只脚，再次表演，也是一样地前后左右摇滚。我在心里暗暗称奇，不知这是啥子功！

我故意说："哼！你这点雕虫小技算什么。要不，你与他比试比试？"我用手指了指洛桑群培。

小贼连说："不敢不敢！"

我又说："哼，在西藏，只要你作了案，是跑不了的，我们马上就能逮住你。"

他无奈地点点头，说："你这话我信。"

羊日岗建乡

我与孔繁森同志直接接触不多，但对他从羊日岗乡地震灾区抱养的3个孤儿却倍感亲切，念念于怀。不知他们是谁家的后代。1992年的那场地震，不知我所熟悉的羊日岗藏胞们，还有几多人劫后余生。

终生难忘羊日岗，因为这里是我经常去的山乡，它是我生命的重要组成部分，这里差点就成为我生命终结的地方。

那是一个寒冷的冬天。1984年，西藏自治区党委根据中央精神，决定在全自治区撤销人民公社，通过改选建立乡（相当于内地的村）政府。10月29日，我带领一个5人工作组，住进了羊日岗公社。

这里的原公社书记拉古、主任赤来、总会计赤来益西与我都是老熟人。大家商量，为了便于工作，工作组与公社干部集体开伙，个人分摊伙食费。

建乡工作分三个阶段进行：第一阶段是学习文件，用一个星期时间吃透上级文件精神，成立选举委员会，培训骨干；第二阶段是做好准备工作，用3天时间登记选民，发放选民证；第三阶段是讨论酝酿，并选举出席县人民代表大会的代表，将6个生产队改为5个村，算经济账，处理集体财产，完善生产责任制。预计用7周时间完成建乡工作。

羊日岗乡，是西藏墨竹工卡县直孔区的一个普通山乡，在拉萨河上游支流学绒河的南侧，距县城40余公里，海拔在4000米以上。属半农半牧区域，居民173户，总人口655人，分布在几条沟谷地带。因西藏军区的一支后勤部队驻在这里，所以附近居民都借光用部队的电照明。当地藏族老乡们也懂些汉话，各方面条件相对较好。

我对这里很熟悉。我曾专程来这里解决过驻军和地方之间因发电与灌溉争水引起的矛盾，也曾在这里指挥扩建灌溉渠道，还进行过残疾人抽样调查。

我出席墨竹工卡县第四次、第五次人代会的代表资格，就是从这个乡选举出来的。

老话说，天有不测风云，人有旦夕祸福。这真是充满辩证法的至理名言。羊日岗差一点儿成了我的墓地。那情景至今想起来，仍然脑瓜皮发麻。

撤区建乡工作很快进行到第三阶段。这天，接到通知，要我这个下派区工作队副队长兼羊日岗乡工作组组长，第二天到直孔区开会，汇报情况并研究全区下步工作。

第二天，我临时租借了一匹马赶到区里，散会返回时已近黄昏。

暮霭四合，在空寂的山间沙土公路上，我放心地纵马疾驰。人虽然骑在马上，脑袋里却仍然还在琢磨着下一步工作——6个队改为5个村，涉及很多经济问题和遗留问题。除集体财产的清理和交接分割外，社队之间、集体与社员之间、家庭之间、个人之间也有些问题需要一并处理。特别是这里女多男少，性别比例失调，仍存在着少数一夫多妻旧式群婚陋习的残余，还有些有母无父的孩子。这样的孩子在大集体时，生活、读书都不成问题，农村实行生产责任制后，客观上要求他们的母亲对其父亲加以明确，将当年的部分工分拨到孩子名下，日后的生活也要责成其生父负责。否则，这些妇女，独自难以负担一个或几个无父的孩子，就会沦为年年需要政府救济的贫困户。而多数妇女不愿指认生父，我们只能说服。这是一件很麻烦的事。

“嘟！嘟嘟——”突然，尖锐的喇叭声在山谷中响起来，特别刺耳。我刚回过神来，只见一辆满载柴薪的大卡车突然转过山脚，顺坡而下，从东向西朝我直冲过来。我骑的这匹马是借老百姓的，没见过什么世面，猛然见这庞然大物吼叫着呼啸而来，它突然受惊，拼命地狂奔起来。

“坏了！”我的头一下子大了。这段路面极其狭窄，路北侧是深深的河谷，路南是又陡又高的山坡。车速太快，冰天雪地中，急刹车容易引起车轮打滑或掉头转向，汽车无论撞上山崖或跌下河谷，都是一场车毁人亡的惨剧。匆忙中，我本能地向右下勒紧马嚼口，尽量贴山坡右行，给急速奔驰而来的汽车让道。同时挥起马鞭，想照惯例向马耳后根狠狠抽上一鞭，将这畜生抽醒。但这时我已看清，开车的人根本不是司机，而是县委食堂的管理员赤来旺堆。真正的驾驶员果果，却坐在他旁边的副座上。两人已经是手忙脚乱，脸都吓得变了形。

我高高举起的马鞭，没有打向马耳朵，却无意识地掉落在地上。我明白，如果这一鞭抽下去，说不定打在马眼上，马或者站立不动，或者狂蹦乱跳，那就全完了。况且，即使将马打醒，以车速之快，也来不及了。这时我唯一能做的，是将双脚迅速从脚镫中脱出来，只用脚尖点着少许脚镫子，防止落马后人脚挂在镫子上被马拖着跑。至于生与死，只好听天由命了。“这次算是真的玩完了！”脑海里顿时一片空白，恍惚出现一幅极大的灰色银幕，只见我那6岁的独生女儿在银幕上，以极快的速度由小变大，变大，张开一双小手，喊着“爸爸”向我扑来，我也向她扑去。

“爸爸死了，爸爸的魂儿来看你……”

“吱——”汽车怪叫着擦身而来。我摔倒在冻得坚硬的沙土路面上。

我没有死。原来这匹马走惯了山路，在即将相撞的一刹那，忽然向右一拐，从斜刺里跃上了积雪山坡。这一跃，马鞍的肚带断了，把我连同马鞍甩下来，掉滚在马路上，与后车轮擦身而过。

感谢老天爷，真是万幸!

我慢慢爬起来。还好，只是衣服破了，身上擦掉了几块皮，左臀部和腰间虽然疼痛难忍，但我清楚那是摔的而不是撞的，骨头没有事。

我还得一瘸一拐地踏着积雪爬上山去找马。那马还惊魂未定，没命地在山上树林里来回跑。见我走近，他即边跑边扬起后腿，用蹄踢我。

腰腿疼痛，疲惫不堪。我坐在雪地上，张大口喘着粗气。平时以“飞毛腿”著称，被人们誉为“野羚羊”的我，今天已拿这马毫无办法。心里想，要是骑我自己那匹心爱的白马，哪会有今天这事？真愁人！空手走路回乡，凭我这受伤的腰腿，要走上几个小时不说，丢了老百姓的马，又如何交代呢？

天色已渐渐地暗下来。真是天无绝人之路。这时从羊日岗下来一位骑着马的当地藏族老乡，看到我后，立即下马走到我的身边，口里亲切地叫我“格啦小熊”、“崩布拉！”

我指了指山上的马。

他会意地点头，骑马跑上山去，以马引马。

那马见有同伙来，逐渐镇定下来。

老乡将马牵过来，帮我搭上马鞍，接上肚带并且系好，扶我上马，把马缰绳和嚼口带交到我手上。

我用藏话说：“土其其！”

他笑了笑，摇手与我再见。

回到乡里，大家见到我的狼狈相，赶紧派人到部队卫生所找来医生给我检查，擦药吃药。藏族干部和群众七嘴八舌地跟我说：“格啦熊局长你真命大，不是我们藏族人迷信，你出事的那个地方，解放初期，曾牺牲过一位姓马的汉族县委书记，是骑马掉到河里摔死的，那人就埋在县城东边的塔巴那里。”

“这么说来，是我们这位老前辈县委马书记今天保佑了我哟！”

我嘴里与他们说笑着，心里忽然涌上一种悲壮之感。

在西藏，与死神擦肩而过的事，似乎年年月月都有。车祸、惊马、洪水、泥石流、雪崩、火灾……有时早晨出门，说不定晚上就不能平安回家。就说我们同年来县的大学生们，山西师院毕业的吕毓卿，前年在甲玛沟下乡，惊马被摔下来，一只脚还被挂在马镫上，被马拖出几百米远，差点“光荣”了。连那个辽宁来的女学生张彦丽，也有着骑马被摔入拉萨河中、昏死在河滩上的经历。

是呀，我们在这里工作，谁都会碰到难以遇料到的危险，随时都有“光荣”的可能。对于死，我们这些共产党人谁也不在乎！

在这块神奇的土地上，有那么多的共产党人前赴后继，工作，斗争，舍生忘死，为的是什么呢？那就是民族团结，祖国兴旺发达、繁荣富强。我有幸成为这人梯中的一节，值得自豪。

羊日岗，你会令我终生难忘！

这次下乡43天，至12月10日选出了乡长、副乡长，选出了出席县第五届人代会的代表。我们完成了建乡任务。

开发大理石

1984年11月29日早上，周长满副县长来家里找我，让我暂时不要下乡，先起草一个墨竹工卡县大理石工艺美术厂的筹建计划。

当天上午，我起草了一份《关于成立西藏墨竹工卡县大理石综合公司》的初步方案（草稿）。方案中共列出六个方面的问题，30条细则。

次日，他又邀我到唐加区莫中大理石厂了解情况。这个厂是李刘华从拉萨来莫中乡刚开办不久的个体企业，还未曾办理执照经营手续。工人不多，2台锯机是简易的多片钢板往复式龙门锯，只有 1 台磨床和1台切边机还像点样，发电机小，根本带不动这些机械。据李刘华介绍，这里的大理石部分裸露，储量大约有16000多万立方米，刚准备开采，还未出产品，就有20余万元的订单。

听过介绍后，我们又上山察看矿源。

周副县长对开采大理石很有兴趣，第二天就来找我商定综合厂的人选。人员从县直机关和企事业单位抽调。他的意见是由我任经理、郑文俊任副经理，请王平（已调拉萨市委组织部干部科）任顾问，并定下了会计、推销员、采购员、工人等一应人选。

说实在话，我和老周是老朋友，老周还是我爱人的老乡，但对他推荐我任经理，我是不愿意的。我曾在内地的企业工作过几年，也了解西藏现在的条件。我知道，就目前来说，在西藏办企业条件还不成熟。没有电网供电，柴油机发电成本高，工人工资高，交通不便利（到莫中矿山运石材要过拉萨河，河上只有钢丝绳吊桥，没有公路桥），缺乏技术人才，困难很多。再说，搞石材这样的建材利润小、风险很大，闹不好会“走麦城”，浪费人力财力，吃力不讨好。

12月13日，我从羊日岗乡回县的第二天，周副县长就来邀我和闫振中，到李刘华的莫中大理石厂，商谈共同开发大理石事项。初步意向，成立“西藏墨竹工卡大理石联营综合公司”。当晚，周副县长要我起草合同（草稿）。

我看老周对开发大理石很执着，县委很有可能会同意他的意见。为了慎重考虑，次日，我便到拉萨找在组织部任组织科长的王平老弟咨询。他是学采矿专业的，在上面工作信息灵通，找他商议准没错。王平给我提供了不少的信息。他认为，目前在西藏的县一级，办企业开发大理石困难很多，时机还不到，各级大多数领导还没有这方面的认识；不办则罢，要办就办一流的企业；按法律程序申报；如果县委执意要搞，就要由政府起草设计任务书，获取正式地质资料，要进行经济分析，作出矿山规划、工厂布局，电力供应、水源、运输、设备购置、人员结构等，都要统筹安排。王平的意见，如果由我出任经理，他可以出任顾问，换别人，得由县里找市委组织部商议。

我又到西藏师院找王大犇老师征求意见。我非常信任和尊敬这位“眼镜王”。他是华东师大地理系毕业的，为人稳重，考虑问题全面，是我们这批到墨竹工作的工农兵学员公认的“老大”。此时他已调到西藏师院当教师。

王大犇认为，搞工业比当水电局长强，县委有决心就可以搞，地质资料他可以想办法。

回县后，我找县委书记其美多吉、副书记丁炳南说明我的看法：1.办企业开发大理石不是一件小事，一定要争取上级的支持。2.主要困难有三个：我县境内外拉萨河上没有公路桥，石材方料只有秋末和初春可以从河里运，大料石还运不了；没有电网供电，柴油机发电成本高，柴油有时还供应不及；缺乏技术人员。3.县上与李刘华合作这事一定要慎重稳妥。4.要办就按正规手续办理，合法单独开采，最好是成立工业公司，购买技术和设备，报上级审批。5.这事我干不了，县上定下来要干，可以请王平来干，我来协助他工作。

当天晚上，接到拉萨市委秘书长、原墨竹工卡县委书记李光璧给我打来的电话。他说，市委正式决定开发大理石，明年一季度拨款，已经请王平科长和王大犇老师到县里去帮助看大理石矿藏储量，明天派车来接你。

接下来几天，县领导们与“二王”及县上的智囊闫振中、范以军、张恒传等人多次商议开发大理石事宜。还一起到唐加莫中看矿山，从卓甫的东面山沟进山，山沟的两面都有裸露的大理石，储量很大，花色品种多，还有汉白玉。

18日，在县常委会议室召开党政联席会议，县委书记其美多吉、副书记丁炳南、副县长周长满、扎西罗布出席会议，王平、王大犇应邀列席会议。在会上讨论开发大理石的问题。在我提出方案后，大家纷纷发表意见。

其美多吉书记说："老熊提出来的方案，县委基本同意。这件事以前三家定过。从发展的眼光看，发展大理石建材有前途和销路，我们一定要办。如果按国家的办法搞，太慢，也许几年也搞不起来，我们是否从小到大，边建边抓钱边扩大？具体搞法听同志们的。"

副书记丁炳南说："首先，感谢两位王老师的帮助，你们辛苦了！我同意其美书记的意见，要进行可行性、科学性论证。我们的宗旨是为西藏人民服务，使墨竹工卡的群众尽快富裕起来。我们要解放思想。开发大理石，符合自治区的建设计划，符合中央的改革精神。先确定经理。县委放权，由经理组阁，在县委班子领导下工作。建议由老熊任经理，请王平任顾问，还要报市里批复。在西藏办企业，要允许成功，也允许失败。企业要让利于民，还要注意培养藏族同志，争取向'五一'、向自治区20周年献礼。"

会议决定：暂时由熊忠彦任经理，在上级未批准前，先搞个筹备组干起来，抽到筹备组的所有人员，暂时不转行政关系，在原单位发工资。县里计划用30万～50万元开发大理石，先从财政支出15万元作为启动资金，其余以后再拨。老熊担任的水电局长，由副局长袁秀奎代理，县政府负责同志多过问一下水电局的工作。王平任顾问的事，由县委与市委组织部联系。

会后，周副县长拉着我说："小熊，开发大理石这事，总算是定下来了。这是我建议的，现在由你负责，你的担子可不轻，我信得过你。无论搞好搞不好，我俩是一条绳上拴着的蚂蚱，谁也跑不掉。你可得要上心呢。"

从19日开始，我就紧锣密鼓地着手筹备大理石综合公司的工作。列出工作计划，物色各类人员并做思想工作，联系购置运输设备，安排卓甫公社修公路，设计专用锯石机、磨石机，与粮食局阿旺劳珠商定，用3万元买下粮食局距新县委上游 1 公里外闲置的糌粑加工厂（有宿舍、水渠、场地、菜地）……

1985年元月 7 日，到拉萨出差，见到老领导原农牧科副科长索朗旺堆。

他说，我正准备向市里引荐你到市地毯厂或者木器加工厂搞承包，现在定了你搞大理石，项目如果没有批下来，我可以帮你到丹巴市长那儿去吹风。我向他表示感谢。紧接着，在市县两地不停地跑，送设计图纸到拉萨西郊农垦厅农机厂生产锯石机，到矿产局找资料，购置各种生产材料……

19日，其美多吉书记通知我，说拉萨丹巴坚作市长要找我谈话，让我尽快到市里去找他。不巧，等下午我赶到拉萨市后，丹巴市长有会，留下话让晚上找市委秘书长李光璧，由李秘书长与我谈话。李秘书长是我县的老领导，他说，关于墨竹工卡县在开发大理石的同时，将工卡区改为农工贸联合公司的问题，市委经过研究，认为：先由县委召集区、社、队征求意见，基层同意后，再由县委政府写书面报告报市委，由市里召开专家会议论证，请你在会上演说，分析可行性，然后由市委决定。

回县后，经过认真考虑，在西藏高原工作，各方面条件有限，我个人的能力和精力毕竟是有限的，挑不起这么大的重担，能把大理石联营综合公司办起来就不错了。于是，就向其美书记说明原因，我先集中精力筹办公司的工作，农工贸联合公司的事，县委暂时不议。其美书记同意我的意见。

为了抢时间，我采取了双管齐下的方针：一方面派小龙25日到成都及附近考察石材厂，并根据考察情况，商议培训职工，预订加工设备；一方面由我到农垦厅农机厂，商议加工生产 2 台多片钢板型锯石机和磨石机，相机签订合同。24日，在西郊农机厂谈妥生产 2 台锯石机，以4500元一台，定于2月20日提货，成交签字。

3月初，安排办工商营业执照，到银行开户，给在成都的小龙转款，选择厂址，平整土地，规划厂区，架设电线，购买75千瓦柴油发电机组、叉车等。

9日，李光璧让我到拉萨。他说，原墨竹工卡县老领导、县人大常委会主任拉巴次仁，向市里要求调我到市房管局当办公室主任。他本人想推荐我到市铅印厂当厂长，调王平去开发大理石。如果想承包鞋帽厂或者地毯厂，马上就可以调上来。

我回答说：“谢谢老领导们的关心，但大理石厂工作已经开了个头，现在走不太好，县上也不会同意。还是等工作上了路再说。”

3 月中下旬，为了方便工作，我搬到公司（厂）里住。打听到李刘华的企业办不下去了，我想办法联系他的几个熟练工人，请严华等人到我这里来工作；到农垦农机厂提锯石机1台；到唐加莫中公社和劳动公社安排开采大理石方料，安排购买建材。

4月份开始，在厂里架设水塔架，安装发电机，安装锯石机试锯，开始生产石材半成品。多次上矿山采石场。洽谈各种供销合同。到5月8日，农垦农机厂要求另一台锯石机延期，磨石机做到半成品加工不了。四川3台县建筑八队来承包打料石，签订500方合同，安排他们到矿山，月底安装调试第三台大锯。

见我们的工作有一定进度，李刘华多次来要求与我们合作，县领导委托我起草合作合同草案。

5月20日，经余合泉副书记、副县长周长满、扎西罗布及索朗央金和我等人商议，基本同意合作，可以将李的企业收归国有，大理石联营综合公司实行国家所有，集体经营，个人承包，自负盈亏。李刘华也可以承包。李的动产和不动产，按实有价值，从生产利润中分期偿还。

有了双方同意的合作合同草案和县上的合作意见，我们逐步将李刘华的75千瓦电机组、2台磨石机、1台小型切断机、1台电焊机、1只潜水泵，及打眼机等设备和材料从莫中运到厂里来安装。

6月17日，在政府会议室召开县党政联席会议，其美多吉、丁炳南、余合泉、洛桑多吉、周长满、吕毓卿、次旦玉珍、强巴边宗、索朗央金和我参加。下午，专题研究大理石综合公司的有关问题。先由我向县委政府汇报，领导们肯定了几个月来的工作成绩，也找出了问题：1.西藏的情况特殊，办企业困难多，县委准备不足，急于上马，急于投产，缺乏经验，效益不高；2.队伍不齐，力量不够，拉夫凑数；3.对组织原材料运输困难认识不足。会上商定：

公司性质

名称：墨竹工卡大理石综合公司

级别：视今后规模再定

隶属：成立多种经营管理局，公司隶属多经局

性质：大集体，由政府搭台（筹备），集体经营，政府一次性投资。投

产后，自负盈亏，照章纳税。

经理：熊忠彦（改任多种经营管理局局长）（兼）

副经理（助理）：待定

工程师（技师）：待定

会计：龙文元（追回档案，不内调，转干）

出纳：查果

工人：不办理大集体手续，4种身份：正式工、合同工、临时工、聘用工

合作问题

权力归企业，由企业自主决定，招聘也可以。李刘华处能够用的设备和材料先拉过来。

会后，我按联席会上定的原则意见，组织班子，布置工作。眼看准备工作快要就绪，只等从成都运回的圆盘锯石机、3台磨石机、大切断机一到，安装完就可以批量生产了。

可是就在22日下午，突然收到从川藏线上波密县通麦食宿站发来的21日和22日两封电报：

“暴发洪水，泥石流冲毁公路，17辆车冲入堰塞湖中淹没，你县郭车也在其中。郭等昏迷未醒，速来人处理。”

见到电报，如晴天霹雳，我差点一下子就晕厥过去。

郭成良是娶了个藏族老婆在工卡乡落户的河南籍人。他是个跑车的个体户，是我们租用他的车，到成都去给我们运输设备的。车上有我们厂的圆盘锯石机1台，磨石机3台，高速切割机2台，总价值7万余元。真没有想到，他会在返回途中出事，连车带货全报销了。

人命关天。我带着电报请示其美多吉、余合泉两位书记，与周副县长商量，他让我带郭妻次仁卓姆一同去处理事故。我向小龙等人安排好工作后，立即联系购票，乘26日晚上的飞机到达成都。

次日一早到驻簇桥昌都运输站，联系去昌都车辆未遂，只好想办法在7月2日乘拉萨汽车修配厂的大车上路。正走在往昌都的路上，住在三所的杨财富开小车追上来，说县上来电报，郭师傅病已痊愈，让我在成都等郭。在等待期间，还要我到灌县蒲阳大理石厂考察参观。郭师傅 9 日到后，我见其身体

无事，便电报请假，获准顺便回家接爱人小孩返藏。至月底回县，又全心投入工作。

8月5日，余书记通知我，准备参加常委会，在会议上汇报公司的筹备情况。晚饭后，丁书记看见我，关切地对我说："老熊，看来你的运气不太好呀！"

这时，我已经料到，在西藏县上这样的小地方，人们少见多怪，出了这种事故，机关里肯定会有不少人对办企业有舆论，有的领导也会打退堂鼓，也许如我当初的预料：暴风雨就要来临了。

6日下午和晚上、7日全天，参加县委常委扩大会议。出席的人有：其美多吉、余合泉、丁炳南、洛桑多吉、扎西罗布、周长满、蒲长顺、次旦玉珍和我，仇西明作记录。这次会议是专题研究大理石综合公司的有关问题。

在会上，由我第一个发言。我把公司的筹备情况作了详细的汇报，总结了经验，找出了存在的问题。对工程进度慢、工作没有安排好、还没有产生经济效益，从主观上找原因，作了深刻的自我批评，并对今后的工作提出了自己的看法和建议：

1. 明确一名副县长主管大理石综合公司的工作。

2. 原定投资30万~50万元，现实际陆续拨款25万元，政府没有钱，办企业会骑虎难下，为减少损失，可以将公司转卖或者将所有设备变卖。

3. 如果说县委执意还要办下去，并还由我负责的话，建议由郑文俊任经理，驾驶员德庆或者次仁群培当厂长。

4. 今后县委政府要统一口径，并再拨 4 万元资金启动，预计总投资要60万元。

我发言后，到会领导们都多次发言，他们大多数人肯定了县委决心正确，筹备工作有成绩，指出了存在的问题，也有人提出了些不同意见，还说叉车不该买。

对于一些完全不懂工业的领导们提出来的意见，我还能说些什么，解释什么呢？

周副县长在会上作了自我批评。他还说："这个新办企业的成绩明显地摆在我们面前，几个月来，克服了多少困难，现在筹备得基本就绪，叉车投产后就有用，可惜老天爷不帮忙，出了个事故。我思想上有压力。存在的问题，我负主要责任，但县委也有责任，老熊一个人怎么搞得起来？到6月才定企业性质，10日才定由老熊负责，中旬才定下会计，原定投资30万元，到现在还没有达到额定数。当然，老熊个人也有一定责任。教训有两条：一是在可行性的研究上，我们忽视了老熊提出的能源交通和技术人员问题，办企业时机还不成熟，我向县委提出的意见过早。二是组织上和我个人对老熊的工作支持太少，老熊担子太重。”

老周发言后，大家各抒己见，我也多次发言。

最后统一认识，办企业的方向没有错，但时机不成熟，应该等明后年县恰嘎水电站建起来后再办。县委的确存在一些问题，草率上马，操之过急。以后县委政府的口径一定要统一，定一个领导由老周负责。要办就要大力支持，前期工作，的确不容易，老熊一个人在西藏领导办这样一个企业，克服了很多困难，成绩是主要的。到了这种程度，要坚持办下去，但资金有问题，关而不死，管而不乱。

会后，我们成立由 5 人组成的企业管理委员会，制订工作计划，定工种、人员，定岗位负责人，建章建制，制定劳动纪律。开始生产样品和半成品，在缺乏资金的情况下，企业艰难地运作着。

从10月25日至12月23日，县直机关党员参加整党。我边工作边参加会议，会中，让我在会上作两次中心发言。这段时间我时常生病，爱人李敏患高原心脏病，今年两次到拉萨自治区人民医院住院。我的工作忙，走不开，县中学的老师们一个萝卜一个坑，也抽不出人来。为保证我的工作，县委特地从县医院抽调职工张秀清大姐（四川人，大李敏 8 岁）到拉萨去照顾她。

12月上旬，为了参加整党，李敏临时回到县里，下车就住进县医院。一边打吊针，一边书写个人发言。现在李敏一直胸闷，整天气喘吁吁，嘴唇乌紫，手指盖全部凹陷，头肿脚肿的，夜里睡觉不能平躺，只能坐靠着打盹。

我只好请求休假，送病老婆到内地治病。交接完工作后，27日到拉萨排号购买等候机票。

1986年元月 4 日，我们一家人离开西藏到成都。

返回西藏时，由于在成都购机票困难，我于1986年 7 月20日飞返拉萨，23日回县。

回后才知道，我走后不久，县委决定，大理石综合公司等恰嘎水电站建起来后再继续办。

那个司机郭成良也真是够倒霉的。10月11日，他开车从拉萨回家的路上，突然脑出血发作。他还真不简单，把车停住后，死在车内，还是我和他的河南老乡张学营老师（河南大学生）、母汉臣，以及范以军老师（江苏1980年进藏大学生），去和他的家属一起商量，用藏汉风俗结合的办法，做棺材装殓，把他埋葬在塔巴那座县委马书记的坟墓旁边。

1986年8月2日，参加县政府工作会议，县委其美书记、余书记也参加了会议。会议听取各部门的汇报，研究经济工作。多种经营管理局廖副局长在会上汇报了开发旅游产品、办土陶试验班、联办地毯厂、大理石厂的管理等多种经营的情况。各区也在会上汇报了多种经营的收入情况。我任多种经营管理局长1年多，一直是在大理石综合公司（厂）工作，到这时才进入角色。会后，我和人大常委会副主任贡嘎，到各区乡安排多种经营工作。

早在1984年11月30日，为发展墨竹工卡县的经济，尽快让老百姓富裕起来，我就向县委副书记丁炳南谈过关于多种经营的个人设想。我当时建议：

1. 开采莫中乡大理石，开采甲玛金矿、铅矿，或者开采卓甫乡水晶矿，组织群众淘沙金；

2. 发展旅游业，开发卓甫乡溶洞，开发德忠温泉、日多温泉，开发格萨尔王出生地甲玛；

3. 发展种植业，人工种植冬虫夏草、贝母、红景天、雪莲花、藏红花等中药材；

4. 发展养殖业，养殖各类动物；

5. 发展传统手工业，各类加工业。

真没想到，到1985年6月，县委还真设立多种经营管理局，让我当局长。不过当时我一直忙于搞大理石的事，无暇他顾。

这次从内地回来，8月下旬后，处理完大理石厂的遗留问题，到9月，我和巴桑下乡到直孔区协助区委工作，负责农牧业、水利工程和多种经营工作。我们深入到各乡，实地调查研究，了解情况，解决问题，开展多种经营。

9月8日上午，敬爱的阿沛·阿旺晋美副委员长和夫人，及他的子女们，由区市领导朗杰、热地、杨有才、高士珍等人陪同，回到家乡甲玛乡。县领导余合泉、丁炳南、洛桑多吉、扎西罗布、周长满和我，及强久土登（农牧局长）、刘忠民（藏族，公安局长）参加接待。我们送他一块大理石样品，他很高兴。

阿沛·阿旺晋美副委员长对我说：“我们这是第二次见面了（第一次见面是1982年5月18日上午，他到唐加参加拉萨河钢丝吊桥通车典礼，我们还合了影）。你的事业干得好，工作不错。资金不足可以贷款，以后再还。”

我回答他说：“谢谢委员长的关心，我一定不辜负您的希望！”

阿沛·阿旺晋美老人还让他的夫人和女儿与我手拉着手，一同跳家乡藏舞，大家合影留念。

记得他老人家上次来唐加时，走在勉强能过吉普小车的拉萨河唐加钢丝吊桥上，看着河西桥下不远处水文站的木船，他高兴地说：“有了这座桥，我们这里终于天堑变通途了，再也不用坐木船了。”

拉萨河在墨竹工卡这一段，没有一座大桥。拉萨河只有唐加这里的河岸高，河道最窄，水最深，河宽才100来米。在没建水文站以前，这里是牛皮船渡口。建水文站后，水文站的测量木船就义务为过往行人摆渡。有一次因为人多水急，还翻船淹死了好几个人，酿成了大事故。

牛皮船，是用4张牦牛皮缝成的。先将牦牛尾巴上的毛搓成线，再将牦牛皮套在搭好的柳木架子上，牛皮绷起，梯形的牛皮船雏形便成了。看上去船身约3米多长，高1米、宽2米，每船可载8人左右。牛皮船轻，吃水浅，在西藏的江河中很实用。

现在有了桥，过河再也不用牛皮船和小木船了，阿沛·阿旺晋美副委员长当然很高兴。

他一个76岁高龄的老人，对家乡的建设如此关心，对我这样一个基层干部勉励有加，使我十分感动。

从这以后，各级领导对我们企业发展十分关注。

9月中旬，自治区副主席龚达西也来到直孔区，我们向他汇报这里的情况。

他们走后不久，月底，自治区党委办公厅来人调查了解大理石的生产情况。

9月下旬，我经常在马路上看到，不少装有柴火的大卡车，和拉柴火的马车队，往拉萨方向拉柴火。我觉得这是破坏生态的一个大问题。搞多种经营绝对不能砍伐林木。于是，我立即向县政府领导汇报：我们县海拔高，属高寒地带，氧气少，植物生长缓慢，山上植被薄，林木更不多，砍伐多了，会破坏当地的生态平衡，引起水土流失和气候的变化，得不偿失。领导当时就要我以政府的名义写通知，禁止往县外卖柴火，禁止砍柴专业户砍柴。

10月24日，县委书记塔杰和县长拉松找我，共同商议大理石上马计划。

10月29日下午，丹巴市长、郑广居副市长在其美多吉、洛桑多吉、周长满的陪同下，来我们大理石厂参观。市长肯定了我们的成绩，并表态帮助贷款5万元。

11月12日，美国中亚咨询公司格桑扎西来县，李玉明和我陪同看大理石矿山，看在建的恰嘎水电站，还到大理石厂取样。交谈后，他们的意向是找国外企业来合作开发。

11月18日，市政府办公室带来报社记者，了解大理石生产情况。

26日，周副县长带市计委的人来，要了20多种样品寄往美国。

1987年6月，我陪同农牧渔业部专家组和联合国粮食署的代表，来考察3357工程（拉萨河流域综合治理）时，有位波兰代表看到唐加莫中大理石矿山，很有兴趣，我与他当即说起共同开发的问题。后来，波兰大使馆商务代表布杨斯基，于1987年9月4日给我回信，要我们派代表团到北京商谈。经请示拉萨市委，我写了回信，并转请他们与自治区经贸厅和拉萨市经委联系。

残疾人抽样调查

1987年元月中旬，因为我爱人李敏从高原调回内地后，患心脏病和水土不服住院，故请事假1个月，赶回去探望她。在家才住19天，2月13日下午，突然收到县上催我马上返藏的电报。我以为县上又有什么急事或是有重要任务交给我来办，便立即于2月15日从家里出发，一路上马不停蹄，坐汽车换乘火车，又换乘飞机，不敢耽误，紧赶慢赶，于24日赶回县上，正好遇上过藏历年，24日开始放长假。节后，3月7日一上班，县领导便通知我，说县委决定抽我参加“西藏残疾人抽样调查”，怕我休假后赶不回来误事，所以发电报催我回来。

在事假期间，电报催我回来，原来是为了临时抽调我参加残疾人抽样调查。

对县委这封电报和这个安排，我实在感到有些意外。心里想，这又不是什么急事、大事，完全可以等我休假期满回来后，再通知我也完全来得及。再说，残疾人抽样调查并非工程技术活，县上干部这么多，抽谁不好，为什么偏偏要抽我参加？这种做法，着实令我有些费解。但费解归费解，县委已决定的事，咱还得服从。

9日上午，由我带队，从县直机关各单位抽出14名年轻人（以藏族为主），到拉萨市西藏自治区民政厅招待所报到，参加“残疾人抽样调查”培训班集训。

到后才知道，原来这是国家为了掌握残疾人的情况，在全国进行残疾人抽样调查。全国按人口1.5‰抽样，共抽中426个县，150万人。西藏自治区按人口3‰抽样调查，抽中了堆龙德庆和墨竹工卡两个大县，调查5000人。要与全国按统一的范围、标准和时间进行抽样调查，按时完成任务上报。这是特殊的调查，时间紧，要求严，工作细，任务艰巨，西藏不能拖全国的后腿。因此，自治区和民政厅对这次抽样调查很重视，对参加调查队的队员素质要求很高。西藏成立了残调领导小组、残调办、抽样检查小组，组织两个调查队，队员由带队干部、医生和调查员组成。这次集中培训后，分别下到堆龙德庆和墨竹工卡两个县开展调查工作。

这次培训学习，计划用15天时间，从3月10日开始，到28日结束。采取讲课与实习相结合的培训方法，分5个阶段进行培训。第一阶段，学习上级指示、文件、规定，提高思想认识，了解政策，要求队员们建立对残疾人深厚的感情，树立刻苦认真、耐心细致的工作态度，坚定必胜的信心；第二阶段，用4天的时间，让调查员学习熟记五类残疾人标准，掌握科学的调查方法，成为半个医生；第三阶段，医生调查员们就近到城关区生产队调查实习，在实践中培训锻炼提高；第四阶段，进行问答式测验；第五阶段，总结提高。

9日下午至14日，我们学员们一边听课，学习文件，学习《全国残疾人抽样调查工作手册》，一边进行分组讨论，开始试填表。学习后，我们明确了这次残疾人抽样调查的任务，掌握了抽样调查的文件、规定、范围和标准，明确了常住人口与待定人口的界定。大家有决心在抽样调查中按照相关规定，达到准确率98%、问答率90%。学员们都认为这次的调查任务艰巨，能参加这次抽样调查很光荣。

从16日开始，我们用4天时间，学习五类残疾人标准和检查方法，分别由医生们讲课。五类残疾人标准是：视力残疾标准；听力、语言残疾标准；智力残疾标准；精神病残疾标准；肢体残疾标准。残疾人标准听起来似乎并不复杂，可五类残疾人标准实际上并不简单。

如听力、语言残疾，其听力残疾，就分为：一等聋，全力喊话听不见；二等聋，一般喊话听到而不真，全力喊话能听真的；一级重听，普通讲话能听到而听不真，而高声讲话能听真的；二级重听，耳语讲话能听到而听不真，而轻声讲话能听真的。正所谓十哑九聋，听力、语言残疾是相关联的。还有听力残疾的病因、语言残疾等内容。

又如智力残疾和检查就非常复杂，要学习的内容很多，牵涉到儿科、神经等几个学科。有心理测量，关于某病因的发病机理，对智商的认识；有智力残疾的定义，智力残疾的两个阶段（18岁以前、18岁以后），智力残疾的4个等级，智力测定的6种方法；有影响智残的各种因素：社会经济发展对智力的影响，文化教育对智力的影响，病因的影响；还有智力低下的预防，智力低下的临床表现。智力低下的临床表现有：如初生儿，两眼距离宽，耳小、位置低，鼻扁平，嘴张，舌半伸；成人则见面开口笑，热情不周到，张嘴流口水，问啥不知道。还要熟悉中国韦氏幼儿智力量表、韦氏儿童智力量表、成人智力量表。

学习五类残疾人标准和检查方法的时间短，我们要学习的内容又多又复杂。这对我们来说，完全是全新的科目课题。为了弄清楚，上课时都认真听课和记笔记，下课后，大家互相讨论和交流，以能者为师，共同提高。

接着，我们于3月20日、21日，到城关区噶玛古桑乡和福利印刷厂实习。面对调查对象进行实际调查，就觉得业务生疏，真是不实习不知道，一实习才知道，书本知识和课堂教学与实际操作有很大的距离。大家都感到要继续抓紧时间，尽快熟悉业务。22日，根据调查实习的情况、存在的问题，集中分析讨论。通过这种学习方法，大家提高很快。

第二天，学习调查程序。调查阶段的工作流程主要是：1. 登记、筛查、诊断、统计；2. 复查、自查、互查、议查；3. 调查表装订整理成册；4. 逻辑审查；5. 县级手工汇总。27日培训结束。

回县后，立即成立了20人组成的墨竹工卡县残疾人抽样调查队，由上级派来的老张任队长，我和上级派来的李国英（女）医生任副队长。29日，召开调查队成员会议，县委副书记余合泉和蒲长顺副县长参加会议。会上，我们对调查员进行了分工，安排了宣传、翻译、调查、文书和统计人员，安排赶制各种表格，还成立了后勤组，负责炊具伙食与交通工具。调查队设立临时党团支部，由我任临时党支部书记。最后，余书记对工作队的工作提出了不少要求，讲了一些我们应该注意的事项。

4月1日～4日，调查队到县城下游的工卡区甲玛乡（这时西藏的乡相当于内地的村，村相当于自然村组）三村和七村开展调查。为了提高工作效率，我们分成几个小组，在计委工作的小卓玛（女）和我在一个小组。

在乡里安排好食宿后，我们按照调查程序，认真地逐户按人登记、筛查、诊断，又进行补查、复查、自查和互查。

卓玛20来岁，人白净漂亮，活泼能干，总是面带笑容，汉话说得很好。她有时称我熊局长，有时又叫我熊叔叔。虽然我早已学会日常生活藏语，但搞残疾人调查这样的专业用语，还真得靠她来给我翻译。有她和我在一起，工作起来就会方便得多。

我俩调查的第一户是三村的赤来一家。甲玛乡我很熟悉，这是一个半农半牧区，是全县最大的乡。该乡共有15个村（队），从里到外依次分别散落在甲玛沟两边的山坡上。好在三村离乡不远，我们步行一会儿就到了。不巧，我俩到时，户主赤来不在家，我只好让次仁和驾驶员果果帮我们去找。他们真能干，到他家的地里把人给找来了。赤来有40多岁，一家老小共10口人。我俩让他把全家人都找拢来，一会儿工夫，找到了9人。我们先向他们讲清调查的目的，打消顾虑，然后从老到小逐一登记，逐个目测、询问、筛查，结果这到场的 9 个人，都不符合五类残疾人的标准。

他家还有一个叫欧珠的儿子未到，据赤来讲，欧珠从小就耳聋。这样的对象我们绝不能漏查，决定大家分头去找，找了半天，终于在山村的小路上找到了他。经过测验，欧珠果真患有听力残疾，属于二等聋。

几天下来，我们队在甲玛乡两个村共登记了135人，筛查了131人，筛出了各类残疾人11名。

出师顺利，初见成效，队员们都很高兴。我更是高兴，因为3日这天，从县中学调到拉萨西藏师院任教的王大犇老师也来到我们调查队，参加我们的调查。他是和我同时进藏，一起分到墨竹工卡县的老同学，他还和队里的李国英医生是上海老乡，我们不少队员都是王老师的学生。王是一个做学问十分严谨的人，而且性格开朗，多才多艺。调查队有王老师的参加，我相信，我们的工作会顺利得多，生活也会丰富多彩。

“甲玛”系藏语译音，意为“辽阔”。在甲玛乡，我们了解到，甲玛沟在历史上曾是吐蕃时期第一重镇，是萨迦王朝时期西藏13万户常驻地，里面还留存着霍尔康贵族遗址。

这里又是通往桑耶寺的古道，沟里的强巴敏久林宫遗址就是藏王松赞干布的出生地。那些古围墙、古佛塔、古寺庙，烘托着甲玛沟的历史文化气息。

这一带还流传着不少关于松赞干布的传说。有一个山泉，名叫“忱果泉”，说是年幼的松赞干布常在这里洗脸，并从幻影中得到在拉萨建布达拉宫的授记，因此被称为“神泉”。不少大活佛以及朝圣者均以能在此洗脸并饮此泉水为幸事。姑娘们也爱到泉边用神水洗脸，以求神水让她们更加美丽。

5日，调查队从甲玛乡转到巴洛区仁青林乡，我们在仁青林电站瑞安营扎寨，在仁青林乡这里调查4天。

10日，调查队转到唐加区调查劳动乡。为了工作方便，我们就近住在原县农场，在劳动乡也调查4天。

15日，调查队又转到直孔区麻拉乡，在乡瑞安营扎寨，调查4天。

18日，我们到最后一站，转移到门巴区仁多岗乡，住在区招待所里，在这里调查4天，休息两天。

25日回县后，用3天时间汇总调查结果和进行总结。

在仁青林乡调查时，碰到过不少大骨节病人，有的还达到了肢体残疾标准；还有些人有眼病，也有的符合视力残疾标准。我们都按照规定进行登记、筛查、诊断。我和王老师、李医生等人判断，可能是饮用水中含有某种矿物质造成的。

这些病人希望我们能给予治疗，这种心情我们可以理解。见我们没有给药，有的人当时就提意见，有的人也说了一些怪话。

有的老乡甚至说：“北京吹金喇叭，拉萨吹银喇叭，县上吹铜喇叭，你们到了下面就吹牛角，你们来诊病是骗人的！”

藏胞这种心情，我们能够理解。可是，我们这次来是进行残疾人抽样调查，而不是医疗队下乡。我只好向老乡们多做些解释。

麻拉乡是在直孔区南面的一条大山沟里，这里是牧区，村里人少，有的村只有几户人，居住分散。有几个村附近，半山上全是树木森林，山下全是1米多深的红柳等灌木丛，全是小路。据说，山上有棕熊、狼、豹等动物，这给我们的调查工作带来了不少的困难。

队里只有我带有长短枪，为了年轻队员们的安全，最远的地方自然由我和卓玛去调查。

我们这次是在乡下工作，时间长，生活单调。队里的年轻人多，年轻人的天性是活泼的，在工作之余，或者是在睡觉前，开展一些适宜年轻人特点的业余娱乐活动很有必要。我们让大家自由选择娱乐方式，自由结合，藏汉不分，有的在一起打扑克，有的在地上画上个棋盘下地棋，有的学藏语，有的学唱歌。我和王老师、李医生则下围棋或下五子棋。在麻拉乡时，有天晚饭后，我和王老师下着围棋，李国英医生过来要和我们下五子棋，我俩只好依着她，陪她下五子棋。

李医生五官端正，身材苗条，一副病态，说话慢，声音不高，是典型的上海女性。和我们下棋，她就像是个小孩子，下赢了就高兴，下输了从来不服气，噘起个小嘴，下过一盘还要下，一直下到让她赢了，才肯罢休。

这样劳逸结合，工作和生活丰富多彩，大家心情舒畅，也就不想家了。

到最后一站的门巴区仁多岗乡，海拔有4200多米，高寒缺氧，李医生等人有高原反应，她们还是坚持工作，其工作热情和态度十分感人。

在仁多岗乡调查后，我们到门巴附近有名的德仲温泉，痛快地泡了个热水澡，然后回县。

这次用1个月时间，圆满顺利地完成了这次的西藏自治区残疾人抽样调查任务。

好友丹巴江参

我和李敏1977年2月底结婚。婚后不久，我们就从县委院的平房搬到县中学的教工宿舍里。这排宿舍是南北向的，土墙铁皮瓦人字形脊背平房，房子比县委院的平房要高，里面是用黑油毡做顶棚。每逢刮风下雨或下冰雹时，屋里比外面还响。东西一共 9 间房，住 5 家人。东面四家全是套间，只有西边一家是个单间。我家住在中间。丹巴江参一家住在我家东边的隔壁，我们两家就成了邻居。

丹巴江参大我8岁，个子高大，长得潇洒英俊。他和我有个共同的爱好，都喜欢喝酒。他的爱人青松英在县中学里当校工，中等身材，皮肤稍黑。他们总是客气地尊称我为小熊格啦（老师），称李敏为李老师。他俩有3男1女4个小孩。小孩们对我俩总是甜甜地叫熊叔叔和李阿姨，我俩对他们的小孩也像是对自己的孩子一样。

我搬过来后，看到门前的土操场面积非常大，在征得阿旺校长的同意后，准备在门前留出4米宽的小院，在小院前又开出一块 7 米长5米宽的一个小菜园。我和丹巴江参商量，为节约用地，我们两家人共用一个小院，在小院前两家菜园中间留出一条共同的出路。我们两家带头后，另外3家也学我们的样子，在各自门前平整小院，开出小块菜地。就这样，在缺少新鲜蔬菜的高原上，每年5～10月，我们几家便有了新鲜蔬菜吃。到了种菜的季节，我和丹巴江参经常商量着种什么菜，互相调剂着种菜吃菜。我们藏汉两家邻居多年，好得像一家人一样。

平时，他们对我们的日常生活非常关照。我在乡下认识的藏族朋友们有事到县上来找我，送收音机让我修理，或是送些肉食鸡蛋给我，我在家不在家，都是丹巴江参帮我翻译接待。他的汉话说得很好，青松英的汉语则一般，我们在交谈中他俩总是尽量使用汉话。在相处中，我发现他为人忠诚老实，心地善良，乐于助人，是一个可以信赖的忠实朋友。直到次年初，我任县农机站副站长，负责筹建农机站时，丹巴江参也调到了农机站工作。从那时起，我们俩在一起工作，使我对丹巴江参就有了更深的了解。丹巴江参的话语不多，工作勤恳，做事认真，我们在工作中相处得非常愉快。可惜相处时间不长，我调到了县农机厂，从此，我俩再也没有在工作上直接共事。

我在县委大院住时，大院周围还有些高大的白杨树，到学校这里后，当我每天看到我们这排房前的大黄沙土操场上空荡荡的，远望周围山上也是荒秃秃的，就想着要在我们的门前栽些树，改变一下生活环境。

工卡这里的气候很有意思，在冬季，晚上下雪白天晴，到了春季，特别是3月过后，却是晚上下雨雪白天晴。我想，这样的雨水气候，植树成活率一定很高。

这年4月中旬，正值拉萨地区的植树季节，我便从县苗圃带了些2米多长的白杨树苗回来。正准备在两家的门前栽种，恰好丹巴江参下班回来，他一见到树苗就很高兴，马上笑呵呵地走过来，问我："格啦小熊，这树苗好，你说要怎么栽？"

我说："树苗太少了，先在我们这几家的门前各栽3棵怎么样？"

他说："好吧！我们先栽门前的。"

我俩马上动手在门前挖坑栽树，其他三家一见，都高兴地过来拿树苗。我俩也帮助他们分别栽上。

栽完后，丹巴江参指着大操场说："小熊格啦，要是能够把这操场两边也栽上树就更好了！"我说："是的，回头我再弄些树苗来再栽上。"

没过几天，我俩将操场两边的树也栽上了。

到了5月初，门前的一排和操场东西两边的小树都开始发芽，逐步长出了绿色。三排小树的生长，给我们这空旷的门前，增添了勃勃生机。

有一次，我下乡不在家，书呆子小李放学后，把装有米和水的高压锅放在油炉子上，就到里屋看书去了。不知道是什么原因，高压锅突然爆炸，那厚厚的锅盖飞到墙上，又摔到地上，砸得变了形。锅里米饭则喷得满屋，粘得地上、墙上和天花板上到处都是。油炉被爆炸的反作用力压扁，流出的油着了火。

丹巴江参听到爆炸声，急忙从家里跑过来，蹿到我屋里，飞快地用双手捧起着了火的滚烫油炉，出门后，将油炉丢到我家的菜地里。幸亏油炉里剩下的油也不太多了，总算避免了一场火灾大事故。

据小李说，丹巴江参的手烧起了好几个水泡，还和没事人一样，乐呵呵地念叨着说：“幸亏李老师不在伙房，没出事就好，没出事就好！”

他就是这样的人，只关心他人的安危，关心他人胜过关心自己。

我回来听说这件事后，特地去感谢他。他笑着说：“这点小事算什么？要你谢什么，谢什么哟！这是我应该做的。谁碰到了这种事，谁都会这样做的。”他的言行，使我对他肃然起敬。

再说我那高压锅上的高压阀，在爆炸事件中也飞得不知去向。县城里根本买不到高压锅的零配件，我只好又重新买个高压锅。

又过了大半年，到了冬天，一次我对丹巴江参诉苦，说自己有失眠症，夜晚大风刮得房顶铁皮哗啦响，更无法入睡。这位老大哥立刻帮我想出办法，他说：“亏你还是个厂长、大工程师，连这点办法也没有？你把你们厂里锯木头掉下来的锯末子，搞上几袋回来，压在棚顶的黑油毡纸上，又隔音，又暖和。”

我一拍脑门儿，对呀！我怎么没想到呢，这么简单的道理！

不料，我一爬上棚顶，就看到我那千呼万唤不出来的高压阀，正躺在油毡纸上舒舒服服睡大觉呢。这真叫踏破铁鞋无觅处，得来全不费工夫。

找到高压阀，我又从墙角处捡起那个摔变形的高压锅盖子，擦洗干净，用铁锤木槌一顿敲打，套在锅上，仍然严丝合缝，居然一直使用到我们内调。后来我一个人搬出学校时，将这个屡经“革命考验”、象征民族情谊的高压锅，送给了丹巴江参一家。

我们这排房共住着5家人，只有我一家是汉族。这倒给了我向他们学习藏话，了解西藏历史、民间习俗和墨竹工卡风土人情的极好机会。当然，近水楼台，教我最多的就是丹巴江参。

他除了教我藏话外，还经常给我讲些当地的风土人情和历史故事。他讲的故事主要是吐蕃王朝的藏王松赞干布、格萨尔王和阿古登巴等人的故事。

他告诉我，松赞干布是藏王那日松赞的儿子。大唐初年，出生在我们墨竹工卡县的甲玛乡。在松赞干布继承王位执政后，相继征服了西藏各路诸侯和相邻小国，统一了西藏，将其西藏地域划分为13个“廓”（辖区）。建立健全了行政机构，制定法律，设置300多名内、外等大小臣僚。还设立6万人为一营的四个大兵营，加强边境防卫。他向四邻各国学习，派人到印度学习文字，创制藏文；向蒙古学习法律。在20岁时，迎娶16岁的文成公主来藏。文成公主从内地带来了手工业工具、农具、树种和各种农作物种子，佛经、医药、历算等重要书籍。还调来能工巧匠修建小昭寺，推广传授各种先进技术。唐高宗即位后，封松赞干布为西海郡王、驸马都尉。文成公主进藏，藏汉和亲，增进了西藏和祖国内地各方面的交往，对于密切藏汉关系，对推动西藏社会的全面发展，起到了很大的作用。

格萨尔王是传说里神子推巴噶瓦的化身，一生戎马，惩恶扬善，弘扬佛法，传播文化，是藏族人民引以为自豪的盖世英雄。早在10～11世纪，有关格萨尔王的传说，就在藏区广泛流传。至今青海、西藏和云南各地的人们还怀念歌颂着这位民族英雄。

丹巴江参告诉我，格萨尔是贫苦家庭出身，打小放牧。他的叔父挑拨离间，致使格萨尔母子四处漂泊，在外相依为命，在奇异境界里诞生和长大成人。16岁时，岭国赛马选王，他力战群雄，得胜称王并登位，尊号为格萨尔。藏语称甲吾格萨尔纳特或格萨尔阿种。遂进住岭国都城森周达泽宗，并娶珠姆为妻。格萨尔为了铲除人间的祸患，受命降临凡界，镇伏了吃人的妖魔鬼怪，驱逐了掳掠百姓的侵略者，并与叛国投敌的奸贼——他的叔父晁同展开毫不妥协的斗争。他一生降妖伏魔，除暴安良，南征北战，统一了大小150多个部落，岭国领土始归一统，赢得了岭国部落的自由和平与幸福。他的事迹，在高原上到处流传，多少年来，西藏民间随处都有艺人说唱“格萨尔”。

阿古登巴在西藏是位人们喜闻乐见、家喻户晓、妇孺皆知的智慧人物，与新疆的阿凡提相类似。在笃信佛教的西藏人民心中，他是弘扬佛法智慧菩萨的化身。西藏民间到处流传着他如何抓住富人贪婪、吝啬、好色、愚蠢的弱点，运用智谋巧妙地惩罚坏人的故事。阿古登巴最爱捉弄的是大喇嘛、宗本（“宗”是略大于县或县的行政区划）、领主、商人、富翁。这些故事反映了“为富不仁”、“无商不奸”的现象，也寄托了旧西藏广大农奴复仇的心理和平等的愿望。

在前藏（拉萨、山南一带）、后藏（日喀则、阿里一带），都流传有许多阿古登巴见义勇为、惩恶扬善，打抱不平和教化人的故事。

丹巴江参除讲人物故事外，还经常给我讲西藏的历史、西藏的民间传说，讲藏历年、元宵节、雪顿节、沐浴周、望果节等各种节日的历史来历，讲西藏的禁忌和生、丧、婚姻等礼俗。

在相邻的几年里，我从丹巴江参的言谈中，对西藏地方和藏民族有了更多的理解。

佛 光

1983年秋末的一个星期六下午，丹巴江参说第二天要带我上山去打猎玩，叫我做好准备。我们两人晚上就忙着擦枪和烙大饼。

早上5点钟，天还未亮，我们俩就背上步枪、干粮、水壶，他带着我摸黑往县中学对面的南山上爬。

这座山就在工卡村的南面，山顶大约在海拔4300米以上，山上还有一个竖立的航标，我们每天开门就看得见。从下面看山上是光秃秃的，没有多少植被，我真怀疑这山上有没有什么动物。

丹巴江参似乎看出了我心里有不少疑问，他边走边向我介绍说：“你别看这边山上是光秃秃的，到山顶上就大不一样了。只要翻过这个山头，再往前走，地形很复杂，山沟里和山坡上就有一片片的灌木丛和大片大片的草地，那里有兔子、鹌鹑、麻鸡、雪鸡、狐狸，还有香獐。”他说的话我信，因为他是一个诚实的人。

他又说，你这个小熊局长，还兼了县除兽害队的队长，你这个队长可不容易当。

我说，可不是嘛，我们县牧区的兽害严重，据反映上来的情况，35个乡都有兽害，凶猛动物还不少。

他说，危害牛羊最严重的是野狗。野狗多，一年四季都吃牲畜，不像猞猁和雪豹，只在冬末春初才吃牲畜。

我说，可不是，我已经打死了几十条野狗了，除害队派到直孔区的这个组，县人武部干事、公安局干部和中队战士已经打死20来条野狗了。其他几个组还没有报告上来，不知道成绩怎么样。

他说，打野狗容易，打猞猁和雪豹就不容易了。猞猁与雪豹是夜行动物，白天不出来，不容易发现，而且还很凶猛，打它们有危险，格啦小熊，你们可要注意安全。

我说，这个我知道。他说，猞猁你们最好不要惹它。猞猁喜欢生活在森林灌木丛地带，密林及山岩上，常常独居，擅长攀爬，也会游泳，能耐饥渴，它可以在一处静卧好几天。它活动隐蔽，听觉很灵敏，视觉更发达，行动特别机敏，不怕严寒。逼急了的时候，它会进行反扑，十分凶狠。

我说，是的，我听人说过。他告诉我，听人说，猞猁有时也结群而行。结群时，前面有一只哨探观察动静。打了它，后边的猞群会来集体进攻，可不是闹着玩的。

我说："好的，我会提醒队友们注意的。"

我俩边走边说话，走一会儿就停几分钟，喘口气又接着往山上走。他告诉我："一会儿快到山顶时，我俩要先在山这边的坡上休息一会儿，等到气喘均匀后，再把枪准备好，子弹上膛，然后匍匐上山，悄悄地观察山顶上，看有没有什么动物。动作一定要轻，不然会惊动猎物的。"

我说："好的。"

到了山上，天刚刚放亮。我俩趴在地上，慢慢地探起头来，仔细向山顶上搜寻。这山顶比南面的山稍低，两座山头中有一大片灌木丛，灌木丛中还有积雪。

我俩静静地观察良久，没发现有什么动物，便站起来往前走。

早晨的天气变化多端，时而飘零着一阵小雨雪，时而刮来一股小雨雾。我俩迎着从西南方向飘移来的毛毛细雨和稀薄雾气，顺着山脊继续向南，往前走，又爬上了一座更高的山峰。

这座山峰海拔在4500米以上。丹巴江参在我的前面慢腾腾地走着，我站在稀薄雾气笼罩的山顶上，边休息边看风景。迎着东方的晨光，透过薄雾，隐约看到的是墨竹河长长的河谷；顺山脊向南看，是越走越高的山地。脚下这条山脊的西面，是浓雾朦胧掩盖着的一条南高北低的深长山谷。出山谷口就是东西方向的拉萨河谷。

这时，我背后的太阳刚好初升。在我的前方，比我足下略低的云雾海面上，逐渐出现了一个从外向里排列的红、橙、黄、绿、青、蓝、紫七色大半圆形光环。这条七色光环的宽度在2米以上，整个同心大半圆直径有60来米。光环外侧的红色最清晰，红色向外放射扩散，扩得越远颜色越淡，光环的红橙黄绿青蓝紫各色，依次由明渐暗，到中间是块直径30多米、灰白色的一面大半圆形大镜。镜子正中间有一个模糊的黑色人影，人影的高度大概占大镜的三分之二。我动人影也动，我举手、挥手，镜中的人影也同时举手、 挥手。

原来，那个镜像就是我！我在镜中！

怪事，难道是幻觉？！我闭上眼睛一瞬，再睁开，七彩光环还在眼前。我一下子想起，前两年在峨眉山金顶上，曾听人讲过“佛光”的奇闻，与今天的情景真像。莫非我今天看见的是“佛光”？

想起来了，前几年我在门巴区，一次上山打猎时，也曾经见到过。那是在初冬的一个早晨，同样是在有雾雪的天气里，太阳刚出来，我站在高高的山崖顶上正向西观察时，看到七彩霞光。但那次看到的中间大镜子，比这次还要大。所不同的是：有里明外暗、间距数米的两条七色环的同心大半圆形光环。

顿时，我被这眼前的独特美景所陶醉，待在原地，迷迷糊糊地遐思，半天不知身在何处……直至听到远处同伴丹巴江参在招手呼喊我，这才回过神来。

走过去后，我兴奋地忙把这次刚看到的景象告诉丹巴江参。

他听后一把揪住我的肩膀，高兴地说：“好哇！小熊格啦，我真羡慕你！你见到的这是吉祥幸福的佛光，看来你是与佛有缘，才能见到佛光。你不知道，佛光是在佛祖的眉宇间显现的，不是人人能够见到的，只有与佛有缘的人才能见到，无缘的人是见不到佛光的。我衷心祝福你！”

我说：“谢谢你的祝福！我以前在门巴区，也见到过和这一样的佛光。这是一种科学的自然现象，并不奇怪。”

他说：“莫惹（不是的），佛光是有灵的，无缘的人是见不到的，格啦，你不要不相信！”

其实，我是个只相信科学的人。我想，“佛光”是阳光照在云雾表面和阳光透过云雾所起的衍射，像三棱镜分解阳光的原理一样，是骤然幻化出的一种自然现象。“佛光”的出现是有一定条件的，要有阳光、地形、时机、云海和空气中的雾气水珠等众多自然因素的结合，才可能出现。“佛光”经常发生在白天的早晚，早晨太阳从东方升起，“佛光”在西边出现；下午，太阳在西边，“佛光”则出现在东边。只有当太阳、人体与云雾处在同一条倾斜的或水平的直线上时，才能够产生“佛光”。它只不过是太阳光与云雾中的水滴经过衍射作用而产生的科学景象。当然，一个人在一生中，能够见到“佛光”，自然是件难得的幸事。

这天，我俩谈得最多的是与佛教和佛光有关联的话题。

内　调

1987年5月20日上午，我找县委书记塔杰和组织部长吕毓卿，要求调回内地工作，向县委提交了请调报告。

早在1980年，胡耀邦同志和万里同志代表中央来西藏时，就决定将在藏汉族干部的80%分三批内调。次年初，决定三批内调人事时，我和爱人李敏就向组织上提出过要求内调的申请，当时定我们为第二批内调。当第一批内调人员走完后，1982年搞第二批内调时，县委以工作需要为名，不管李敏的身体不好，无视我们的申请，将我们改为第三批内调。第三批内调时，县委取消了原定我俩第三批内调的安排，做工作要求我们留下来，继续安心在藏工作。

我的爱人李敏在县中学任教，她1976年冬进藏时，就有很严重的高原反应，心脏二尖瓣狭窄，供血不足，身体一直不太好，经常张大嘴巴呼哧喘气。随着在藏时间的推移，她身体状况一年比一年差，后来，患上高原心脏病，头肿脚肿，夜晚不能躺着休息，经常靠在墙上坐着睡觉。在拉萨的自治区人民医院住院治疗数月，医治无效，无法再在西藏工作，只好于1985年腊月商调回到内地。

她调走后，我不能再占用学校宿舍房，县委办安排我住县委招待所，后住到新县委办公楼上。这个安排，本来是对我的照顾。在这里，生活上倒还方便，除节假日外，平时可以在县委小食堂就餐，还可以在县委太阳能浴室洗澡。但在节假日，小食堂不开伙，自己不能做饭吃，就只有到处打游击，东家一餐，西家一顿。时间长了，自觉有种漂泊和客居的感觉。特别是，李敏从高原调回内地后，患心脏病和水土不适应，经常住院。她一个北方外地人，初到我家乡大别山腹地麻城，地域和风俗习惯差异大，水土不服，身上长湿疹，生活不习惯，肠胃发炎。再者，她人生地不熟，困难很多，的确需要我回去。想到这些，我就决定向组织上再次提出要求，商调回内地工作。

我的商调去向，按国务院对内调干部“回原单位、回原籍、对口联系”的三条原则规定，本来是可以调回原单位武汉交通部第二航务工程局的，但因为爱人李敏联系商调时，二航局认为，作为本单位职工的我不能一起调回，工程单位不方便照顾病人，所以李敏只好先期调到我老家麻城市。如果我这次调回到汉口原单位，再折腾将她从麻城调到武汉市，又很麻烦。一旦一时调不动，长期两地分居也不好。无奈，我只好选择回原籍麻城。

得知我已经申请内调，刚从市委组织部调回墨竹工卡县担任副县长的好友王平劝我，邀我留下来再干两年，要我和他共同为墨竹工卡县再多做些工作。我明白王老弟的一番好意，他是为我的前途着想。但我去意已决，只好向他说明要求内调的原因，对他的关心表示衷心感谢。

说实在的，我在墨竹工卡县工作时的这几届领导班子，一直对我非常器重，他们总是不按我的实际职务、实际专业分配任务，而是让我全面负责县上的各种工程技术项目，把我当“万金油”来抹、当总工程师或者工程总指挥来使用。领导和干部职工们，对我在各方面非常关心，群众对我更是百般爱护。我与这里的山山水水，与这里的人民有着深厚的感情。我有好几次在乡下生病，都是藏族老乡精心呵护……

提出内调，机关有不少人在议论我。有的人说，熊局长多才多艺，文武双全，这些年工作没少干，苦没少吃，可是，连续失去了几次提升的机会，这次人代会选举大概又没有他的希望，所以下决心要走了。也有的人说，前几年，拉萨市委组织部第一次来考察老熊，带信的人没带到，他人没有回来，失去了机会，提上了别人；在1985年2月1日召开第三届人代会时，临到开会前，又换成了市交通局政治部的一名办公室主任，说是这位主任在西藏干了多年，年龄大了，照顾一下，提了再马上内调；这次人代会眼看又没有他的份，事不再三，他已经38岁的人了，是应该调走了……

听到这些议论，我想起前不久，有一次我和周长满、蒲长顺两个副县长上山打猎，在山顶上休息时，老周说：“第一次考察你时，你因故没有回县，失去了提拔的机会，上次选举又发生了临时变故，在开会前换成了别人。你贡献大，有能力，县委对你很重视，别泄气，提升是迟早的事。”老蒲说：“你比我年轻得多，有文化，有技术，还有机会。上次人代会上，虽然没有把你作为候选人，但你的得票也不算少。当时我刚来，看得出你的威信很高，下次一定会选上的。”

他俩的话，我并不在乎，当时根本没往心里去。

其实，我是有自知之明的，我知道我只适合搞业务，不是个当官的材料。

在“大跃进”年代的1958年，我父亲时任高级农业社主任，母亲任妇联主任。在浮夸风重灾区的麻城县，有的社最高亩产量报到36000多斤，骗得周恩来总理、陈毅副总理和各国农业代表团到麻城参观，惊动了整个中国和全世界。我父母刚正不阿，硬是坚持实事求是，顶着压力不报高产，虽然全社没有饿死人，却得罪了上级，结果被定为“老右”，开除党籍，撤销职务。直到1981年才平反。平反时，我父亲已经含冤去世多年，他去世时才42岁。因父母亲受了处分，所以，在讲出身的年代，我人生的道路一直不顺。政审说父母有历史问题，使我差点当不了兵。在部队里迟迟不能入团，在工厂里不能入党，更不要说是提干了。这些事一直压在我的心底。在我的坚决要求下，1987年6月16日，县委、县政府、县人大召开联席会议，决定同意我商调回内地，可以先与内地联系，但要在负责做好联合国世界粮食署援华“3357工程”墨竹工卡段的前期设计准备工作后，才能办理商调手续。

在前期设计准备工作完成后，8月11日，我填写“干部内调审批表”，县组织部送到拉萨，由市委组织部向麻城市委组织部发出商调联系函。31日，麻城市电报回复：同意接收，请发正式函。

不料麻城正式调令从市委组织部转到墨竹工卡县后，12月17日晚上，在组织部长吕毓卿组织的家庭舞会上，塔杰书记对我说：“老熊，现在我们县上的工作很需要你，我们县委的意见，你的内调手续和各种关系暂时缓办，要么我们再与麻城市委协商，内调手续照办，但工资关系不转，借用你一段时间，希望你不要有什么想法，一如既往，继续支持我们县的工作，为县上再做些贡献。”

在这种舞会场合上，我只能简单地回答说：“塔杰书记，你们6月份会议上交给我的任务，我已经超额完成了。帮几天可以，希望你们能早点放我回去。”

的确，自从5月份提交请调报告，几个月来，我怀着站好最后一班岗的心情，一直夜以继日地努力工作。先是继续负责做联合国世界粮食署援华"3357工程"墨竹工卡段前期设计的准备工作，修理县直机关6160型120千瓦柴油发电机组。接着，规划全县农牧林综合开发，参加县第三次党代会，接待农牧渔业部专家组并汇报前期设计准备情况，到拉萨市参加"3357工程"的规划设计，测量、设计、测算墨竹河大桥并写项目报告向上要钱14万，给县中学教学大楼定线放线，参加筹备县人大第五届三次会议，筹备县运动会。

8月中下旬，我负责组织防洪抢险、排涝搭桥，陪同市电视台拍综合开发电视资料，帮助四川建筑队解决技术难题、电力问题，绘制墨竹工卡县的水系图（比例为1:5000)。9月开始，参加恰嘎水电站的验收，几次帮助电站调整水轮发电机组、完善收尾工程，协助陕西省动物研究所采集标本。12月，陪同市土壤普查队采样，规划多种经营问题，参加大楼验收，等等。临走还在帮助筹备人代会，忙得不可开交。

知道我快要内调了，不少藏族老乡和乡队干部老百姓，从大老远的乡下来看望我，还分别给我送来牦牛皮、绵羊皮、牦牛肉干、奶渣，有人还给我送麝香、冬虫夏草、贝母、红景天等名贵中药材。我不收，他们还不肯，我退不回去，只好硬给他们钱。

机关干部职工们有的人请我喝酒交谈，有的人关切地到我处坐坐。12月的一天，余合泉副书记请我和塔杰书记一起吃饭，他告诉我，他也要调回湖南省长沙的郊县工作，要我送他几句诗留念。我即兴写藏头（余合泉是好同志也）打油诗一首：

余与君知八载余，
合群布德善读书。
泉甘润育千株绿，
是问无遗万里殊。
好事做过埋名姓，
同巢勇当护门蜂。
志振长沙兴大业，
也教湘水唱廉风。

写毕，又应塔杰要求，写了一首藏头（塔杰有才）打油诗：

塔立巅峰风水平，
杰作天公玉砌成。
有志要改山川貌，
才化雷雨润乡村。

我也给自己写了一首：

投笔支边十余年，
韶华落尽鬓毛斑。
临行强忍飞将泪，
只留浩气在高原。

见我临走前还在不停地忙工作，内调前的一切准备工作都没有做好，周副县长主动把他的包装箱匀一个给我。四川包工队听说后，也马上赶制一个大包装箱送给我。给他们钱，说什么也不收。我没有什么东西好装，只好把仍在市妇幼保健医院工作的麻城老乡陈继业（女）医生的自行车，装进我的包装箱里托运走。

这会儿，我从市委组织部的老乡那里听说，市委领导已经给组织部打过招呼，说水电部专家建议，凡是参加“3357工程”前期设计准备工作的技术人员，不准内调，有位市长还点过我的名。听到这话，我真的怕出现什么变故，内调又黄汤了。

必须要抢在市委领导还没有向县委打招呼前调走。好不容易联系好了内调，内地还有病人，我如热锅上的蚂蚁。

县上却仍然让我不停地工作，迟迟不放行。我心里真着急。万一市委领导的禁令一下来，再想走就不可能了。

我着急，一些要好的朋友们也替我着急。法院院长孙涛怕我急出病来，给我出主意说：“老熊，工作是永远干不完的，这样拖下去对你不利，也不是个办法。依我看，你准备好要求办内调手续的报告和笔，买几箱啤酒，由老郑（郑文俊，1976年进藏的辽宁大学生）我们来安排个舞会。大家都给领导敬酒，等塔杰书记喝得差不多时，你再让他签个字，一准行。”

我依计而行，在1988年2月8日星期天晚上的舞会上，在这个热闹的场合、欢快的气氛中，我送上了办手续的报告和笔，塔杰书记果然在报告上签字“同意”。

有了书记的批准，第二天一早，我委托郑文俊、张彦丽两人，在县上帮我办理工资关系和粮食关系。我赶到拉萨市开会，特地抽时间到市委组织部，迅速办理行政介绍信和组织关系。

10日上午，我与塔杰书记、余合泉副书记、周长满副县长、郑文俊、阿旺美龙等藏汉好友们一一告别。

这个女同学张彦丽，真能给我“添麻烦”，知道我喜欢兰花，偏在这临行时，特地来送我一盆她从辽宁带到西藏的君子兰，害我还得一路抱着个花盆回老家。

告别大家后，我立即赶到拉萨取票。老天有眼，刚好是第二天飞成都的机票。

次日乘飞机离开拉萨，赶回家正好过春节。

从此，结束了我的西藏生涯。

附 录

一、修建学绒桥的汇报发言

（1977年 8 月24日）

各位首长、县委领导、驻地部队指战员、各位来宾、同志们：

你们好！

首先，我代表大桥工程指挥部在这里向支持我们技术员的拉萨市交通局，向支持我们石匠的尼木县表示衷心的感谢！下面，我就修建学绒桥的情况向大家作汇报发言。

同志们：

在县委的直接领导下，在县计委等部门的大力支持下，我们农牧科自力更生，土洋结合，充分调动民工、技术人员和干部建设社会主义的积极性，经过大干苦干170来天，终于在今天、在中国共产党第十一次全国代表大会胜利闭幕这一大庆的日子里，学绒桥胜利建成并举行通车典礼。这是毛主席无产阶级革命路线的伟大胜利，是落实"抓纲治国"战略决策结出的丰硕成果，也是参加建桥全体干部民工辛勤劳动的结晶。现在，我就修建学绒桥的情况汇报如下：

一、修建学绒桥的经过

早在几年前，县委根据群众的强烈愿望和迫切要求，曾经对修建学绒桥有过考虑，并在着手做修桥准备工作。请拉萨市交通局测量设计，从1976年3月开始按设计要求备料。但由于"文化大革命"中"四人帮"的干扰和破坏，一直下不了决心。打倒"四人帮"，扫除了经济建设的障碍，我们终于又可以甩开膀子大干社会主义了，这为修建大桥创造了有利条件。县委及时把修建学绒桥的任务交给了我们农牧科。于是，我们抓住时机，在今年3月3日正式开工兴建。

3月2日上午，农牧科计委党支部组织委员等人来到后，和先期到工地做前期准备工作的强巴丹增、达嘎那一起到工地调查情况。我们了解到，30年前，当地封建大农奴主泽绒曾请来英国专家在这条学绒河上架过一座石拱桥，结果在开庆祝会时，桥就被冲垮了。后来才修起一条只能过人走马的铁索木板桥。据说每年到县上交换物资的牧民赶牦牛蹚河，少不了要在河中淹死几头牛。宗雪公社社员要往河南边地里运肥，只能靠人一筐筐从铁索桥上背过去，背送一筐肥料，往返3～4里地，生产效率极低。我县到扎雪区的道路被这条学绒河阻隔，交通极为不便。大家盼桥多年，这回修桥，人们的积极性很高。但是，很多人也有顾虑，当时有人议论说："在这河上，连英国专家都没有修成一座小桥，现在没有专业工程师和技术员，就凭你们这几个没有建过桥的干部和石匠，就能把这样大的石拱桥修成吗？"也有个别迷信的群众说："这次架桥的地方是神仙住的地方，根本架不起桥！"根据实际情况和人们的思想，指挥部一班人决定组织大家学习毛主席著作《实践论》、《论十大关系》，在工地上开展回忆对比，反复向民工们宣讲修桥的重要意义，说明新旧社会有不同的性质，提高人们的思想觉悟。在没有技术力量，设备条件差的情况下，发扬"自力更生""艰苦奋斗"的精神，激发干部和群众的干劲和　智慧。

在学习的基础上，我们对工作进行认真研究，作出了详细的计划和用工安排。要赶在洪水季节到来之前把桥拱圈砌成合拢。我们把工程分解为四个阶段进行。第一阶段，用25天时间，筑引水拦河坝，挖南桥墩基坑，在河的北坡上修凿北桥基；第二阶段，用40天时间，用两条腿走路的办法，边砌桥墩边筑拱胎；第三阶段，用15天时间，边铺砌拱圈边筑涵洞和引桥；第四阶段是完善桥面，护栏和拆除土牛拱、拦河坝等收尾工程，至8月底完工。

在第一阶段，按以前拉萨市交通局工程技术人员的测量计算，挖9米见方、深3米的基坑，至少要1个半月或2个月时间才能完成，而且还需要8寸抽水机3部。为了往前赶时间，我们想出了用2部抽水机轮流抽水，分班轮流作业的施工办法，延长作业时间，结果只用了25天时间就按时完成了。

到第二阶段，我们边砌桥墩，边着手建筑拱圈，在缺少经费和木料的情况下，我们只好用土牛拱的办法解决拱胎问题。鉴于筑土牛拱的工程量大，很多人产生了畏难情绪，有人提出来："还是集中力量把桥墩砌起来，主拱胎还是秋后再搞吧。这么大的工程，靠现在有限的民工背，恐怕是很难按时完成，不然，洪水一到，拱胎冲走了，损失就大了！"

正在这个关键的时候，县委几位书记和常委分别下来和指挥部人员共同研究，时间就是命令，时间不等人，下决心要抢在洪水到来前把土牛拱胎垒砌好，把主拱圈砌完。劳力不足从附近区社抽人来支持。有县委的支持，我们有了信心。苦干还要加巧干。指挥部几个人经过群策群力，想出了在土牛拱的下方用木材支架3个涵洞，再在上面用草袋和麻袋装沙石，减少土石方工程量，节省劳力，加快进度的办法。方案确定后，民工们干劲十足，在工地上开展轰轰烈烈的劳动竞赛，在最忙的突击时期，每人每天工作16个小时，大家还不觉得累。真是人心齐、力无比，桥墩砌成，土牛拱的工程量已经完成了近一半。到5月12日，我们就完成了土牛拱胎土石方的全部工程，抢到了洪水的前头。

完成拱胎后，我们立即转入第三阶段，开始铺砌主拱圈。开始，由于缺乏经验，600多斤重的石块，一块块地从马车上卸下来，抬到桥上，劳动强度大、效率低、进度慢，一天砌不了几块石头。这样施工不行，不能按时完成任务。为了抢时间，我们总结经验想办法，改用钢丝滑轮吊运上胎送到位。同时，用分班轮换工作的办法，将石工分为两个大组，每组又分为两班作业，每班劳动3个小时轮换，每班每天轮两次，每个石工1天工作6小时。这样一来，减轻了工人们的劳动强度，保住了石工们的体力。工程上每天保证有12个小时在施工，使工程进度大大加快。原估计每天只能砌2排石头，一下提高到每天砌8～9排。在指挥部成员、全体技术人员、石匠和民工们的共同努力下，我们集中群众的智慧，土法上马，结果，于5月23日下午7时主拱圈合拢了。比县委的要求提前 7 天完成了主拱圈合拢的任务。真是群众的智慧能胜天，学绒河有史以来，在宗雪附近第一次架成了只有拱圈的石拱桥。

这座新生的还未完善的石拱桥，刚一耸立在学绒河上不久，马上就受到严峻的考验。6月3日，暴风雨来临，山洪突然暴发，河水迅速上涨60多厘米，凶猛的洪水如脱缰的野马，直冲拦河坝，严重地威胁着桥拱的安全。就在这紧要关头，宗雪公社发扬共产主义精神，由党支部正、副书记带领共产党员群众97人赶来抗洪抢险，和民工一起，加固堤坝，堵住洪水，不让洪水漫过拦河坝，开展了一场与洪水拼搏的殊死战斗。接着，6月5日，又发洪水，更大的危险又来临了。宗雪公社的劳力半劳力社员107人全体出动，参加抢险战斗。他们和民工一起，发扬“一不怕苦、二不怕死”的革命精神，一部分人在冰冷的河水里手拉手排成一道人墙，一部分人在洪水中抢拆土牛拱，经过大半天惊心动魄的紧张战斗，保住了大桥，取得了抗洪抢险的胜利。

这两次抗洪抢险，谱写了一曲共产主义大协作的颂歌，涌现出了很多好人好事。有的人手指扒烂了，工地负责人要他戴上手套，他说："这点轻伤算什么？没时间，抢救大桥要紧！"有位民工奋不顾身地跳进激流中抢救木材，别人要他拴上保险绳，他豪迈地说："抢回国家财产要紧，哪有时间拴保险绳？"就是因为有这样一大批社会主义觉悟高、思想过得硬的民工社员和好干部，才使这座学绒桥提前修成了。

学绒桥的建成，这是一曲人民群众建设社会主义的凯歌，这是毛泽东思想的伟大胜利。

二、大桥工程概况和群众反映

学绒桥全长36米，跨度24.5米，高8米，宽7米，是我县自建的第一座公路石拱桥。这座桥由拉萨市交通局设计，主要是靠我们自己的力量修建起来的。总投工75658个，除抗洪抢险外，宗雪公社、上帮达公社主动支援劳力670个工；直孔区支援义务工1738个，马车4辆；扎雪区支援义务工1491个，马车4辆。建大桥期间，动用马车117辆，从正式开工算起，共享166天完工。桥拱用型材石料36700块，填土石方5450立方米。用木炭5万余斤，其中，自己烧木炭2万来斤。用水泥87.5吨，木料65立方米。国家先后投资共17万元。

刚开始备料时，工地只有1个石工会打花岗石，在修桥过程中，培养出了会打花岗石的工人，包括15个女工在内的130个石工。在这些石工中，能单独作业，有一定技术的熟练石工56人，其中女工7人。教学徒工们架设跨度5米高2.5米的引水拱桥，架土牛拱下的3个大涵洞，培养出了能架小桥的土技术员。还培养出电工3人，柴油机手2人。通过修桥，为我县培养出了一批有用的建设人才。

民工们说："像这样干工程，越干越想干，越干越会干。"当地群众说："不靠神仙只靠党，高山能低头，河水能让路。"有的老百姓走上桥面，拱手作揖说："这是幸福桥，这是毛主席共产党给我们送来的万年幸福桥啊！我们再也不受河水的欺负了！"有了这座永久性的大石桥，上游不远处那条由5根铁索组成的晃晃悠悠的铁索桥就完成了它的历史使命，成为人们参观的历史文物了。

三、落实“抓纲治国”，县委修桥决心大

我们认为，正是由于县委的路线对头，决心大，书记常委们又多次到现场来指挥，所以，学绒桥才能提前胜利完成。

修建学绒桥从1976年3月备料开始，直到今天顺利完工，县委领导们一直经常亲临现场指挥，了解情况，及时解决工作中存在的问题，对干部和民工给予了无微不至的关怀，对大家鼓舞很大。同时，县上各部门、各科室，各区，还有当地驻军也都给予过有力的支持，对我们顺利完成任务提供了保证。很多当地的群众自动到工地参加劳动。上帮达有位60多岁的尼东老人，经常背着筐到工地来义务劳动，边干边说：“修好桥是我们大家的幸福，我应该来尽一份自己的力量。”

修桥指挥部的几位干部和拉萨市交通局技术员丹增，同民工们一起劳动，日夜奔波在工地上，都为建桥做出了很大的贡献。有很多办法，就是他们发挥大家的积极性，群策群力、敢想敢干，和民工们一起研究，从实践中创造出来的。在这次修桥中，涌现出了4个先进集体、28名劳动模范，34名干部和民工受到了表扬。

一花引来万花开。相信在这次修桥后，在墨竹工卡县，今后的农业学大寨运动中，一定会有许许多多的小石拱桥在我县出现。我们一定要团结在党中央周围，在县委的领导下，借中国共产党第十一次全国代表大会的强劲东风，为把墨竹工卡县建成大寨县而奋斗。

二、情　感（组诗）

（1985年8月）

墨竹工卡

三河五谷托平川，
灌木荒草动物园。
直孔堤寺千年古，
德中温泉万代传。
门巴天葬世第二，
甲玛小庙记史先。
公主嫁来崎岖路，
何年彻底换新颜。

情　感

村村寨寨，脚板踏平了乱石头；
山山水水，汗珠滴湿了羊肠路。
牧民们，看惯了他的笑脸；
农民们，熟悉了他的健步。
无论走到哪里：
真挚的知心话，风干的牦牛肉，
甜美的糌粑团，醇香的青稞酒，
任他享受。

十几年过去了，
拿他宝贵的青春，
用他的心血和汗水，
结下了兄弟情谊，
填平了历史鸿沟。
两鬓添白发，
青春毕竟没有虚度。

玉门早已残破，
奈何春风几度？
荒山剃秃，
观念依旧。
这离别的心啊，
在剧烈地颤抖……
我的第二故乡啊，
走着漫长的路！

西　藏

西藏何所有？劝君问深山。
不知山中宝物，开发待何年？
只知他言我办，又怕我办他言，
落后不知惭！
温饱食日月，胜似天上仙。

奋斗者，假不休，寝无眠。
热血拼尽，
奈何春风几度关！

人有雄心壮志，日有正中天。
兴大业，白发寄童颜。
但愿能崛起，高原胜海湾。

生　活

矮小的土房中，
夜半油灯光暗，
绘好了图，熬花了眼。
风雪的荒原上，
旋转的黄沙里，
建起了厂，裂开了脸。
工作十几个小时，
从早晨直到夜晚，
没喝水，没吃饭。
孩子一天未看见，
下米的锅里煮惦念……
女儿呀！
这会儿你在谁家玩？

希　望

天公抖擞，
高原动，雪化冰铄。
汇巨浪，排山倒海，
荡涤污浊。
忽然露出真面目，
珠峰圣洁比仙廓。

惊天地，频频奏凯歌，
震万国。

牛羊壮，白云落。
雅江秀，昆仑和。
赠千年积水，
掩埋沙漠。
擎天柱石化巨刃，
依天重把环球塑。
分太平，
极巅填大海，
神州乐。

笋

在深厚的土壤里，
积蓄力量，
在严冰的覆盖下，
静悄悄。
藏压在下面，
有谁看到：
准备，等待，萌芽，思考……
春风未暖，他先晓，
时不我待，破土而冒，
拔节声声，
一天更比一天高。
直指苍穹，
开心笑。

三、青春无悔

——学孔繁森有感

（1995年冬）

在那万里无涯的蓝天下
连绵不尽的山头上白雪茫茫
不同的海拔高度
将那里切割出
一处处森林茂密
一片片草原苍莽
一丛丛灌木葱郁
一层层梯田成行
还有那明静的湖泊
像珍珠，似缀如镶

高高的雪山旁
长长的公路
清清的溪涧
如一条条飘带和血管
连接着河谷与山地走廊
那里是世界屋脊
手握着欧亚冷暖
万载冰川雪原
发源了数条大河大江

那里有
世上罕见的珍稀动植物
地下埋藏着丰富矿藏
那里居住着
勇敢、善良、勤劳、朴实的民族
那里是佛教圣地
歌舞的海洋
那是我工作过的祖国边关
那就是令人神往的西藏
孔繁森同志
一九八八年春上
我与你在墨竹县直孔区幸会
那时你刚刚担任拉萨市副市长
记得是检查文教与学校
你和孩子们的笑脸同样阳光
你与师生们交谈
藏话说得那么流畅
十年过去了
你的音容笑貌
朴实憨厚
我至今难忘

没想到五年后
直孔区地震
为抗震救灾
你又来到震中区羊日岗
安排完灾民生活
特地将两个孤儿领养
山不转水转
那里也是我骑马惊车

差点“光荣”的地方
你是我们援藏干部的榜样
你的牺牲令我痛断肝肠

啊！墨竹工卡
我的第二个故乡
她在拉萨河上游
距拉萨九十公里的东方
典型的高原山地
遍布着半农半牧的河床
海拔四千至五千米上下
昼热夜凉
纵横七十公里
东与工布江达会面
西与达孜县共墙
北与那曲毗邻
南与山南接壤
在川藏线上
在拉萨河旁
这里是松赞干布的出生地
阿沛·阿旺晋美少年时代在这里成长
这就是我工作过十二年的异地家乡

我踏上过每一座洁白的高山
我穿越过每一片茂密的林地
我鼾睡过每一队牧民的篷帐
我观察过每一潭明静的湖泊
我蹚涉过每一条清澈的河流
我走到过每一个美丽的村庄
我勘查过每一块黄沙耕地

我品尝过每一方绿色草场
我是农牧民的贴心朋友
他们亲切地唤我格啦（老师）
崩布拉（当官的）局长

山路融进了我的汗滴
河滩扎系过我的营帐
渠道刻下了我的足迹
电站镶印出我的脸庞
在墨竹工卡大地上
成长着新植树木与草场
还有那一条条区乡公路
更有心血化作的道道桥梁
我和那里的人民
手挽着手，心连着心
共同编织着美好的希望

工地上
我们一起劳动
共同把未来开创
开饭时
我们席地盘腿圈坐
同饮青稞酒
同喝酥油茶
同啃生牛肉
同吃灌血肠
临睡前
在冰天雪夜里
在牛毛帐篷旁
男男女女围住篝火

手牵手放声歌唱
踢踢踏踏，踢踢踏踏
跳着、舞着，无比欢快的锅庄

豪爽的老阿爸对我热情关照
慈祥的老阿妈给我煮鸡蛋，熬羊汤
憨厚的阿佳啦（大姐）教我学藏语
纯情的小娥玛（小妹）帮我扫舞盲
高明的老藏医给我疗疾病
美丽的小护士为我找药方
善良的老阿爸教我辨风云识天气
忠实的藏族同事伴我修农机走遍山乡
虔诚的喇嘛时时念着“善”字
转经的信徒视我为亲生儿郎
还有我那深情的白马
还有那山坡上飘动的牛羊

夜不闭户，无偷无抢
你的我的，共享无妨
藏汉一家
弟兄一样
同志之间
患难与共
有事相商
干部群众，水乳交融
是朋友，是老乡

那张张笑脸
那往事桩桩
那一段段情怀

那点点牛羊红宫白墙
那美丽洁白的山川
那清澈干净的河流
那熟悉的村落
几十年来
常现梦乡
永远留恋
终生神往
一九七六
在那个特殊年代
党和人民在召唤
到最艰苦的地方去
建设祖国边疆
把我们两千余名热血学子
送进了高原西藏
狂风暴雪
充实了我们的生活
丰富了我们的人生
锻炼了我们的意志
我们在冰天雪地里
度过了人生中最美好的时光

银丝斑白了鬓发
记忆依然停在墨竹河畔
思绪还飞舞在雅鲁藏布江
怎能忘
雪崩埋葬了我的朋友
山火夺去了我的老乡
洪水卷走了我的同事
车祸压碎了我的同窗

还有那未归的一个个
同学、同事和朋友
你们还在西藏的何方

比起逝去的同道
我在西藏岁月太短
比起未归的同学
我进藏时间不够长
比起孔繁森
我贡献太少
比起十八军老战士
我做得太平常
还有许许多多的“老西藏”
将一生献给了那块地方

啊，我的高原
尽管我将退休安养
但岁月改变不了初衷
我心一如既往
热眼注目着神圣的西疆
时时关心我的第二故乡
希望西藏发展
百业兴旺
民族团结
人民安康
领土完整
祖国富强

墨竹河源头——思金拉措

墨竹工卡县城远景

墨竹工卡县乡镇示意图

湖北省赴藏工农兵大学生来到柳园车站，后排右一为作者（1976年10月）

与王大犇（戴眼镜者）在墨竹工卡（1983年）

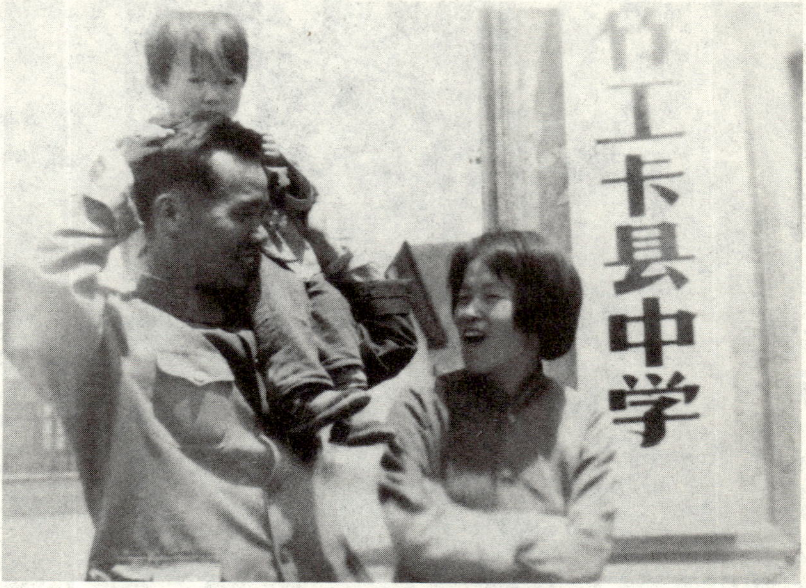

与妻子、女儿的幸福时光（1980年）

作者（票箱右）在党代会上（1987年5月）

作者（右）与原西藏办公厅刘明义在南宁相聚（2009年冬）

与原墨竹工卡县同事、老邻居丹巴江参（右）在其拉萨家中相聚（2011年10月）

后 记（一）

2010年8月底，我收到中共西藏自治区直属机关工作委员会关于召开《雪山不会忘记系列丛书》编纂座谈会的邀请函，即开始查找翻阅整理援藏期间的笔记。9月，在成都召开座谈会议期间，明确写作任务后，我便着手按会议上的要求编写。

本想一气呵成，尽快完成任务交稿。无奈由于我年轻时，服兵役修筑成昆、襄渝铁路，后来又在援藏的长期工作中积劳成疾，到老时患有肠胃病、痛风、颈椎骨刺、血黏度高、糖尿病、脂肪肝等多种病患。这些疾病引起大脑缺氧，经常头痛头晕，耳鸣目眩，时感事与愿违，力不从心，欲速则不达。所以写写停停，耗费时日，效率不高，几度几乎半途而废。幸亏有一些过去一起援藏的老同事、好友和家人，还有麻城市有关领导和湖北麻城经济开发区的同仁们，都一致鼓励，全力支持我继续写作，要我边治病边完成写作任务。这才使我有信心克服困难，坚持写下来。

我调回内地已经20多年，所幸的是，援藏12年期间的工作笔记还保留齐全，前些年陆续整理发表过和尚未发表的一些手稿仍在，西藏的老照片也多数保留着，为这次成书提供了一定的基础条件。

本书以工作时序为脉络，以我本人的工作经历为主线，以原始日记为依据，用纪实性文学的形式，由一个个单独的小故事编辑而成。这些纪实故事，真实地再现出那个特殊年代，在那种艰苦的条件下，藏汉干部职工们的高尚情操和良好的精神风貌，展现出他们"一不怕苦、二不怕死"，任劳任怨、全心全意为西藏人民服务的"特别能吃苦，特别能忍耐，特别能战斗，特别能团结，特别能奉献"的"老西藏精神"；真实地再现了当时那种自然和谐的党群关系，那种水乳交融亲密无间的干群关系，那种朋友加兄弟的同志关系，那种鱼水相依情同手足的藏汉关系。

书名《墨竹河》，反映了当地的部分风土人情和生活习俗，有明显的时代特征和浓厚的地方特色。

本书在整理编辑中，得到麻城市史志办副编审李敏的修改补充，西藏张彦丽等人的审定编辑和校对，还得到麻城市委宣传部和湖北麻城经济开发区管理委员会领导的支持。在此，表示深深的感谢。

因内调已有20余年，现手中无资料可查考佐证；且间隔时间长，有些回忆已经模糊；加之本人文字水平有限，恐书中错误、缺陷难免，诚恳欢迎大家批评指正。

作 者

2013年3月

后 记（二）

近年来，以反映社会主义新西藏为主旋律的文学作品，一直深受海内外读者的青睐与关注。向世人宣传西藏，介绍西藏，正确定位西藏在中华民族大家庭中的成长历程，是我们每一个西藏人的责任。

《西藏岁月系列丛书》以“老西藏”们的亲身经历，真实地记录了西藏解放和建设进程中那些不寻常的峥嵘岁月。有进藏路上的艰苦卓绝，有解放西藏的悲惨壮烈，有建设西藏的忠诚无畏，有守卫西藏的执着奉献……那些真实的故事，虽已成为历史，但仍感人肺腑，耐人寻味。

这套丛书作为历史发展的载体，无处不体现着党中央和全国各族人民对西藏物质文明和精神文明建设的关怀与支持，无处不彰显着“一不怕苦，二不怕死”，“特别能吃苦，特别能战斗，特别能忍耐，特别能团结，特别能奉献”的“老西藏精神”。这些，雄鹰可以见证，雪山可以见证。

此套丛书组稿及筹备出版几经周折，历时三年，工作千头万绪。西藏岁月文学艺术工作者协会的策划与主创人员，用“老西藏精神”宣传“老西藏”，记录为西藏和平解放牺牲的英烈和健在的昔日英雄。他们用身体铺就了进军西藏的“天路”，把鲜血滴洒在建设西藏的白雪中，把生命镌刻在维护祖国统一和民族大团结的史册上。书中的每一段故事都在向我们昭示：他们与西藏人民手挽手、心连心，团结一致，努力奋斗、拼搏，以鲜血和正义铸就了整个人生轨迹！

为了那些逝去的英灵和活着的英雄，丛书编辑委员会困难再大也要坚持！在藏工作多年的洋滔、张彦丽、冰融、李敏、闫振中等同志，分别联系离退休老作家，十八军老干部、老战士，向他们征集进藏、建藏的回忆录，组织编写那段感人肺腑、催人奋进的历史篇章。

在拉萨、成都、北京三地组稿座谈会上，与会的116名离退休老干部，谈起当年的经历仍是热泪盈眶，激情满怀。他们对出版系列丛书的现实意义给予肯定，纷纷表示要积极参与，热情支持。老干部们的行动使大家倍受鼓舞，深感自己肩上的担子分量很重。

做书如做人。我们不知道其他编辑是怎么做到最好和完美的，但我们编辑的工作过程，却让人读懂了什么是最好和完美。

由于年代关系，一些书稿的原创人已是八九十岁高龄，提供的全部是手写稿。整理这部分书稿的难度，远远超出当初的想象。尤其是当年十八军分三路进藏，整个过程既有共性又有个性，待书稿集中后，内容冲突和史实矛盾等问题凸显出来。即便如此，这些都是老人们的亲身经历之作，弥足珍贵。工作人员视稿如金，没有一丝马虎和大意，生怕丢掉一字一页，对不住那些颤抖着的手写下的一笔一画。因为他们懂得，这些书稿对于高龄老人来说，其意义不是简单几句话就能说清楚的，这是他们一生中最珍贵的东西。

大量组稿，靠正常的工作时间是无法完成的，编辑们吃住在办公室，抢时间、赶任务；制订好的工作计划不得不打破，确定的工作方案随时要更改。为了确保史料翔实，协会同志除了对手中的初稿进行整理和比对外，还要随时处理意想不到的新问题。他们与原创作者不定时、不间断地联系与沟通，有的老人需要辗转几次才能找到，一些老人只言片语的表述需要几经询问，同志们都表现出极大的耐力和爱心。通过无数次的核对、甄别、印证，这些基础资料得到最后的确认。先遣连勇士和十八军将士绝境坚守、极地永生的气概，鼓舞着丛书编辑人员为这项有别于正常写作、具有特殊意义的工作竭尽全力。

现代都市生活浪漫而多彩。但《西藏岁月系列丛书》的编辑过程，让那些编辑远离了这个多彩而喧嚣的世界。三年的编辑工作，人脑变成了电脑，离开书稿后的大脑，几乎是一片空白，连正常生活也变得丢三落四。大家多是在夜以继日、废寝忘食中度过了三个春秋。特别是在最后统稿期间，春节、藏历年都是在电脑前度过的。什么“三十饺子初一面，初二出门去拜年”等风俗，全然忘记。直到一个清晨，清脆的爆竹声催醒一位编辑的记忆，猛然想起藏历年该到了，于是，临时决定放假一小时，给远在拉萨的朋友发短信拜年。没想到刚给两位朋友发完拜年的信息，回复的铃声便接连不断。她索性先暂停拜年，打开信息想一睹为快，没想到一看却把自己惊住了：

“你是喝醉了还是睡迷糊了？藏历年都过去一个月了，还拜年呀？”

“难道，你真的忘记哪天过年了？”

……

藏族朋友的反问，令我们的编辑从机械思维中清醒过来，跑去翻日历，2013年过去三个月了！这一天是二月初二，民俗中“龙抬头”的日子。她无奈地摇摇头，苦笑。

还有一种难耐，也是对我们编辑的考验。为了这套丛书，有的同志一年内要进出西藏两三次。严重的高山缺氧反应，试炼的不仅是身体，还有毅力。长期在藏的人，到了内地因醉氧而多眠，昏眊难耐，头晕腿软；常人日进三餐足矣，而他们则要饱受饥肠辘辘的折磨。返回高原的情景与内地醉氧相比，可谓有过之而无不及，头痛耳鸣，夜不能寐，腿脚发软，食欲全无。三周时间过去，人仍头如灌铅，四肢麻木，身体如腾云驾雾，提不起精神。尽管这样，他们仍坚持工作，无一退却，三年的付出可想而知。

确实，将一部自己没有亲身感受的、他人的作品做到最好，是一件难事。尤其是这套丛书，面对工作量大、组编困难、经费难筹等问题的困扰，编辑部人员曾产生过动摇。但“老西藏”们对丛书的渴望和期待之情，始终萦绕在他们心头，挥之不去：84岁高龄的十八军老前辈赵先前先生，骑着自行车到处寻找资料，不厌其烦地向自己的孙子学习电脑打字；党史专家焦东海先生患病期间也不忘电话询问丛书进展情况，帮忙联系在京的十八军前辈；著名诗人、作家杨从彪、闫振中两位老师的热忱可与重庆的高温相提并论，而且从来“报喜不报忧”；西藏第一位女作家、优秀的藏族领导干部、西藏自治区党委原常委、西藏自治区政协副主席，德高望重的德吉措姆女士，为了筹措出版经费煞费苦心，辗转奔波，多方求援，如一尊秉烛女神，让大家在黯淡中又见光明，她身上的正能量时刻感染着每一个人；还有因心脏病住院的“老西藏”刘源老师，在病榻上笔耕不辍……他们这种发自内心、视如生命般热爱西藏的情结令人惊叹，令读到与见到的每个人的心灵不止一次地受到震撼和洗礼！

雪莲花绽放的地方本没有路，英雄先遣连壮士用他们的生命，蹚出一条“天路”；十八军将士们踏着他们非凡的足迹，向着雪山顶上的五星红旗奔去……那些让人想起就肃然起敬、长期在藏工作的各民族干部、人民子弟兵，默默无闻、坚韧不拔的品格和意志，铸就了祖国西南边陲的钢铁长城，让民族大团结之花在雪域高原绽放，让富强民主的新西藏在珠穆朗玛崛起！

上世纪70年代那令人抹不去记忆的岁月，知识青年炽烈的激情燃烧在雅鲁藏布江畔，他们背负那个特殊年代民族的希望，辗转半个中国，聚集在世界最高点。如今，这些“老西藏精神”的继承人也已两鬓霜花，他们付出的是热血，收获的是意志；逝去的是青春，留住的是品格。还有一批批援藏干部，承受思乡之苦，忍耐高原之寒，以只争朝夕的干劲实践着“老西藏精神”，为民族富强搭建人才之梯。那些远去的和这些现在的他们，都以不同方式谱写着对西藏的热爱，对祖国的忠诚，对“老西藏精神”的崇尚。

面对莽莽高原，生命显得那般脆弱渺小，如一滴水、一粒沙。也正是这一水一沙，把青春、时光、血汗凝聚成“老西藏精神”，积淀成荡气回肠的西藏岁月，没有半点虚伪和空洞。

三年来，丛书编辑部的同志们，就是在这种精神的感召和激励下，一次次直面困难，一步步在艰难中前行……垫付的数万元编辑费，至今还不知由谁偿还，但从未有人提起。想想这些，算不算是做书和做人的一种境界呢？

在西藏生活和工作，是大自然与人格和意志的较量；为西藏做事，是战胜自我、提升境界、净化灵魂的历程。一代又一代“老西藏”和西藏各族人民，抱着这种理想信念和政治情感，以鲜血和生命及子孙后代的幸福为代价，在得与失、荣与辱、生与死、苦与乐的考验面前，不改初衷，默默奉献，在世界屋脊上构筑了一个英雄群体。应该说，“老西藏精神”同“井冈山精神”、“长征精神”、“延安精神”、“西柏坡精神”一样，都是中国革命精神的重要组成部分，是中华民族精神的具体体现。

掩卷深思，作为一名读者、作者、编者，除了对“老西藏精神”的种种感慨，还有更多的感动无法忘怀。

《西藏岁月系列丛书》欣然面世，首先应感谢西藏自治区原党委书记阴法唐和夫人李国柱（首批进藏女兵之一）一直以来的关心，感谢在北京七月的酷暑下，老书记为丛书题写序言；感谢丛书编委会顾问、西藏自治区原党委常务副书记、自治区人大常委会主任、党组书记、第十一届全国人大常委会民族委员会副主任委员列确一直以来的关心；感谢西藏自治区党委常委、拉萨市委书记齐扎拉的支持；感谢1976年进藏大学生、时任西藏自治区人大常委会副主任张跃平给予我们的热情鼓励；感谢中国文联副主席丁荫楠、中国少数民族文物保护协会秘书长杨华山、中国音像出版社常务副社长丁涛等领导同志的大力支持与指导，他们同是这套丛书的奠基者，也是西藏人民的好朋友。

这套丛书的完成，离不开北京市对口支援和经济合作工作领导小组西藏拉萨指挥部领导在经费协调方面给予的大力帮助；离不开西藏自治区党委直属机关工委常务副书记林清海、原常务副书记高文庭、副书记彭宏（中央国家机关工委第五批援藏干部）等领导的厚爱和关怀；离不开时任工委宣传部部长唐荣科在方案策划、工作实施、人力安排等方面给予的全力支持与帮助。

中共大连市委组织部、宣传部的领导甘为西藏办好事，成为丛书编辑工作的精神后盾。第五批援藏干部、现大连市旅顺口区教育局副局长马殿文同志虔诚的西藏情愫令人感动，他为丛书后期制作排忧解难，为丛书出版起到了重要的助推作用。

还有丛书的合作伙伴——大连出版社的领导、同志们，表现出孜孜不倦、爱岗敬业的职业精神，是我们永远学习的榜样！

在此，丛书编辑部及丛书作者、广大读者对所有给予丛书以关注、支持、帮助的各位领导、各位同仁，表示衷心的感谢！

西藏，神圣的世界屋脊，离太阳最近的地方，我们的西藏岁月记载着沧桑，刻录着风华。西藏岁月，是无数西藏人环境与精神、磨砺与意志互相较量的历程。但西藏岁月的与众不同，不只是环境的恶劣、磨砺的艰难，更是一种人心向善的精神信仰。任云卷云舒，花开花落，“老西藏精神”同美丽的高原一样，将永远成为人们向往的香巴拉。

编　者

2013年5月